我孫子武丸

監禁探偵

実業之日本社

実業之日本社文庫

CONTENTS

監禁
目次・章扉デザイン　坂野公一（welle design）

探偵
The Captive Detective

プロローグ

少女は、朝起きるとまず鏡の中の少女に笑いかける。

「アオイちゃん、おはよう」

そう声をかけると鏡の中の少女が応える。

「アカネちゃん、おはよう」

顔を洗い、歯を磨き、長い自慢の髪を梳(す)いてツインテールにまとめると、再び色々と角度を変えて鏡の中を覗(のぞ)き込み、微笑(ほほえ)みかける。

「今日も可愛(かわい)いよ、アオイちゃん」

「ありがと。アカネちゃんだって」

もう随分長くこの儀式は続けられている。少女もいい加減こんな馬鹿げたことはやめたいし、やめなければならないと感じてはいた。しかしどうしてもやめることができないのだった。

この儀式をやめる日が来ることがあるとしたら、その日はきっと——

山根亮太

第一話

he Captive Detective

1

女がサッシの窓を開けてベランダに出てきた。ショートパンツにタンクトップという格好で、まだ殺人的というほどではない夏の朝日に照らされた素肌が眩しい。ベランダに置かれたプランターに、じょうろで水をやるために少し前屈みになると、深い胸の谷間が覗き、乳首まで見えるのではないかと亮太は思わず唾を飲み込んだ。反射的にデジタル一眼のシャッターを切っていた。

くそっ。絶対誘ってるだろ。

山根亮太の住むマンションは五階建ての最上階で、ベランダは北向きだ。窓を開けて六〇〇ミリのズームレンズを突き出すと、ベランダの手すりの隙間から通りを挟んだ向かいのマンションがよく見える。

二階に住む若い女がえらくいい身体をしていて、時折無防備な姿でベランダに出てくることに気づいたのは、去年の春ここで一人暮らしをするようになってすぐのことだった。夜、カーテンを開け放ったりしていて、床でストレッチをしている姿を拝めることもある。

最初は時々朝の空気を吸うついでにちらっと視線をやっていただけだった。彼女が見えたらいつもより少しいい気分で出勤し、姿が見えないとちょっとがっかりする。その程度のことだった。念願の一人暮らしを始め、何とか滑り込めた会社で働き始めたばかりの時でもある。

就職を機に親が買ってくれたマンションは、たとえ結婚してもしばらく住めそうな2LDK。広いリビングには五〇インチのテレビとレコーダー、それにローテーブルとソファ、間接照明があるだけで、インテリア雑誌を見てその通りに選んだモノトーンのシックな部屋だった。

そのうち、可愛い恋人を作ってこの部屋に招くこともあるだろう、とか、向かいの部屋の子とどこかで知り合って仲良くなる、といったことも充分ありうる話だと考え、これからはここで自由で楽しい生活が送れるものと信じて疑わなかった。

ルックスは自分ではそんなに悪くない方だと思っている。細マッチョ……というほどでもないにしろ、太りすぎても痩せすぎてもいないし、身長も平均より高い。大学では活動休止したようなイベントサークルにいて合コン三昧だったから、何度か女の子とつき合ったことはあるし、ベッドに連れ込んだのも一度や二度じゃない。しかし、東京に出てきて渋谷や六本木といった場所で見かけるモデルのような女達を見るにつけ、恋人にするなら（まだ結婚、という考えはなかった）こういう女じゃなきゃ、と感じるようになった。美人で、スタイルもよくて、何だかみんな颯爽と街を闊歩している。

就職に失敗したり、地元の小さな会社にしか入れなかった同級生達を何人も見ているだけに、コネが多少あったとはいえ、それなりの給料がもらえる会社に入った自分は「勝ち組」なんだとさえ思っていた。この東京で、バリバリ働き、オフにはたくさん遊ぶんだ——そう思っていた。

仕事の内容も会社の人間関係も自分にとっては苦痛でしかないことが分かってきたのは二ヶ月も経たない頃だった。夜帰ってこられるのはどんなに早くても十時で、大抵が終電ギリギリ。仕事もできないくせに十年早い、と言われて残業代などほとんどつかない。誰もが苛々していて、笑顔などとんと見ることのない職場だった。それでもしばらくは我慢したつもりだった。すぐ辞めたりすれば「これだから今どきの若いやつは」と馬鹿にされることは分かり切っていたし、父親があちこち口を利いてくれてようやく入れた会社だったことも、そう簡単に逃げ出すわけにはいかない理由だった。もちろん、ここを辞めてしまえば次はもっと悪い条件のところにしか就職できないだろうとも分かっていたし、田舎に帰るのだけは絶対に嫌だった。

しかし、暑い夏が終わりに近づいたある日、目覚ましで目が覚めたものの、起きることができなくなっていた。

身体が鉄でできているかのように重く、どう力を入れてもベッドから起きあがることができないのだった。目を開いたままぴくりとも動かず一時間が過ぎ、脂汗がだらだらと流れるのを感じていた。もう始業時刻には間に合わないと思ったとき、何とも安らかな気分になり、さっきまでの重さが嘘のように楽々と起きることができた。

始業時刻になり、当然のようにかかってきた上司の電話に「すみません。もう行けないんで、辞めさせてください。……ていうか、辞めます」と答えたときには、サッカーのシュートを決めたときのような快感があった。実際、何か喚き続けている上司を無視して電話を切ったときには、心から嬉しくて「ひゃっほう！」と快哉を叫んだほどだ。

それからしばらくは朝寝を楽しみ、手当たり次第にレンタルしてきたＤＶＤをビールを飲みながら観るような毎日を過ごした。もちろん、実家ではこそこそ観ていたアダルトビデオもここなら大画面で見放題だ。

少し遅い夏休みのようなつもりで二週間ほど過ごしたところで、日毎に何もかもがつまらなくなっていくことに気づいた。そしてふと思い出したのが向かいの女だったのだ。朝は見かけることがあったけれど、夜帰ってきたところは見ていなかった。多少なりともどんな生活をしているのか分かるのではないか。

そして、元々持っていたけれどほとんど使う機会のなかったデジタル一眼に合う、大の人々の生活を少し覗き見てやろうと考えたのだ。最初は性的好奇心というより、いたずら心に近い何かが中心だったように思える。

しかしすぐ亮太は、二階の女——里見玲奈に夢中になった。

彼女はいつも無防備だった。エアコンが嫌いなのか滅多に使うことはなく、夏の夜など網戸だけでレースのカーテンさえ開いていたりする。どちらのマンションのベランダの手すりにも白い目隠しのプラスチックがはめられているからか、近い高さの二階や三階には多少気を遣ってはいるのかもしれないが、通りを隔てた五階の、それも手すりの細い隙間からズームレンズで部屋の中まで覗けるなどとはまったく思ってもいないようだった。

平日の朝はいつも八時過ぎにバタバタと出かけていき、夜は七時前に帰ってきて自炊することもあれば、十二時近くなって戻ってきてすぐ寝てしまうこともある。土日はゆっくり起きてブランチを食べ、出かけたり出かけなかったり。誰かを部屋に招いたのは見たことがなかった。多分、恋人はいないのだろう。

ただ彼女の姿態を見るだけでなく、その生活を少しずつ知ることこそが何ともエキサイティングだった。

当然、彼女がいない昼間の時間帯に、ぶらぶらと向かいのマンションへ行き、彼女の部屋番号と名前はすぐに確かめた。オートロックもない古いマンションなので、思い切って部屋の前まで行ってみた。既に悪いことをしているような気持ちでドキドキする。二〇二、「里見」と名字だけレタリングされた表札が出ている。わざと二〇二を通り過ぎて奥まで行ってから、戻ってきて階段で一階へ降り、外へ出る。

誰にも見咎められなかったことにほっとしながら、急いで通りを渡り、自分の部屋へ戻る。

そうしているうちに、あっという間に生活費が底をつきかけていることに気づいて慌てた。しばらくは失業保険で何とかなると思っていたが、一年未満で辞めてしまったのでそれも出ないと後で知り、丁寧に引き留めてくれなかった上司を恨んだ（知っていたからといって一年我慢できたかどうかは別問題だが）。

ハローワークに行ってみたものの、働いてみようと思うようなところはやはりないようだった。ふて腐れて帰りつつ、マンションへ通じる通りの角にあるコンビニに、見覚えのある女性が吸い込まれていくのが見えた。

里見ちゃんだ。

いまだ名字しか分からない彼女のことを、亮太は心の中でそう呼んでいた。

亮太はゆっくりとコンビニに近づき、少し間を置いてから中へ入った。雑誌コーナーに立っている彼女を横目で確認しながら、亮太は棚一つ隔てた通路に入る。何かを探すふりをしながら移動し、彼女の姿、横顔が確認できる位置を探る。

いつもズームで触れそうなほど近くに見てはいるものの、やはり「生」にはまた違ったよさがある。

ふと、あることを思いついて我慢できなくなった。

今ならもっと近くに行けるじゃないか。

亮太は、ファッション誌をパラパラ見ている彼女をなるべく見ないようにしながら、その背後を通り抜けようとした。

狭い通路だ。ぶつかってもおかしくはない。しかし亮太は、身体を横にしてギリギリ服も触れないようにして通り抜け、すれ違いざまに彼女の髪の匂いを嗅いだ。ひゅっという思いの外大きな音が響いてしまったような気がしたが、彼女が気に留めた様子はない。

匂いは――よく分からなかった。レジ前に置いてあるおでんの匂いの方が強い。

そのまま立ち止まらず歩くと、入り口に戻ってきてしまう。出るのか、出ないのか。

そう考えていると、コンサートや映画のポスターが貼ってあるところに並んで「バイト募集」の貼り紙があるのを見つけて立ち止まった。

バイト……か。

しばらくそれを見ながら放心していたような気がする。目の前を買い物を済ませたらしい彼女が通り過ぎつつ「すみません」と頭を下げたので、数分は経っていたに違いない。

ふとレジを見るとそばかすの多い眼鏡の女子店員が不審者を見るような視線をこちらに向けているのに気づき、思わず近寄って口を開いていた。

「あの……バイト……アルバイト、したいんですけど」

2

コンビニのバイトは想像していた以上に大変で、シフトもそうそう自由にはならないと分かった。変な客がぐだぐだ絡んできたりなんかすると、時給は今の倍もらったって割に合わないとさえ思ってしまう。しかしそれでも、たまには楽しいこともある。

亮太が棚のチェックをしていると、電子音が入店を告げる。と、傍らをすらりとした脚の持ち主が通り過ぎる。見上げる前に里見玲奈だと分かっていた。店の制服を着た亮太など見えない様子でゆっくりと歩いていく彼女の腰つきをじっくりと堪能して、また仕事に戻る。

彼女は平日はほぼ毎日、来店しているようだった。こちらのシフトの都合もあって毎回顔が見られるとは限らないが、最低でも週に三回は見かけるし、「どうも」と声を聞くことができる。弁当を買ったときなどは会話だってできる（「温めますか？」「はい」）。

何かもうちょっと親しくなるための言葉をかけようと考えたことはもちろんあった。しかし、合コン相手の女子大生にデートを持ちかけるメールを出すことはできても、毎日部屋を覗いていて半裸の写真も何枚も撮影し、時にはそれでマスターベーションしたこともある相手に、自然に話しかけることなどできそうもなかった。

下の名前が分かったのはちょっとした幸運だった。

亮太がレジにいたとき、たまたま引き落としされなかったらしい電気料金を彼女が払い込みに来たのだ。亮太は必死で平静を装いながら手続きをし、その名前欄に目を走らせた。

里見玲奈。なんとも彼女らしい名前だ、と思った。それ以来、「里見ちゃん」だった彼女の呼び名は「玲奈」に変わり、さらに身近な存在になった気がした。

しかし一方で、彼女にはこちらを認識しているような素振りは微塵（みじん）もなかった。視線を合わせることはないし、笑顔も見せたことはない。いつも超然とし、やや疲れた表情でスナックや弁当、飲み物や雑誌を買っていくだけだ。それを言ったら他の大半のコンビニ客達がそうだったが、コンビニで働く店員達を同じ人間だと認めたがらない雰囲気があるように亮太には思えた。コンビニで働くことによって物理的には近づけた気がするのにもかかわらず、かえって彼の望む関係性からは遠ざかっていくようにも思えた。

それが起きたのは亮太が東京へ出てきて二度目の夏。七月終わりの蒸し暑い夜のことだった。三日前にある問題が起きて、正直今も頭がどうにかなりそうなのだが、もはや考えることさえ放棄しているような状態だった。バイトに来て、家に帰ったら問題が片づいていたりしないかな、などと都合のいいことを思いつつ、いつも通り夜遅いシフトに入ったところだった。

店内は、じっとしていれば快適な温度に設定されているが、バックヤードは蒸し風呂だったりするし、ちょっと重い商品を運んだりするとやはり汗が噴き出す。

もちろん暑いのも寒いのも、重いものを運ぶのも好きではないのだが、会社の人間とうまくやれなかったことを考えると、この仕事も職場も、それほど嫌いではないことに気づき始めていた。何より今日もまた、一服の清涼剤のような玲奈に〝会えた〟。

今夜の彼女は、夏らしく涼しげなミントブルーのブラウスに白いスカート。粘つくような夜気の中を駅から歩いてきたはずだが、すべすべした肌には汗一つ浮いていないように見える。もう十一時になろうとしているから、彼女にしては遅い方だ。

「春美（はるみ）ちゃんお疲れさん。そろそろあがっていいよ。……じゃあ悪いけど、明日（あした）は早番でお願いするね」

店長が店の奥から出てきてレジに立っていた野田春美に声をかける。春美は亮太がバイトしたいと声をかけた時レジにいた、二つ三つ年上らしい陰気な女だ。色々と教えてもらった立場としてはまだ頭があがらないところはあるが、暗くてどうにも話しづらい、苦手な相手ではある。たまに二人だけになったりすると空気が重たくて仕方がない。どっちみち、やることは四六時中あるのでそうそう雑談などしている余裕もないのだが。

「お疲れーっす」

春美に声をかけつつ、追い出すようにレジに入った。そろそろ玲奈が雑誌コーナーを離れ、必要な買い物を済ませたらレジに来るだろうと考えてのことだ。客は一瞬だが途切れていて、玲奈一人だった。春美が帰って店長がまた奥へ引っ込んでくれたら、玲奈と二人きりになれる。だからどうだということでもないのだけれど。

「……」

春美は何かモゴモゴと礼のような挨拶のような言葉を口にして、奥へと消え、店長はクリップボード片手にざっと店内チェックを始めた。このままトイレまで行ってしばらく掃除でもしててくれ。

玲奈はと見ると、冷蔵飲料の前で何か考えている。と、二リットルのお茶とダイエットコーラをカゴに入れる。

〝毎日暑いもんな。エアコンつけないんだから汗だっていっぱいかくよな〟

弁当、総菜のコーナーで大きめのサラダを一つ取ると、玲奈はレジへやってきた。

〝おいおい、サラダだけ？　食欲ないのかな。全然太ってるように見えないけど、やっぱり気になるのかな？〟

表情には決して出さずにバーコードリーダーを当てていき、視線を合わせずにお札を受け取りお釣りを渡す。いつもは決して手を触れないよう気をつけているのだが、今日はたまたま少し手のひらを触ってしまった。向こうは気にした様子もない。大丈夫だ。嫌がられてはいない。

「ありがとうございましたー」

とこれはもちろんはっきり声に出して。

自動ドアを抜け、再び夜の熱気の中に入っていく玲奈の姿を視線だけでじっと追った。

五時頃、東の空が白くなってきた頃に早朝シフトの人にバトンタッチして亮太は帰路についた。まだ心配事が片づいたわけではないのだが、五分で帰宅してすぐ眠れるというのは何とも気楽だ。

マンションのエントランスに入ろうとして、ほぼ習慣のように向かいの玲奈の部屋のベランダを見上げる。

洗濯物が干してある。

バイトに出るときにはなかったはずだと不審に思い、立ち止まってまじまじ見てしまう。

男物のトランクスを前に吊るしているが、ブラやパンツが隠し切れてはいない。隠すためではなく男の存在をアピールしたいだけなのかもしれないが、もちろん亮太には効果がない。

なんだ、夜に洗濯したのかよ。盗んでくれって言わんばかりだな。その用心深いのか抜けているのか分からない玲奈を亮太は可愛いと思った。

きょろきょろと前後左右を見回すが、早朝の街路にはまったく人影がない。

この時、頭がどうかしていたのだと亮太は後で思ったものだ。頭の痛い大きな問題、疲労、そして溜まりに溜まった性欲――。

亮太は小走りに道路を渡ると、雨樋のパイプに手をかけて、一階のフェンスにすっとよじ登った。何度も頭の中でシミュレーションしていたのだが、思った以上に簡単だ。フェンスの上に立つと、すぐに二階のベランダに手が届く。懸垂の要領で這い上がると、一瞬後にはベランダの内側にいた。

しばらく屈み込んだ姿勢のまま、どこからか声があがるのではないかとドキドキしながらじっとしていた。今の物音に気づいた玲奈が目を覚ますかもしれない。

しかしどうやら誰にも見られなかったようだ。

それなら後は素早く撤退すればいい。

下着を吊るしているハンガーの下までしゃがんだまま移動し、素早く立ち上がりまとめて引きちぎるように取った。それなりの勝負下着っぽい、レースのたくさんついたセクシー系のブラとパンツだ。つい誘惑に抗しきれず、顔を近づけて匂いを嗅いでみたが、もちろんそこで香った花のようなものは香り付き柔軟剤か何かの匂いに違いない。

まあいい。匂い付きの下着が欲しいわけじゃない。

まだハンガーに残っている下着をさらに取ろうとした時、レースのカーテンが風に揺れていることに気づいた。相変わらず、窓を開けっぱなしにして寝ているようだ。二階だからといって安心しすぎじゃないか？

網戸を開けて一歩入ればすぐ右手にベッドがあることも分かっている。今は中の方が暗いのでよく見えない。

寝乱れた玲奈の姿態を想像して唾を飲み込んだ。

ここまで来たんだ。姦（や）っちまえ。寝てるんだから簡単だぞ。

そんな声が聞こえる前に、全身を激しく血が脈打ちながら巡り、股間が痛いほど勃起していることに気づいた。

下着になのか、それを盗む行為になのか、玲奈の寝ているすぐそばにいることになのか分からないが、とにかく興奮しているようだった。

誘ってるんだよ。窓まで開けて、あの女、お前を誘ってるんだ。覗いてるのだって、とうに気づいてたんじゃないか？　いつもレジにいるのがその覗き屋だってことも全部分かってて、わざと買い物に来るんじゃないのか？

脳が痺（しび）れたようになって何も考えることができない。下着をジーンズの尻ポケットに無理矢理詰め込むと、恐る恐る網戸に手をかけ、そっと滑らせるように開ける。カーテンが揺れ、部屋の中の散らかった様子が目に入った。

意外と、「片づけられない女」なのかな。

少し躊躇（ためら）った後、靴を脱いでそっと中へ足を踏み入れた。

中は薄暗く、ぼんやりとしか見えないが、右手のベッドには誰も寝ていないらしいのは分かった。

耳を澄ますが、人の気配が感じられない。窓が開いていたにもかかわらず、外の爽やかな空気よりも、淀（よど）んでやや粘っこい空気が充満している。女性の部屋らしい匂いを期待していたせいか、何かむせるような感じがあった。咳（せき）が出そうになって慌てて鼻と口を押さえる。

ワンルームだと思っていたが、もう一部屋あるのかもしれない。

忍び足でさらに奥へ向かおうとして、何か柔らかいものにつまずいて思い切り転んでしまう。

「あいたっ……くそっ、なんだよ……」

思わず声が出た。慌てて床に伏せたまま自分の口を押さえ息を殺したが、何も聞こえてこない。

そろそろと起き上がりつつ、つまずいたものを手探りで確認する。と、それが人間の身体らしいことに気づいた。

服が散らかっているだけと思っていたが、そこに部屋着の女がうつ伏せに倒れているのだ。

この子、床で寝てる……？

そう思い、そっと身体を離そうとしたが、そもそもあれだけつまずいて起きないということ自体に違和感を覚えた。

薄暗がりに目が慣れてきて、倒れている女の姿がはっきりと見えるようになっている。窓からの明かりも刻一刻と明るさを増しているようだ。

人形……じゃないよな。襲われると思って死んだふりしてやがるのか？　クスリでもやって意識不明、とか？　もしそうだったら――

救急車を呼ばなくちゃ、という思いと、姦っちまえ姦っちまえ、という声がまさに天使と悪魔のようにせめぎ合った。そもそも一体何で俺はここにいるんだ？　あわよくばいい思いをしようと思ったんじゃないのか？

しばらく迷ったあげく、再び近づき指でつついたり、足で蹴ってみたりするが動かない。素肌にそっと手を当てて、その冷たさに驚いた。

「おい、嘘だろ――」

女の身体に手をかけ、仰向けにすると、腹は血まみれで目はかっと見開いたまま。

間違いない。死んでいる。

ガタガタと音がして、それが自分の歯の立てる音だと気がつくまで時間がかかった。

ダメだ。ここにいちゃいけない。

亮太は入ってきた窓から飛び出した。

上ってきた経路を逆に辿ってベランダからフェンスに降り、飛び降りて走り出したところで道をやってきた誰かにぶつかりかけたが、よく確認もせずに逃げた。

のろいエレベーターで五階へあがり、足音を立てないようできるだけ素早く自分の部屋まで辿り着く。幸い、まだ誰も出てきてはいない。

玄関へ転がり込むように入ってドアを後ろ手に閉めると、しばらくその場にへたり込んでしまった。心臓がバクバクと動き、脳の血管が破裂しそうだった。

息がようやく少し落ち着いたところでよろよろと立ち上がり、キッチンで水を飲むと少し冷静になれた。

目の前に寝室のドアがある。この数日、ここでは寝ずに、リビングのソファで寝ていた。しかし今は、寝室を覗かずにはいられなかった。

「――何か、あったの？」

ベッドに寝そべっていた下着姿の女が身を起こしながら少し不安そうに訊ねる。女の左手には手錠がかけられ、ベッドの頭側のパイプに繋がれている。

これがもう一つの頭の痛い問題だった。

3

三日前の土曜日。

以前から連絡だけは取り合っていた高校からの友人三人――宮本、志村、筧――と、渋谷で久しぶりに集まったのだった。

「うっそ。辞めたの。信じらんねー」

そのことを言うのが嫌でなかなか昔の友達と会う気にもなれなかったのだが、あえてどうでもいいことのように伝えた近況に、三人は思った以上に驚いたようだった。亮太はいかに嫌な職場だったかを、多少、誇張を交えて力説する羽目になったが、三人ともうんうんと頷きはするものの、彼の決断には賛同しかねるようだった。

「いやお前、いまどきそれくらい普通だって。俺だって辞めたいよ。辞めたいけどさ……辞められねーよな？」

宮本の言葉に箟は強く頷いたものの、もう一人の志村は曖昧な笑みを浮かべただけだった。多分志村は、そんなに辞めたいと思ってねー。そう亮太は推察した。休日だというのに一人スーツで来やがったし、言葉遣いも何だか昔と違う。もうすっかり社畜生活に馴染んでいるのに違いない。

「ま、まあでも、山根くんはいいよね。マンションあるんでしょ？　家賃いらないって、東京じゃこんなありがたいことないよ」

慰めなのかもしれないが苛つくことを言う志村に続いて宮本もそーだそーだと乗ってくる。

「お前んち、金持ちだもんな。それに、いざとなったら地元でいくらでも仕事見つけてくれるんだろ」

「ぜってー嫌だ」

東京で、思っていたようないいことは一つも――一つしかないけれど、都会での一人暮らしを手放す気はなかった。

箟だけは、亮太に同情し、共感してくれているように見えた。昔からもっさりしていて、見た目もいまいちなら勉強もさほどできないやつだった。就職したところも、東京ではあるけれど小さな事務所か何からしく、このメンバーでは今でも唯一亮太が優越感を覚える相手だ。俺はこいつよりは恵まれてる、そう思うと心が楽になる。

しかし、ひとしきり近況を報告し合い、愚痴をこぼし合ったところで、筧は「ごめん」と言ってスマホを取り出し、誰かとＬＩＮＥのやり取りを始めた。

「何だよー、彼女かあ?」

そんなわけはないと思いつつ画面を無理矢理覗き込むと、『何時に帰ってくるの?』と表示されている。筧の返事は『そろそろ帰るよ』だった。亮太がぎょっとしていることに気づくと、照れくさそうに頷く筧。

「う、うん。今一緒に住んでるんだけどさ」

「何だよそれ、聞いてねーぞ。写真ねーのか写真。見せろよ」

宮本が言うと、筧はスマホの中から二人で写っている写真を探し出して、おずおずとみんなに見せた。

すごい美人、というほどではないけれど、はちきれんばかりの笑顔が可愛い女の子と筧が並んでいた。筧の方も、何とも嬉しそうだ。

この子と……住んでる?

自分でも驚くほどの敗北感に打ちのめされていた。

こんなやつでもとりあえず会社勤めを続けられていて、可愛い彼女までいるというのに、自分は一体なんなんだ。親に買ってもらったマンションで半分遊んで暮らし、女の部屋を覗いたりするしか楽しいこともない。そんなことがあっていいだろうか？

　落ち込みそうになる気分を吹き飛ばそうと、さらに酒を追加してとことん今日は遊ぼうと思った。

「そろそろ帰るって何だよ。今日は帰さねーぞ。な？」

　筧の首に、昔よくしていたように腕を回し、締め上げる真似(まね)をする。

「や、やめてよ、山根くん……」

　と、電話が鳴ったらしく、宮本が「悪(わり)ぃ」と言ってスマホを取り出し席を立って少し離れる。

「え？　はい……はい。え、今からですか？　うーん……はい、分かりました。近くにいるんで、一旦戻ります」

　電話を切るとすまなそうに戻ってきて鞄(かばん)を取り上げて言った。

「悪ぃ、ちょっとバグ出たらしい。戻らないと」

「バグぅ……？」

　ＩＴ関連の会社だ、とは聞いていたが、プログラムを書いている――書けるような男だとは思っていなかったので、亮太は驚いた。

「うん。ちょっと、俺じゃないと分からないとこなんだわ。悪いけど、今日はこれでごめんな。また飲もうぜ。とりあえずこれだけ払っとくわ」

安居酒屋でそんなに飲み食いしたわけでもないので割り勘にすればせいぜい三千円くらいだと思ったが、宮本は気にしない様子で五千円札を置いて素早く出て行った。残念がっているようなことを言いながら、何だか自慢されているように亮太には聞こえた。

二年目だけど、こんだけ必要とされてる俺スゲーだろ。釣りは取っといてくれ。

「じゃ、じゃあぼくもそろそろ帰るね。今日はプチ同窓会だって言ったもんだから、彼女、女子もいるんじゃないかって疑ってて……結構やきもち焼きでさ」

筧がそう言ってお金を出したときには、やきもち焼きだぁ？　どの面下げて言ってんだ、と叫びだしたい気持ちだった。

それに釣られたのか志村までもがお金を出して立ち上がったので、亮太は「おい、ちょっと待てよ」と言うしかなかった。

「女の子ナンパして、カラオケでも行こうぜ。な？　お前は一人なんだろ？」

「……ナンパはちょっと。カラオケも苦手だし。実は今日も仕事だったんだ。もうくたくたで。だから今日はごめん。また今度会おうよ」

「……そっか」

そうまで言われたのでは仕方ない。

三人が出した一万五千円を持ってレジで会計を済ませたら、それだけで釣りが来てしまった。

店から歩道へ出たところで、じゃあ、と手を挙げて駅の方へ去っていく志村の姿しかもう見えなかった。

「おい、これ——」

「あ、ああ……またな……」

タダ酒を飲んで、おまけに千円ほど儲(もう)かった理屈だが、まったく嬉しくなかった。ぽつねんと人波の中で立ちつくすうち、むかむかと腹が立ってきた。

くそっ。好きにしろ。渋谷なんてナンパされに来てるような女ばかりじゃないか。よりどりみどりの入れ食いだろ。

そんなことを思ったが、もちろん渋谷でもどこでも東京でナンパなどしたことはなかった。高一の時、近くの女子高まで行って声をかけて逃げられたことがあるくらいだ。普通ならナンパなど考えにも浮かばないのだが、今日は何としてでも成功させてやる、という気がしていた。カラオケにはそれなりの自信もあるから、お酒を飲ませながら一緒に盛り上がれば、ホテルに連れ込むことくらい簡単なはずだ。

居酒屋やゲームセンター、ファーストフード店などが密集する中心部、数メートル歩けばまさに大きなカラオケボックスのビルだった。そこの前にたむろしているミニスカートの二人組がいたので、手始めにと声をかけてみることにした。ほどほどに酔っているせいもあって、物怖(ものお)じしなかったのには自分でもびっくりした。

「ねえねえ、君達カラオケすんの？　一緒にやらない？」

じろり、と睨みつけ二人で顔を見合わせくすくす笑う。一人がもう一人の耳元で何か囁き、もう一度一緒に笑う。

「ごめん、マジ無理」

一瞬で顔がかっと熱くなるのが分かった。

「え、いや無理って、あ、はは……」

二人がそのまま背を向けて去ってくれたので、まだ落ち着いていられた。そのままじっと見ていられたら、どうしていいか分からなかっただろう。

今のやりとりを見ていたかもしれない連中がいる場所に留まることはとてもできそうになかった。少女達が去ったのとは反対の方角へ逃げ去るように移動し、もう一度勇気を引き出す方法を探っていた。

気にするな。気にするな。ナンパなんて十回に一回成功すりゃいいんだ。数だ、数をこなすんだ……。

十分後、少し離れた場所でもう一度、今度は一人でいかにもナンパされるのを待っているかのような年齢不詳の女の子（？）に声をかけ、汚い虫でも見るような目つきで黙って逃げられ、再び心が折れた。

おいおい。断わるにしても断わり方ってもんがあるだろうよ。大して美人でもねえくせに。何様だと思ってんだ。

亮太はもはや、怒りをエネルギーに変えるしかなかった。

男を見る目のない女達。そんなクソ女ばかりだ、東京は。玲奈くらいの美人ならともかく、ごてごてと化粧とカラコンでごまかしてるようなブスばっかりだってのに――

と、都会の人混みでも一際目立つ格好の女に目が留まった。

ヘアバンドから靴までいわゆるロリータファッションだ。しかし、ロリータの女に限って年増（としま）だったりブスだったり、年増のブスだったりする――というのが亮太の経験上の〝理論〟だった。

なのに、その長い栗色（くりいろ）のツインテールを垂らしたピンクロリータの少女は、人形のように可愛い手足と顔立ちをしていた。十八……いや、もしかすると十六くらいかもしれない。セクシーさでは玲奈の方が上だが、こういう可愛さも嫌いじゃない。

あんまり若い子とすると淫行とか言うんだっけ？　いやでもこんな盛り場にいるんだから、「大人だと思った」って言えば大丈夫だよな。もしかしたら、インコウじゃなくて援交ってやつか？　――などと考えながらじっと見つめていると、驚いたことに目が合った。

品定めするように上から下まで視線が動くのが分かる。と、もう一度目を合わせ、にっこりと微笑んだのだった。

亮太はふらふらと近寄り、声をかけていた。

「や、やあ。——可愛いね」

そんなつもりはなかったのに、思わず自然にそう言っていた。

「——おごってくれるんなら、そこがいいな」

少女は、向かいの店を指差した。

「へっ……？」

少女の指差す先にあったのは二十四時間営業の牛丼屋だった。

「……お腹……空いてんの？」

そう問うと、こくりと頷く。

ふと足元を見ると、これまたロリータブランドらしきキャリーバッグが突っ立っている。

援交というより家出娘かもしれないな、と思いつつ、亮太は決断した。せっかくのチャンスを逃がすわけにはいかない。

「来いよ。腹一杯食わせてやる」

少女は牛丼特盛りに生卵を二つ混ぜ入れ、味噌汁と共にあっという間に完食した。よほど腹が減っていたのか、身体に似合わぬ大食いなのか。

居酒屋ではそんなに腹に溜まるものはなかったこともあって、亮太もつきあって並を食べたが、ほぼ同時に食べ終わった。

「ごちそうさま」

亮太にか、店員にか、単なる習慣か分からないような言い方でそう言うとスツールから降り、さっさと店を出て行こうとする。亮太は慌てて精算し、店を飛び出した。ゴロゴロと音を立てながらキャリーバッグを引いて駅へ向かうロリータの姿が見えたので小走りに追いかけた。

「おいおい、ちょっとちょっと、そりゃないいんじゃないの？　飯だけおごらせる気？」

立ち止まって不思議そうに亮太を見返す少女。

「──あたし、何か交換条件出したっけ？」

「え？　いや、別にそんなことないけど……いやまあだからさ、話くらいしようよ。お茶、飲まない？」

「別にいい。お茶なら飲んだし」

牛丼屋で確かに麦茶をがぶがぶ飲んではいた。

「じゃあさ、お酒は？　カラオケしながら、飲んで朝までコース……どう？」

「……あたし、成人してるように見える？」

いたずらっぽく聞き返され、返答に詰まる。成人してるように見えない、と言えば酒もセックスもNGということになりかねないし、実際より上に見えるようなことを言ったらへそを曲げるかもしれない。

「……い、いくつなの？」

「ふふ……内緒」

　何だこの小悪魔。からかわれてる。むかつきつつ、絶対に逃がさないぞという気持ちも掻き立てられた。

「今からどこ行くの？」

「……別に」

　亮太はちらりとキャリーバッグに視線をやる。少女もその視線を追い、見つめ合った。

大丈夫だ。脈は、ある。

「家出、したの？　――いや、別にどんな事情でもいいけどさ、泊まるとこ決まってないんだったら、ホテル代出すよ。いや、何だったらうちに来る？　結構広いし、ソファベッドあるから、別々に寝られるよ」

「……ふーん？　でも、変なこと、するでしょ？」

「しないしない！　変なことなんかしないよ！　誓います。いやもちろん、して欲しいって場合は別だけどね」

　このギンギンの気分を悟られれば絶対に信じてもらえない言葉のはずだが、少女は信じたのか、よほど行く当てがないのか、覚悟を決めたように頷いた。

「そう。じゃあ、泊めてもらおっかな」

亮太は心の中で快哉を叫んだ。


居酒屋がタダですんだこともあり、金には余裕があることを見せようと、タクシーに乗り込んだ。渋谷からだと三千円はかかりそうだが構わない。

マンションには九時頃に着いた。築十数年の古い建物ではあるが、リフォームもしていて外見は立派だ。

「賃貸じゃないぜ。中古だけど、買ったんだ」

もちろん、その金が親のものだと言う気はない。

「ふーん……」

少女はここまで来ても、何一つ不安がる様子も見せず、逆に品定めしているようだ。案外こういうことに慣れてるのかもな、と亮太もかえって安心した。こちらは食事と宿を提供する。その代わりに一夜のお供をしてもらう。ＷＩＮ－ＷＩＮの関係ってやつだ。そうだよな？

部屋のカギを開けてから、当たり前のことだが、客が来ることなんか何も考えていなかったので長い間ちゃんと片づけをしてないのを思い出した。

「ちょ、ちょっと待っててくれる。軽く片づけるから」

「気にしなくていいのに」

そう答えたものの、後からついてくることはなかった。亮太は中へ飛び込んで電気をつける。夕方から留守にしていただけなのにひどく蒸し暑いので、真っ先にリモコンを探して冷房をかけてから、改めてリビングを見回す。広くてモノがないのでスペースは充分なのだが、さすがに床に散らばった漫画やＤＶＤの類いは一ヶ所に積んでおいた方がいいだろうし、ＡＶは隠したい。弁当やカップラーメンなんかのゴミも、分別など気にせずゴミ袋にまとめて突っ込んで口を閉じた。

「まだー？　トイレ行きたいんだけどー」

ドアの隙間から、少女が顔を覗かせている。

「ごめんごめん！　もういいよ！　入ってきて！」

入ってきた少女にトイレを示し、キャリーバッグを寝室に運んでおいてやる。ここで、（一人で）寝ていいんだよ、とも見えるメッセージのつもりだった。

ロリータ少女が自分のトイレでどんなふうに用を足しているかを克明に想像しながら、亮太は冷蔵庫からペットボトルを取り出し、きれいなグラスを探し出してコーラを注ぎ、ソファの前のテーブルに持っていく。ソファの真ん中より少し左に腰掛け、そわそわと待つ。

水を流す音が聞こえ、トイレから出てきた少女はきょろきょろとあたりを見回し、リビングに入ってきた。

「あたしの荷物は？」

「ああ、そこの寝室に入れといたよ。着替えるならどうぞ使って。シャワー浴びるんだったら浴びてもいいし」

「……後でいい」

後でいい。シャワーを浴びないで先にする方が好みってことか？　今トイレ行ったとこなのに？　そう考えるともう一秒も我慢できない気分になってきた。

「コーラ入れたよ、飲まない？」

亮太はさも自分が飲みたかったというようにグラスを手に取り、ゴクゴクと飲んだ。思った以上に喉がカラカラに渇いていたようで、今まで感じたことがないほど美味(うま)い。一気にほとんど飲んでしまった。

少女は亮太のそんな緊張にも気づかぬ様子でやってきて、亮太が空けたスペースに無造作に腰掛け、グラスに口をつけた。

「そ、そういやさ、名前、聞いてなかったね。俺も言ってなかったかな？」

「……山根さんでしょ。表札に書いてあった」

「そう、そうだよな、分かるよな。下の名前は亮太。君は？」

少女はもう一口二口コーラを飲んでから、慎重な口ぶりで言った。

「……アカネ」

「アカネちゃんか。可愛い名前だね。名字は？」

不思議そうに亮太の顔を見やり、その質問には答えなかった。

「まあ、いいんだけどね。名字なんかさ、どうでも」

アカネがグラスをテーブルに戻したタイミングで、亮太は彼女の身体に抱きつき、向こうに押し倒しながらキスをしようとした。

「ちょっと……やめて……やだ……」

思わぬ力でぐいと押しのけられ、亮太は驚いた。

「なんだよ、恥ずかしがらなくていいよ。分かってんだろ」

「何がよ！　変なことしないって言ったじゃない！」

言ったかどうかもはや覚えていなかったが、そんな言葉を真に受けているらしいことに逆に驚く。

「変なことじゃないよ。みんなやってる『普通のこと』だよ。そうだろ？」

そう言って再び力ずくでソファから絨毯（じゅうたん）の上に押し倒し、両手を押さえ込んでのし掛かる。この細腕で抵抗できるわけがない。それぞれの手首を掴（つか）んでゆっくりと開いて床に押しつけ、お腹の上に跨（また）がった。

ゆっくりと顔を近づけていき、何が何でもまずはキスしてやろうと思った。キスをして、その口に舌をねじ入れてやれば女なんておとなしくなるに決まってる。

アカネは右へ、左へ顔を振り、亮太の唇から逃げようとするが、長いツインテールが自分の身体の下敷きになっていて動きが制限されている。

亮太は頭で彼女の顔を押さえるようにしながら、舌を彼女の喉へ這わせ、じわじわと唇を狙う。と、身体をバネのように使って亮太の鼻へ強烈な頭突きをしてきた。激痛が脳天まで走る。

うがっ、と変な声が出た。

思わず手を離して自分の顔を押さえたところへ、股間にずしんと衝撃。膝蹴りか何かを局部に叩(たた)き込まれたようだった。

二つの激痛の中、身体の下から這い出ようとするアカネのツインテールの一つを掴み、無理矢理引き戻す。

「何すんだてめえ！　くっそ」

「痛い！」

顔を、拳で殴りつけていた。

ごん、と鈍い音がして、アカネは再び床に倒れた。今度は絨毯から外れたフローリングのところで、頭を打ちつけたようだった。

「お前何しにこんなとこまでのこのこついてきたんだ！　そんな格好で誘いやがって、今さらブリっこしたって遅せえんだよ！」

　うつ伏せで倒れたアカネを転がして仰向けにし、再びのし掛かり、胸を両手で掴んだ。意外にも、服を通してさえ結構な大きさがあるのではないかと感じ、勢いづいてわざと乱暴に揉んだ。

　ところが期待したような悲鳴も、「やめて」という声も聞こえてこない。転がした姿勢のまま、抵抗どころかぴくりとも動かないのだった。

「……おい……どうしたよ。もう観念したのか？　してもいいのか？　いいんだな？」

　もう一度胸を揉み、今度はスカートをめくって太股から股間へ向けて手を滑らせてみた。

　無反応。

「……おい、何だよ、気絶したのか？　嘘だろ」

　亮太は目を覚まさせようと、顔をぺちっとはたいてみた。ごろん、という首の動きからは、まるで生気が感じられない。気絶した人間でももう少し生きた反応があるはずだ。

　亮太は一気に全身の血の気が引くのを感じた。

　殺しち……まった？　嘘だ。

「おい！　ちょっと！　アカネ！　アカネ……ちゃん？　嘘だろ」

慌てて胸に耳を当て、鼓動を探ろうとしたが、自分の鼓動が激しくてさっぱり感じ取れない。

えーと……人工呼吸？　いや、心臓マッサージか。どうやるんだっけ。教習所でやったけど、やったけど！

「嘘だ……嘘だろ……頼むよ……」

人を——それも多分未成年の少女を連れ込んで、死なせてしまった。それが何を意味するのか、それ以上考えたくもなかった。

「あんたにはできないよ」

横たわったままのアカネが、見下ろすように亮太を見ていた。

「……お前……やっぱ死んだふりか。ば、馬鹿にしやがって……」

ほっとすると同時に猛烈に腹が立ち、逃がさないようにともう一度覆い被さる。

アカネは何一つ抵抗せず、小さく首を振る。

「あんたにはできないって言ったでしょ。そういうことできる人じゃないって、分かるんだ」

女を無理矢理犯したりはしない、という意味なのだろうか。それが褒められているのかけなされているのか亮太には分からなかった。この状況でやらないなんて、それはただの意気地なしかインポじゃないのか？

「そんなことあるか。俺のここがどんだけギンギンだと――」

あえてそう言ってみたが、ふと気づくと股間の塊はすっかり萎縮してしまっている。ここも血の気が引いたのか、と愕然（がくぜん）とした。

「ね？　だからあんたは覗き見するくらいが精一杯。それ以上はやめといた方がいいの」

確かにそうかもしれない――と一瞬納得しかけたが、再び冷や水を浴びせかけられたような気がした。

「……覗き見……って何だよ。どういう意味だ」

「だってあんた、そこの窓から盗撮してるんでしょ。向かいのマンションの……三階？　二階？　それくらい」

恐怖を感じた。

たまたま街で見つけた女だと思っていたが、こいつは一体俺の何を知っているというのか。

「な……何言ってんだか分かんねえ」

亮太は何かそんなことを示すものが部屋の中にあるのかとそっと見回す。和室に通じる襖（ふすま）が開きっぱなしになっている。そこから、窓際に置かれた三脚とカメラ、それにじっくり楽しむときに使う折りたたみ椅子が見えていた。

「あ、あのカメラは別に……」

「ズームレンズをあんなふうに下に向けて見えるものって言ったら、誰かの部屋しかないもんね。決まった人がいるの？　あー、いるんだ。美人？　あたしより？」

「うるせえ、黙れ！　あー、何なんだお前一体！　俺が何しようが関係ねえだろ！　ほんとに犯されたいらしいな！」

口ではそう言ったものの、もはや彼女は性欲の対象でもなんでもなく、ひたすら恐ろしい存在になっていた。

4

亮太はアカネの口にガムテープを貼り、後ろ手に前腕を互い違いに束ね、がっちりとガムテープでぐるぐる巻きに縛り上げた。ひどく暴れるものだから、下に響かないようにと無我夢中で押さえ込む。バタバタさせる足を抱え込みながら素肌が露(あら)わな膝下辺りで縛り上げる頃には、少女も疲れたのか諦めたのか、ぐったりとしてただ荒い息をしている。

亮太もそれ以上に肩で息をしながら、流れる汗を拭いつつ立ち上がって見下ろすと、白い細腕のあちこちに、亮太の指の痕がくっきりと痣(あざ)になっているのを見てぞっとする。

……俺がやったのか、これ？

一体何でこんなことになったんだ。こんなことをするはずじゃなかったのに。

よろよろとソファに座り込んで頭を抱える。アカネはゆっくりと尺取り虫のように這い始めたが、亮太はぼんやりとそれを見ていた。ずるずると壁際まで行くと、ごろんと壁に背中をつけて、器用に身体を起こし、足を投げ出して壁にもたれかかる姿勢になった。

怒りのこもった目でじろりと亮太を睨みつける。

「……」

もごもごと聞き取れない声を発した。

「あ？　何だ？」

もう一度アカネは何か繰り返したが、もちろん何を言っているか分からない。

既に散々バタバタ音を立ててしまったし、アカネも何か叫んだような気がする。もしガムテープを剝がして何か叫んだら今度こそ剝がさない、そういうことでいいのではないだろうか。このまま何のコミュニケーションも取れないことは逆にこちらもやりにくいと思い始めた。

「いいか、大声あげるんじゃないぞ。もっと痛い思いすることになるぞ」

そう言いながら近づくと、アカネはうんうんと頷いた。

膝を突いて手を伸ばすと、すぐ貼り直せるよう端だけ残して口のガムテープを剝いだ。

「……ぷふーっ。あー。——まったく……一体どうするつもりなの？」

苦しかったのか、何度か深呼吸してから亮太を見上げて言った。

「どうするって……なんだよ。お前自分の状況分かってんのか？」

「そっちこそ、分かってんのかって話じゃない。こんなことして、どうするつもりなのかって聞いてるの。殺す気なの？　死体はどうするの？　風呂場でバラバラにして捨てる？」

いきなりの衝撃的な質問に亮太は声を失った。

「そんなこと……」

するわけないだろ、と言おうとして、じゃあ一体どうするんだ、と自分の中の声が言い返した。この子を縛り上げて、これから一体どうすればいい？

「すっごく痛いんだけど。もう暴れたりしないから、外してくれない？　力であたしに勝ち目なんかないんだしさ」

一瞬、もう解放してやって何もなかったことにしてもらおう、そう考えたのだが、彼女の腕や足に浮かんだ痣を見て首を振った。こんなひどいことをしてしまったのに、許してもらえるわけがない。

「……ダメだ。お前が警察行かない保証なんてないだろ。絶対ダメだ」

「じゃあ殺すしかないね。どこで殺す？　この部屋で？　そしたらやっぱ死体をどうするかって問題だよね」

完全に他人事のような言いぐさだ。

「うるさい！　黙れ！　また口塞ぐぞ！」

亮太が苛々して怒鳴ると、アカネは唇をぎゅっと引き結んで、『何も言いません』とでも言いたげな表情を作る。

「くそっ……おかしいだろ……なんで俺が」

その時、ピンポンピンポンポンッ、と立て続けに電子音が鳴って、亮太は文字通り飛び上がった。

アカネと見つめ合い、硬直する。

こんな時間に誰かがこの部屋を訪ねてくる理由は一つしかない。

亮太は素早くアカネに駆け寄り、顔に垂れ下がったままのガムテープでもう一度口を覆った。

「んー！」

「静かにしてろ、いいな！」

十秒と置かずに再びチャイムが鳴った。

亮太はアカネから目を離さないようにしながら、リビングの入り口横にあるインタフォンの受話器を取る。

「はい……？」

『あのー、四〇五のものですけど』

恐れていた通り、下の部屋の住人だ。中年の男らしい声だった。

『なんかすごいどたばた音がしてたんですけど……』

「あ、そのー……申し訳ありません！　ちょっと遊びに来た子供がふざけてて！　もうおとなしくさせましたんで、ごめんなさい！　ほんとすみません！」

姿も見えないのに必死で頭を下げる。その間もじっとアカネを睨みつけていた。

『そうですか……？　まあ、よろしくお願いしますね。じゃあ』

あっさりと引き下がり、廊下を立ち去るサンダルの音が響いていた。

「すみませんでした！」

亮太は言って受話器を置いたが、それがべっとりと汗で濡れていることに気づいた。

アカネはどこか面白がっているような様子でじっとこちらを見ている。亮太はふらふらと近づいてアカネの前に座り込んだ。

くいくいと何か言いたげにアカネは顎を突き出す。また剝がせ、と言っているようだった。

亮太は恐る恐る手を伸ばして、ガムテープを全部剝がす。

「……どう？　おとなしくしてたでしょ？　ほっとした？」

「あ？　……何で、騒がなかったんだよ。物音立てるとか、できただろうよ」

「そう？　怖くて、体が動かなかったのかもね？」

もちろん、そんなはずはない。こいつは怯えてなどいない。

「何にしろ、今あたしを殺すのは、いよいよやばくなったよね」

「何だって？」

「下の人、怒ってるってより、ちょっと疑ってたっぽくない？　ここで何してたかって」

「……だったらどうだってんだよ」

「もし、あんたがあたしを殺して、何とかかんとか死体を始末したとしたって、もしあんたに疑いがかかるようなことがあったら、下の住人はさっきのことを思い出すだろって話。――『土曜日の夜ですか？　そう言えば、何だか人が倒れるような音がしました。女の悲鳴も聞こえたような気がします。文句を言いに行ったら、子供が遊んでるって嘘つくんですよ。いいえ、子供なんか見たことありません。絶対嘘ですよ』ってね」

警察の聞き込みに答える下の住人のつもりなのか、それらしい表情まで作りながらアカネは演じてみせる。

亮太はぞっとした。

確かにそうだ。何で子供のせいだなんてすぐバレるような嘘をついてしまったのか。

「——馬鹿言うなよ。人殺しなんかしねえ。最初っからそう言ってるだろが」

「だったらこれ、外してよ。殺人じゃなくたって、どんどん罪が重くなるよ」

そうだ。暴行。監禁。今ならまだ大丈夫かもしれない。さっき助けを求めることもしなかった。あそこで変に暴れられていたら、確実に疑われ、警察を呼ばれていたかもしれない。こいつはその言葉通り、警察沙汰にする気はないんだ。

亮太は少女の足のガムテープをほどきかけて、手を止めた。

「——ほんとに警察に行かないって、保証が欲しいな」

「保証……？　保証って言ったってさあ……」

「俺がやったこと許してくれるって言うんならさ、一晩、ゆっくり仲良くするってのはどうだ？　そしたら俺も安心できるし」

我ながらいいアイデアのような気がした。その気になったらこのまま犯すことだって可能なのだから、嫌だと言ったって仕方がない。だったらお互い合意の上でやった方が疲れないし気持ちだっていいはずだ。

アカネはにっこりと笑って言った。

「ごめんね。さっき言わなかったっけ？　今日はそういう気分になれないの。——ま、今日に限んないと思うけど」

亮太はかっとなってアカネの頬を張った。

「おい、何だよお前！　殺されたいのか？　そんなに殺されたいのかよ！」

「……殺せるんなら殺せばいい。犯せるんなら犯せばいいよ。やってみなよ」

こいつは一体何なんだ。俺を馬鹿にするのが目的なのか？　それとも無理矢理犯されるのを喜ぶ変態とかじゃないだろうな？

亮太はアカネのことが何一つ信用できなくなった。頭では、もういっそやっちまえばいい、そう考えていたのだが、実のところ身体はまったくその気がなくなっていた。

この女は不気味だ。何かヤバい。

そういう思いが強すぎて、もはや通常の性欲を感じないのだった。

「……俺も今日はそんな気分じゃないわ。ともかく、今解放するわけにはいかねえ。痣もできちまったしな」

痣さえなければ、いくらこの女が暴行されたと訴えたところで何一つ証拠はなくなる。それからならいくら訴え出ようと問題ないし、盗撮のデータも消してしまえばいい。問題ない。何も問題ないはずだ。

もし仕事を辞めていなかったら、変な疑いをかけられただけでも、会社をクビになるかもしれないとか心配しなければならないところだが、フリーターになった今、失うほどの社会的信用ももはやない。――しかし、警察沙汰になれば親に連絡されるかもしれないし、そうなったら今度は問答無用で実家に帰って来いと言われる可能性も高い。

一体どちらの立場が強いのか、亮太にはさっぱり分からなくなったが、弱みなどないと思わせたくてアカネを睨みつける。

しばらく睨みあったが、やがて根負けしたようにアカネが目を逸らす。

「——じゃあさ、こうしない？　どっちみちあたし、シャワーだって浴びたいし、こんなカッコで寝るつもりはないからさ、あたしの服と荷物を人質——モノ質に取ればいいよ。そしたらあたし、縛ってなくても逃げられないでしょ？　それが『保証』になるんじゃないの？」

こいつ、自分から裸になると言ってるんだろうか？　確かに服がなければ外には出にくいだろう。それに、自分から服を脱いでシャワーまで浴びたとなれば、ますますレイプされたなどと訴えるのは信憑性がなくなるのではないだろうか。

実際問題、たとえこうやってガムテープで縛り上げたところで、こいつから目を離して眠ったり外出したりできるかというととても無理だ。一晩中見張っていなければならないとなるとこちらも疲弊するのは目に見えていた。

「悪くない……気がするな」

これ以上考えることに疲れてきた亮太は、半ば自暴自棄気味になってそう言った。少し癪ではあるもののこれ以上この女を怒らせるのは好ましくない。何とか宥めすかしてでもおとなしく帰ってもらうのが得策なのは確かだった——警察に行かないという確証さえあれば。

「じゃあこれ、剝がしてくれる？　不安だったら、包丁でもなんでも向けてりゃいいよ」

アカネがちらりと視線をやったので思わずキッチンの方を振り向く。最後に使ったのがいつだったかも思い出せないが、シンクの横にごろんと包丁が放り出してあることに初めて気づき、ヒヤリとする。もしあれを手にされていたら、逆にこちらが刺されていた——？

亮太は立ち上がってキッチンまで行き、包丁を手にしてちらりとアカネを振り向いた。まるでそれを歓迎するかのように頷いてみせるアカネ。

亮太は包丁を突き出したままアカネに近づくと、投げ出された足の間に刃を入れ、ゆっくりと上へ進めてガムテープを切った。それで少し自由になった少女は、向きを入れ替えて背中を見せたので、亮太は腕のガムテープも切ってやった。すぐにキッチンへ取って返すと、キッチン下の扉を開け、扉についた包丁立てに包丁を差し、バタンとこれ見よがしに閉じる。

アカネを見やると、バリバリとガムテープの残りを剝がしていた手を止めて不思議そうにこちらを見上げている。

「――こんなもの危ないだろ。怪我させたくねえし、俺もしたくねえ」

「……やっぱり、優しいんだね、亮太は」

呼び捨てかよ、と思いつつ少しどきっとする。

「嫌ぁ、もう、糊ついちゃった」

アカネはぴょんぴょんと跳ねるようにしながら残ったテープを急いで剝がすが、さすがにべとつくようだ。ころころと丸くまとめたガムテープの屑をぽんと亮太に放って寄越したので、反射的に受け取ってしまう。

「――じゃあシャワー、浴びよっかな。覗くのはなしだからね」

アカネはそう言うと、指をくわえたりわざとらしくしなを作りつつ浴室のドアに向かう。そのまま走って行けば玄関のドアの外までは出られそうにも思えたが、亮太はあえてその場を動かずじっと見ていた。アカネは洗面所兼脱衣所のドアを開け、中へ入る。閉めかけてもう一度顔だけをぴょこんと横向きに出すと、ツインテールの尻尾がぶらんと揺れる。

「あたしがシャワー浴びてる間に、服と荷物、隠しちゃってもいいよ。――下着くらいは着させて欲しいけど、それは亮太に任せる」

何を言われたのか一瞬分からなかった。

――つまり、どういうことだ。全裸でもいいって言ってないか？

何なんだ。その気はないと言ったかと思うと、今度はすぐ誘うような素振りを見せる。まだこの期に及んで大人をからかうつもりか。

あっという間に服を脱いだのか、すぐに浴室のシャワーが勢いよく流れる音がし始めた。

自分の部屋の浴室で、あの子は今裸になってる。遅まきながらその姿を想像し、股間にがつんと衝撃を覚える。

くそっ。やっぱりあのまま縛って転がしておきゃよかったんじゃないのか。何であのままひんむいてやっちまわなかったんだ、俺。

亮太はそんなことを考えながら脱衣所に近づき、ドアをそっと開ける。

中を覗き込むと、浴室の半透明のドア越しに、ピンク色の人影がシャワーを浴びている様子が見えた。

「おいおいおい――！」

慌てて亮太は壁の陰に隠れた。

丸見えみたいなものだと、あいつは分かってるんだろうか。

浴室の方を見ないようにしながらもう一度脱衣所の中を見ると、いつも亮太が使っている脱衣かごが真ん前に置かれていて、中に無造作に脱ぎ捨てた服が入っている。気にしていないだけなのかわざとなのか、一番上には当然のように服と同色のピンクのブラジャーとくしゃっとなった小さなパンティが載せられていた。

しばし睨みつけたあげく、下着には触れないようにしながらブラウスとスカート、ソックスなど一式をつまみ上げて取り出す。

あいつに全裸で歩き回られてもかえって興ざめだ。脱がす楽しみというのもあるわけだし、とりあえず下着は残しておいてやろう。

亮太は心の中でそう言い訳しながら脱衣所のドアを閉め、寝室に置いていたキャリーバッグと一緒にロリータ服を和室に持っていって、押し入れに放り込んだ。客が来ることもあるかと思って用意していた布団の間に挟もうかとも思ったが、皺になったら可哀想だと思い、やめておく。その気になって探せばすぐ見つかるだろうが、とりあえずはこれでいい。

シャワーを終えて脱衣所に出てきたらしい気配がしたので、亮太はソファに腰掛け、わずかに残っていたコーラを飲み干す。すっかり炭酸が抜けていて、咳止めシロップでも舐めているようだ。

脱衣所のドアが開く音がしたが、亮太は自制心を総動員してそちらを見ないようにする。

「……出たよー？」

呼びかけられて見ないのも変だ。妙に葛藤しながらちらりとそちらを見やると、アカネはピンクの下着姿でバスタオルを羽織るようにして、ひらりひらりと回転してみせる。

「あー、さっぱりした。亮太も浴びれば？　──あたしはもう寝るね。おやすみー」

「おい、ちょっと……」

そのままアカネは亮太の寝室に入ると、中からバタンとドアを閉めてしまった。かちゃりとロックのかかる音がする。自分でかけたことはないが、中からはボタンを押せばロックがかかる。

「おい、くそ、俺のベッドで寝る気かよ！」

慌ててドアに飛びついてノブを回したが、もちろん開きはしない。簡単なロックなので無理矢理開けることはできなくはないが、仕方ないとすぐ諦めた。廊下に面した小さな窓はあるが、格子がはまっているのでそこから出ることはできない。

何だかほっとしている自分もいた。

これで一晩寝かせてやれば、何もなかった、そういうことになるだろう。年下の少女にからかわれ弄ばれたようで癪だが、犯罪者になることに比べたらよほどましだ。

この時はまだ、そう思っていたのだった。

翌日のシフトは昼からだったし、アカネが起きるまで眠るつもりはなかったのだが、結構飲んでいたせいもあってか、ソファベッドで服のまま横になるとそのままぐっすり寝てしまったようだった。朝、物音と気配で目が覚める。

すぐ目の前に、亮太のワイシャツを羽織ったツインテールの少女の頭があった。絨毯の上に座り込んで、カップラーメンを啜っているのだった。

「……おい」

「ん？　あ、起きた？　おはよー」

「おはよーじゃねえよ。何勝手に人のもん食ってんだよ」

「あは、一宿一飯ってやつ？　まだいっぱいあったし、いいじゃん」

意味が違うような気がしたが、確かなことは分からず、亮太は諦めた。ソファに座り直すと頭の上から覗き込むような体勢になり、ブラに包まれた胸の谷間が目に飛び込んでくる。

亮太は思わず体を反らし、背もたれに身体を預けた。

ちらりと前を見ると、真っ暗なテレビの画面に二人の姿が映り込んでいて、ニヤニヤしているアカネと目が合った。

「――見たでしょ。エッチ」

「エッチじゃねえよ！　そんなカッコでいられたら見ちまうだろうが。――もういいからそれ食ったらさっさと出てけよ。ほんと、変な女だなお前は」

ずずずっ、とスープを啜るのを止めると、アカネは割り箸を舐めながら首を傾げた。

「あー、ごめん。今日はちょっと、無理かな」

「無理？　無理ってなんだよ」

「洗濯したから。今日あんま天気よくないし、すぐ乾かないと思うんだよね」

「せんたくぅ？」

いつの間にか開けられたカーテンの向こう側に見える空は確かに雲に覆われていて、いつ雨が降り出してもおかしくないような天気ではあった。時計を見るともう九時過ぎだが、さほど明るくもない。

和室の押し入れの襖(ふすま)は開きっぱなしで、亮太が放り込んだロリータ服は見当たらない。あっさり見つけたものの、それを着て逃げるどころか洗濯をしたという。どういう神経だ。

「荷物も見つけたんだろ。着替えくらいあるだろうよ」

「着替えなんかないよ。一張羅だもん」

じゃあ一体キャリーバッグに何を入れてるんだと思ったが、聞くのはやめた。

「俺はな、昼からバイトなんだよ。それまでに出てけ」

「えー。おとなしく留守番してるから、いいじゃん。どうせ人も来ないんでしょ？

……あー、向かいの子、覗いてシコるんだっけ？　言ってくれたらあたしあっちに引っ込んでるから、好きにしていいよ、うん。邪魔しない。——どういうふうにすんのか興味あるから、ちょっと覗くかもしれないけど」

ようやく忘れかけていた怒りに再び火がつく。この女がわざと火をつけているのだ。

「おい、いい加減にしろよ。いつまでもうろちょろしてたらほんとに犯すぞ！　犯すからな！」

「わー、こわーい！」

まったく怖がっていない様子でそう声をあげる。どう扱っていいものかさっぱり分からない。小悪魔、というのはまさにこういうやつのことなのだろうか。

亮太は寝室に行って、和室の押し入れに隠したはずのキャリーバッグを見つけると、ジッパーを引き開けた。

「やめて！　何すんの！」

「うるせえ。お前みたいなやつ部屋に置いてたら、何盗まれるか分かったもんじゃねえだろ。ここにいたいんだったら、代わりに何かお前の大事なものをだな――」

ケースの蓋に覆い被さって邪魔をしようとするアカネを無理矢理引き剝がすと、中を見て絶句した。

「おい、なんだこりゃ」

まず目に飛び込んできたのは、手錠だった。他にはくるくると巻いた鞭（むち）に、数メートルはありそうな縄、そして革のサックが被せられた大振りのハンティングナイフ。

「お前一体――」

中身に手を伸ばそうとするアカネの手を摑み、ねじり上げてうつ伏せに組み敷いた。

「放せ、この変態！」

「お前こそ何だよ、これ！　これで一体何するつもりだった！」

「関係ないだろ！　放せ！」

さっきまでとは別人のような怒気を含んだ声だった。

亮太はほとんど反射的にキャリーバッグの中にあった手錠を取り、アカネの手首に叩きつけた。カシャンと滑らかに回転して嵌まる。持ち重りの感じといい、おもちゃとは思えない代物だった。

もう一方の手首に嵌めようとして、自分のベッドが目に入り、考えを変えた。半ば抱き上げるようにして奥のベッドのところまで引きずっていき、手錠の空いている方をベッドの頭のところにある太いパイプに嵌めた。

「何すんだよ！」

「……ちょっとおとなしくしてろ」

ガチャン、ガチャンとアカネは手錠をがたつかせたが、それなりに値の張るベッドのパイプは、少々のことでは壊れそうにない。もしベッド自体を壊したとしても、多分、この大きなパイプでできたヘッドボード部分をぶら下げて歩くしかないだろう。

当面はこれでいいのではないか。

「……お願い。外して」

急にしおらしい声を出して、見上げてくる。

鍵があるに違いない。亮太はそのことに気づき、キャリーバッグの中を探った。蓋につけられたポケットの中で、ようやくそれらしい鍵を発見し、ジーンズの前ポケットの中にしまう。

「――何でこんなもん持ってんだよ。どうするつもりだった。まさか逆に俺を監禁するつもりだったのか？」

アカネは目を逸らし、ふん、と鼻を鳴らす。

「だったらもうやってたでしょうよ。あんたぐーすか寝てたんだから」

それは確かにその通りだ。しかし、空腹に耐えきれず後回しにしたのかもしれない。何にしろますますこの女が不気味さを増したのは間違いない。得体が知れない。この女こそが犯罪者なのかもしれない。

もしかすると美人局（つつもたせ）ということもありうるのか。だとすると協力者が？　何かあったらその協力者が踏み込んでくる手はずだったら、一体どうすればいい？

亮太は必死でキャリーバッグの中をもう一度探り、身分証明になるものや携帯電話などがないか探したが、何も見当たらなかった。今どきケータイもスマホも持ってない女などいるだろうか？　小さいポーチを提げていたのを思い出し、脱衣所のかごの中に発見したが、小銭入れとちょっとした化粧品があるだけでやはりケータイはない。開いた浴室の中には、ロリータ服が吊るされ、ぽたぽたと雫を垂らしている。本当に洗濯したらしい。

亮太は寝室に戻り、入り口からアカネを見やった。もはや諦めたようにベッドに横になり、片肘をついてこちらを見ている。ほとんどワイシャツははだけ、完全に下着姿だ。ツインテールの少女が、下着姿で俺のシャツを羽織っている。何ともエロティックなシチュエーションであるはずだった。しかしもちろん、喜ぶに喜べない。

「あーあ。ま、いいけどね。どうせ服乾かないし。亮太が帰ってくるまで待ってるよ。できたら食べ物と飲み物、置いといてくれると助かるな。あ、トイレ！　トイレ行きたくなったらどうしよ？　ここで漏らしちゃっても構わないってんなら、あたしはそれでもいいけど」

亮太はしばらく唇を嚙み、やがて諦めて風呂場の洗面器を持って戻ってきた。

「さっき食ったんだから食べ物はいいだろ。おとなしくしてたら、何か食い物も買ってきてやる。でも、何か余計なことでもしてみろ、ただじゃおかねえからな。大体、金どころか身分証一つないってどういうことだよ。警察に行かれて困るのはお前の方なんじゃねえのか、え？」

亮太ははったりを利かせて睨みつけたが、アカネは不敵な笑みを浮かべただけだった。最後にもう一度睨みつけ、キャリーバッグを持って寝室の外へ出た。

5

亮太が、もうどうにでもなれと思い、貴重品——といっても財布と通帳くらいだが——だけ持ち出してバイトに行き、午後七時頃戻ってくると、アカネが寝室の中で喚いていた。

「ちょっと！　ちょっと、早くして！　ねえ！」

いっそ手錠を壊してどこかへ行っててくれないだろうかと思ってもいたので、ややほっとしつつも舌打ちする。

寝室に入ると、アカネが手錠をガチャガチャいわせながら、「トイレ」と口を尖らせる。さすがに洗面器は空っぽだ。無理矢理目の前でさせる、というのもエロマンガのようでそそられないでもなかったが、仕事帰りの今、そこまでするエネルギーは残っていなかった。ズボンのポケットに入れておいた手錠の鍵を使ってベッドに繫いだ側を外し、ちょっと考えてもう一方の手に繫いだ。

「トイレならそれでできるだろ」

やや不服げではあったが文句を言う余裕もなかったのか、寝室をぱたぱたと飛び出すとトイレに駆け込み、すぐに盛大に放尿する音が寝室にいても聞こえてきた。水を流してごまかす気も働かなかったのか、そもそもそんなことを気にしない人間なのか。いや、わざと聞かせて俺の反応を見ようとしてる可能性もあるか。その手には乗らんぞ。

亮太はつとめてその光景を想像しないようにしながらリビングへ向かい、店から持ち帰った弁当の袋をローテーブルに置くと、ソファに座り込んでテレビをつけた。お笑い芸人と女子アナばかりが出ているクイズ番組をやっていた。

やがてドアを開けて出てきたアカネは「はー、ヤバかった、マジヤバかった」と言いながらリビングへやって来る。当然だが、相変わらず下着に亮太のワイシャツを羽織っただけの姿だというのに恥ずかしがる様子もない。エアコンを切っていて蒸し暑いせいもあって、ワイシャツをパタパタさせて風を送るものだから、そういうつもりがなくてもつい目は胸元に吸い寄せられる。

「わっ、あたしの分のお弁当も買ってきてくれたんだ。やっぱ亮太やさしー」

ぺたんと絨毯の上に女の子座りすると、袋から二つの弁当を勝手に取り出し、見比べる。

「とんかつ弁当とハンバーグ弁当？　あたしのはどっち？」

「どっちでもいいよ……好きなの食え」

「じゃあハンバーグ……と思ったでしょ？　やっぱとんかつー」

「どっちでもいいんだって……ちょっと待て、手洗ってねえだろ」

アカネは手錠に繋がれた手を不服げに持ち上げてみせる。

「これで？」

亮太は黙って袋の底からおしぼりを取り出して渡してやる。

「ありがと。ほんと優しいね」

俺は一体何やってるんだ、と不思議に思いながらも、アカネと二人でクイズ番組を観（み）ながら弁当を食った。

これはかつて夢見たような光景ではなかったか。一晩を共に過ごした少女が下着の上に自分のシャツを羽織っただけの姿で、一緒に弁当を食べている。そう、彼女が手錠さえしていなければ。

そうだ。一体これから俺はこいつを、どうすればいいんだ？

「服、乾いたんだろ。これ食ったら出てけよ」

「えー、何それ。やさしくなーい」

「ああ、ああ、優しくないよ。そもそもな、優しいやつは女閉じこめて手錠なんかかけねえの」

「監禁してたって自覚はあるんだ。へー。……手首、こんなんなっちゃった」

突然手首についた赤い筋を見せつけ、痛むかのような表情をしてみせる。

「暴れたわけじゃないよ。ずーっと当たってると、こうなっちゃうんだよね。監禁されてたって証拠には充分じゃない？　手錠まで用意してたってことだと、常習犯って思われてもしょうがないね」

亮太は驚いて口に運びかけていたご飯を膝に落としてしまった。

「お前がもう少しいさせろって言ったんじゃねえか！　勝手に歩き回られるのが嫌だから手錠かけただけだし……大体それ、お前が持ってたやつだろう！」

「あたしが？　このあたしが手錠なんか持ち歩いてるように見えると思う？　警察の人、そんなこと信じるかなあ？」

確かに、街でナンパして家に連れ込んだ未成年の少女が、たまたま手錠や鞭を持ってましたと言っても信じてもらえる気はしない。そしてここまでの状態にしておいて、手は出していないということも信じてもらえるのかどうか。

くそっ。だったらやっぱりいっそ犯しちまった方がよくないか？　――いやいや、いまどき、DNAとかなんとか、証明する手段はあるはずだ。やってないものはやってないんだから、いくらこの女がデタラメ言おうと強姦罪になんかなるわけない。しかし、監禁されたという主張は認められそうだし、それは果たしてどれほどの罪になるものか見当もつかなかった。

一日経(た)っても、事態は一向に変わっていないように思えた。どうしていいか分からないままさらに二十四時間が経ち、亮太の頭は若干麻痺(まひ)していたのだろう。再びアカネをベッドに繋ぎ、深夜のシフトに行って、そしてその帰りに死体に出くわしたのだった。


「——何か、あったの?」

アカネに聞かれ、亮太はようやくパニックから脱することができた。まだ数日一緒にいるだけで何を考えているのかさっぱり分からない不気味な女ではあるが、今会話ができる人間がいるということが、亮太にとっては唯一の安心材料だったのだ。

「死ん……でた。死んでたんだ……」

「死んでたって……誰が?」

「玲奈だよ……里見玲奈……向かいの女だよ!」

「ちょっと落ち着いて、最初から話して」

亮太がへたりこんでベッドにもたれると、アカネは身を起こして足を下ろし、亮太の肩に自由な方の右手を添えた。がちゃりと手錠の鎖が音を立てる。

「……お前が……お前が、下着の替えを買ってこいだとか言ってただろ? 帰りにそれを思い出して、ふと見たら、玲奈が——向かいの部屋に下着が吊(つ)るしてあったんだよ。

おい、誤解すんなよ。お前のために取ってきてやろうと思ったんだよ！」

「ふーん……？　それで？　ベランダによじ登ったわけ？」

「あ、ああ……そしたら、窓が開いててさ。ちょっと、気になったんだよ」

「寝てるところをやっちゃおうって思ったわけだ」

「違う！　そうじゃない……いや……どうだっていいだろ！　とにかく俺は何もやってないんだから！」

顔を振り向けて必死で抗議すると、アカネはポンポンと肩を叩いて先を促す。

「まあいいって。入っちゃったもんは仕方ない。それで？」

何だか妙に楽しそうなのが引っかかるが、今は気にしないことにした。

「……中は暗くて、蹶躓（けつまず）いてあの子が倒れてるのに気づいた。血まみれで……すっかり冷たくなってた」

亮太はいまだ震えが残る手に触れた玲奈の肌の感触をはっきり思い出していた。

「……触っちゃったんだ。素手で」

その言い方に何か引っかかるものを感じ、亮太は再び振り向いた。

「触ったけど……それがどうした」

アカネは大したことじゃない、と言うように肩をすくめてみせる。

「……肌や服からの指紋検出は難しそうだから、他に触ってないんなら、まあいいと思うけど。最近はＤＮＡなんかも出たりするらしいね」

彼女の言わんとすることが徐々に頭の中に染み入ってくる。指紋に……ＤＮＡだって？　倒れている玲奈以外に、触ったところは？　――網戸を開けてるし、ベランダによじ登るときだって手すりを触ってる。

「……網戸の枠……それと手すりとか……」

「網戸かあ。それはちょっと問題かもね。警察、調べないわけないだろうし。ま、前科があるわけじゃないなら、誰の指紋か調べようもないけどね。――まさか亮太、前科ないよね？」

「あるわけねえだろ！」

「ふーん……こんなの取って来ちゃったくせに？」

尻ポケットに押し込んでいた下着を、アカネがずるずると引っ張って取り出した。

「侵入経路が分かれば、下着泥棒が住人に見つかって慌てて殺しちゃった……警察はそう推測するかもね。犯人は現場周辺に住む性欲を持て余した独身の男。今どき、高齢者でもエロい人多いから年齢は絞れないかな。まあでも、向かいのマンションあたりは早いうちに調べに来るかもね……」

「やめてくれ！　俺は関係ない、関係ないんだからな！」

亮太はそれ以上アカネの言葉を聞くことが恐ろしくて頭を抱える。

「――ねえ、その靴下、えらく汚いんだけど。まさかあんた、靴を忘れて帰ってきたんじゃないよね？」

亮太は凍り付いた。慌てて靴下を見たが、その前にはっきりと、ベランダに脱ぎ捨てた自分の靴のことを思い出していた。ゆっくりとアカネを見上げ、震える声で言った。

「……ベランダに……ベランダに置いてきた……」

「あちゃー。そりゃもうダメだ。一人暮らしの女の部屋のベランダに男物の靴があったら、持ち主探すよね、まず。ローラー作戦で探しても、ここに来るのは時間の問題。指紋採られてはいおしまい」

「でも！　でも俺やってねえし！」

亮太は立ち上がってアカネに反論した。

「確かに下着を取りました、部屋にも入りました、慌てて逃げました、でも殺してませんって？　それ、刑事が信じると思う？」

「だから！　俺じゃねえんだよ！」

アカネの肩を摑んで揺さぶったが、少女はうっとうしそうに右手で払う。

「あたしに言ってもしょうがないってば！」

亮太は手を放し、よろよろと後ろへ下がった。

「どうしよう……どうしよう……」

「……まだ、間に合うかもよ」

「え？　何が」

もはや自分とアカネの関係などどうでもよかった。今、頼りにできるのは彼女だけなのだ。

「もちろん、証拠を——靴を回収しちゃえばいいってことだよ。ついでに指紋も消してくれれば」

亮太は反射的に格子のはまった窓を見た。どんどん明るくなりつつある。もうすっかり朝と言っていい。

「もう一回あそこに入るってのか？　誰かに見られたら余計やばいじゃねえか！」

「ベランダから入れなんて言ってないっての。玄関から入ったらいいよ。玲奈——だっけ？　——その子を殺した犯人は、多分玄関から出て行ってるでしょうよ。だったらカギは開いてるはず。堂々と玄関から入って、靴を取り戻してまた玄関から戻ってきたらいい。もちろん指紋には気をつけてね」

アカネの言っていることはいたって理屈が通っているように聞こえる。亮太が思いもつかないことまで、何とも親切なアドバイスをくれる。レイプ——のつもりはないが、多少強引にエッチなことをしようとした相手だというのに。

いや、本当に行き場のなかった彼女にとって、こうして泊めてやって食事も与えていることには、実際恩義を感じているのかもしれない。

「――行くなら早く行かないと、どんどん人通りも増えてくるよ」

躊躇(ためら)っていた心にアカネが鞭を入れてくれた。

亮太は寝室を飛び出し、一瞬迷ったものの靴を履いて外へ出た。あそこに――死体のあるあの部屋に戻らなければならない。

6

表通りにはそろそろ車がちらほら走っているものの、まだ歩行者はほとんど見えない。もし万が一どこからか見られていたとしても記憶に残らないよう、なるべく自然な小走りを心がけて通りを渡る。先ほど出入りしたばかりのベランダから目を背けながら、玄関へ回り中へと入る。

狭い階段を上がり、二階の廊下を見通してしばし息を潜める。玲奈の部屋への出入りだけは誰にも見られてはならない。足音などの気配がないのを確認すると、二〇二の前まで行き、Tシャツを使ってドアノブを摑み、回してみる。

あっけなく開いたので素早く中へ滑り込む。

――あいつの言った通りだった。

アカネに教えられなければ、玄関から入るなど考えもしなかっただろう。

少し安心しつつも、今からもう一度あの死体を乗り越えて靴を取ってこなければならないと思うと、鼓動が速まり、手に汗が滲む。さらに取り返しのつかないことをしてしまうかもしれないし、今ここで誰かに出くわさないとも限らない。そうなったらすべては終わりだ。

靴を脱いで奥を見ると、窓から差し込む光で倒れている玲奈の姿がはっきりと見える。さっきのは何かの見間違いかいたずらで、死体が消えていはしないかというかすかな期待はもろくも崩れた。さっきは動転していて気づかなかった金臭い血の臭いも、玄関まで漂ってきている。

亮太は歯を食いしばってつま先立ちで歩を進め、血溜まりを踏まないよう気をつけながら死体を迂回し、窓に辿り着く。開けっぱなしの網戸の手をかけたとおぼしいところをTシャツで軽く拭きつつ外に手を伸ばして靴を取る。外の手すりも拭いた方がいいのだろうが、人目につくリスクを考えるとやめておいた方が無難だと判断した。

網戸をそっと閉め、死体を跳び越えるようにして玄関へ戻り、再び靴を履く。手に持った靴はなるべく目立たないよう、束ねて脇に挟んだ。ドアの裏で一旦耳を澄まし、人気がないのを確認して外へ滑り出た。もちろん、ノブに指紋をつけないよう気をつける。

大丈夫だ。

亮太は自分のマンションに戻るまで、さっき以上に走り出したい気持ちを抑えねばならなかった。

自分の部屋に戻り、無事靴を取ってきたことをアカネに報告すると、どっと疲れが押し寄せた。身体にまったく力が入らない。ベッドの上のアカネを押しのけるように腰を下ろし、ごろんと横になる。

「誰にも見られなかった？」

「……ああ。多分な」

「そう。じゃあ、とりあえず安心だね」

安心――そう聞いて、改めて疑問が湧いてきた。

「そういや、なんであれこれアドバイスしてくれるんだよ。俺が警察に捕まったら、困るのか？」

「そんなに居心地悪くないしね。この手錠だけはちょっと嫌だけど。また泊めてくれる人探さなきゃいけなくなるじゃん？」

何となく、彼女自身もあまり警察に関わりたくないのではないかとも思った。家に連れ戻されたりしたくないということも考えられる。

「……でも、もし犯人がなかなか捕まらなかったら、いずれこの辺も聞き込みにくるだろうね」

「え？　……知るか。もう俺は何も関係ねえんだからな」

「どうかな。死体、触っちゃったんでしょ？　徹底的に調べたら手すりの指紋は見つかるだろうし、もしかしたら髪の毛とか落として来ちゃってるかもよ？」

「おい、いい加減なこと言うな！」

「だからね、犯人、早く捕まった方がいいってことだよ。そしたら捜査もおしまい。亮太が変に疑われることもなくなるってわけ」

「……早く通報した方がいいってことか？」

「バッカねえ。なんて通報すんのよ。覗いたら死んでるみたいですって？　匿名だったとしてもオススメできないよね」

「じゃあどうすんだよ」

「今、現場の状況を知ってるのは犯人を除けばあんただけなんだよ？　何か手がかりを見てるんじゃないかってこと」

「手がかり？　手がかりってなんだよ」

　アカネは舌打ちする。

「もう。あんたは長いこと玲奈さんを——被害者を見てたわけでしょ？　そして、殺害直後の部屋も見てきた。色々推理できる材料があるんじゃないかって言ってるの」

「推理って……」

　一体この女は何を言ってるんだ？

　しかし、アカネは最初から色んな事にすぐ気がついていたし、頭の回転が速そうなのは確かだ。大きな危機は脱したとはいえ、もっとアドバイスを聞いておいた方がいいのかもしれない。

　亮太はそう思い、バイトを終えてから死体を見つけるまでのことを、なるべく正確に思い出しながら話していった。

「……玲奈って人、彼氏はいなかったの？」

「いたのかもしんないけど、少なくとも、部屋に男が来たのは見たことない」

「ふうん。ストーカーなら、彼氏がいるかいないかくらい、確認しなよ」

「ストーカーじゃねえ！　……ただあの子の顔を見るだけで、よかったんだ。バイトも、あの子を見かけなかったら多分やってない」

「バイト先にも来るの？　コンビニに？」

「ああ。今日も……ていうか、そういや昨夜も来たよ」

「何それ。殺される寸前の被害者も見てたってことじゃん。どんな様子だった？」

「どんなって言われても……いつもと変わらなかったような……」

「何時頃？」

「……結構遅かった……十一時くらいだったっけ……ああ、そうだ。ちょうど別のバイトがあがる時だったから、十一時だな」

「死体に触ったとき、冷たかったんだっけ？」

「ああ、すっかり冷たくなってた」

「服は？　昨夜見たときのまま？　着替えてた？」

血まみれの玲奈の姿を思い出させられ、亮太は顔をしかめる。

「……部屋着だった。着替えたんだな」

「……ていうことは多分、彼女は帰宅して着替える間はあったわけだよね。部屋に潜んでたやつとか、入るときに一緒に押し入られて殺されたわけじゃない」

言われてみれば確かにそうだ。服を部屋着に替えていたかどうかだけで、次々と推論を積み上げていくアカネに、亮太は恐怖さえ覚えた。

「犯人が一緒に入ったのでないなら、後から訪ねてきたってことだよね。着替えてすぐだったとしても多分もう十二時近い。そんな時間に訪ねてきて、チェーンもかけずにおとなしく部屋着のままドアを開けたってことは、ある程度気を許せる相手――恋人とか友人、家族……少なくとも、見知らぬ男ってことだけはないね。そう、コンビニで顔を合わせるだけの亮太とか」

「……ん？　俺には有利な材料ってことか？」

「警察に、真っ当にものを考える人がいてくれたらね。それに、犯行時刻が十二時に近いとしたら、その頃バイトしてた亮太にはアリバイができるかもしれない。ま、死亡時刻がなるべく正確に分かれば、の話だけど」

「アリバイ……」

そんなことは考えてもみなかった。死亡時刻というのは一体どれほどの精度で分かるものなのかも想像がつかない。

「死体発見が遅れると死亡時刻も分かりにくくなっちゃうから、誰か早く発見してくれた方がいいんだけど。これから暑くなると、死体現象も早く進みそう」

アリバイだの死体現象だの、聞き慣れない言葉を使うアカネを、亮太は改めてまじまじと見つめた。

一体こいつ、何者だ？

そんな視線に気づかない様子で、アカネは続ける。

「親しい人間が犯人なら、案外すぐ捕まるかもだね。手口も乱暴そうだし、そう頭がいいとも思えないから」

そうなのだろうか。ほんの少しだけ安心すると、急激に疲れが押し寄せ、亮太はそのまま目を閉じた。

「ちょっと、ここで寝るつもり？　狭いんだけど」

壁際に押しつけられるような形のアカネは文句を言う。

「……ちょっとだけ……ちょっとだけだ……」

亮太にはそれだけ言うのが精一杯だった。


「起きて。起きなよ」

「……んん……？」

ぐいぐいと乱暴に揺り動かされて目が覚めた。

アカネがベッドから降り、寝室の戸口から手招きしている。

「ちょいちょい、見て見て。パトカーいっぱい来てるよ」

「んあ……？　ちょ、お前、何で手錠……」

はっとしてズボンのポケットに手をやるが、もちろん鍵はなくなっていた。

しまったと思いつつ、もうそんなことはどうでもいいような気もした。

半分寝ぼけてよろよろしつつもアカネの後を追い、リビングの窓へ向かった。

バラバラとうるさい音が響いていることにもようやく気づく。

「ヘリ……？」

カーテンの隙間からそっと街路を見下ろすと、アカネの言う通り何台ものパトカーが列をなしている。二階の——玲奈の部屋のベランダにはブルーシートが張られ、警官とは別の青い制服を着た男達が忙しそうに動き回っているのが見えた。

大事件が起きたのだということを、改めて認識する。

夢であってくれと思っていたが、やはりあれは紛れもない現実だったのだ。

誰かが——断じて自分ではない——里見玲奈を殺したのだ。

悲しみとか同情とか、そういった感情はまったく湧いてこなかった。ただただあんなふうに人を殺す人間がいるということに対する恐怖と、自分が疑われるかもしれないという不安だけがあった。人非人だ。まるで自分のことしか考えられない。やや自嘲的にそう思った。

どこかで自分の着信音が鳴っている。

亮太は寝室に放り出したままの自分のボディバッグを見つけ、中からスマホを取り出す。

自宅の番号だ。

「……ああ、うん、俺だけど」

『亮太！　今テレビ観てるんだけど……何だかあんたのマンションの近くで、事件があったみたいじゃない？』

母親だった。

「あ、ああ……なんか外が騒がしいと思ったけど……さっきまで寝てたから……」

リビングに戻り、テレビをつける。

ちょうど昼のワイドショーをやっているところで、ヘリからの生中継が映し出されていた。今まさに上を飛んでいるあれからの映像だろうが、何ともおかしな気分だ。

まだ窓際にいるアカネが振り向いてもの問いたげに首を傾げたので、亮太は黙ってろと言うように口に指を当てた。

『あんた大丈夫？　……警察とか、来た？』

ドキリとする。まるで息子の関与を疑っているような口調に聞こえてカッとなる。

「なんでここに来るんだよ！　関係ないだろ」

『だって……聞き込みとか、あるんじゃない？』

そりゃそうだ、母親は当たり前のことを聞いてるだけなんだ、と自分を落ち着かせる。

「ま、まだ来てないよ。来たって関係ないよ、何も知らないから」

『そう……？　――風邪引いたりしてない？　何かあったら、帰ってきなさいよ』

「分かってるよ。じゃあ、忙しいからもう切るよ」

急いで電話を切ると、アカネがにやにやしながらこちらを見ていた。

「今の誰？　……ママ？」

「うるっせえな。関係ないだろ」

「事件に巻き込まれてないか、心配してたんじゃない？　……もしかして、息子がやったのかも、って思ってたとか?」

「うるせえっ!」

「あっ、図星なんだ。自分の母親にも、危ないやつと思われてんだね。カワイソー。本当はレイプもできない優しい子なのにね?」

「……人殺しがこの辺にいるってことなんだから、心配したんだろうよ。単に心配性なんだよ、うちのお袋は」

テレビの報道をちらちら見ている限り、昨夜、「里見玲奈」という女性が数ヶ所を刺されて殺された、という以上のことは何も出てきていないようだった。犯人に関する情報はまるでない。それがいいことなのか悪いことなのか亮太には分からなかった。

「今日のバイトは何時から?」

「バイト? 今日は夕方だけど……休むよ。とてもじゃないけど、行きたくねえ」

「バッカねえ。こんな事件のすぐ後に突然バイト休むなんて、めっちゃ怪しいじゃん。職場の人にどう思われるか、ちょっと考えたら分かるでしょ」

「——普段通りにしてろってことか?」

「当たり前じゃない」

悔しいが、アカネの方が正論のように思えた。

7

アカネの言う通り、亮太はバイトに行くしかないと覚悟を決めたが、まだ今ひとつ信用しきれない。一応手錠を見せると諦めたように肩をすくめ寝室に入っておとなしくベッドに横たわったので、さほど罪悪感なくまた手錠をかけることができた。手首が痛いと言っていたのを思い出し、なるべくゆるめにするよう気をつける。鍵はもちろん再び取り上げてあった。

「あー、飲み物忘れた。持ってきて?」

「またトイレ行きたくなってもいいのかよ」

「大丈夫。いざとなったら、今度こそ、亮太が用意してくれたこの洗面器に……ね? あ、想像した?」

「……しねーよ、バーカ!」

何なんだ、こいつは。苛立たせたり、頭のいいところを見せつけたり、いつもいつもこちらを混乱させてくる。亮太はペットボトルのお茶を取ってきて入り口から放り投げると、アカネは片手でうまくキャッチする。

「サンキュ。……いってらっしゃい、あ・な・た」

「言ってろ」

むかつきつつも、ちょっと耳が熱くなる。靴を履いて外へ出て、カギをかけて振り向くと、まさに隣の部屋の前でスーツ姿の男二人がチャイムを鳴らしているところだった。

明らかに普通の人種ではない、本能的にそう感じ、立ち竦んだ。目が合うと、二人は頭を下げ、こちらへ近寄ってきた。

「すみません。山根さん……ですか？」

近づいてくる男のすぐ脇にはアカネのいる部屋の窓。ベッドに寝転がっているアカネの姿はレースのカーテンに遮られて見えないが、ここの会話は確実に聞こえてしまうだろう。もしアカネが大声を出せば、万事休すだ。

「そうですけど」

警察だ、間違いない。身分証を見せられる前に逃げてしまえ。

「少しお時間よろしいですか」

「すみません、今からバイトなんで」

もう既にやばい、という様子を全身で表わし、小走りに横を抜けようとした。

「ちょっと待って下さい。少しですみますんで。こういうものです」

やんわりと進路を塞がれ、目の前に写真入りの身分証を突きつけられてしまう。それでも無理に逃げれば確実に怪しまれる。

「……ああ。もしかして向かいの……？」

「ええ。ニュースでご覧になりましたか」

「あ、はい。少しは」

レースのカーテンが揺れ、アカネが隙間から外を覗こうとしているのが分かった。

「あ、明日じゃダメですか。バイト遅れそうなんで」

少しでも窓から離れないと落ち着かない。アカネが声をあげなくても、警官が彼女の気配に気づいたら、「話を聞きたい」と言い出すかもしれない。一体どういう関係かも説明できない彼女を警官に会わせるわけにはいかない。

「少しだけでいいので」

「じゃあ、歩きながらでいいですか。エレベーター乗りますし」

強引に歩き出すと、ちっという舌打ちが聞こえたものの止められはしなかった。

「殺されたのは向かいのマンションの二階のＯＬさんで、里見さんという若い女性です。ご面識は……？」

「いやあ、どうですかね」

答えるのが早すぎたかもしれない。

「写真を見ていただけますか」

ちょうどエレベーターに辿り着き、ボタンを押したところだったので、振り向いて、刑事が差し出す写真をまじまじと見つめた。

間違いない。里見玲奈の写真だった。少し前の、リクルート用に撮ったようなスーツを着た正面からのバストアップ。

首を捻りかけて、考えを変えた。いや、知らないふりはかえってまずい。

「……あれ？　お店によく来る人に似てるような……そうだ。多分、あの人ですね」

いかにも今気がついたように必死で演技する。

「お店？　バイト先の店ですか？　何の店です」

「コンビニですよ。この先の」

「なるほど。一番最近見かけたのは、いつ頃ですか？」

演技ではなく、あっと声をあげそうになった。

エレベーターの箱が着いて扉が開いたが、今はそれどころではない。

「どうしました？」

そうだ。まさに昨夜彼女は殺される前に店に来たし、そのことは防犯カメラを見れば分かるはずだ。確実ではないけれど、自分のアリバイが成立するのではないか。

「……そういや、昨夜も来たと思います。ええ。レジ対応したんで、間違いないです。結構遅い時間でした」

二人は視線を交わし、頷き合う。口を利いていない方が後ろを向いて、誰かに電話をかけ始めた。上司に報告するのだろうか。

「他のものが後で店に伺って確認すると思いますが、大体の時刻は覚えておいでですか？」

アカネとも検討したので考える必要はなかったのだが、一応記憶を探るふりをする。

「えっと……結構遅い時間……そう、十一時くらい、だと思います」

刑事はふんふんと聞き、メモを取る。

「なるほど。それで、山根さんは深夜のシフトだったわけですね？」

「ええ、五時にあがって、帰ってきて寝ました。起きたら外が騒がしくて、びっくりしましたよ」

「ニュースを見ても、被害者が知り合いだとは気づかなかったわけですか」

何だか妙に疑っているような言い方だ。

「顔写真とか見ませんでしたし、名前も住所も知りませんから……」

大嘘だ。俺は彼女のことをよーく知ってるじゃないか。ぶわっと、脇や掌に汗が噴き出す。Tシャツに染みができて嘘をついていることがばれてしまうのではないかと思った。

「あ、もういいですか？」

亮太はまだ止まったままのエレベーターのボタンを押して扉を開けると、さっさと乗り込んだ。もし用があるなら一緒に入ってくるだろうと思ったが、幸いこれで解放してくれるようだった。

閉まりかけた扉を刑事が押さえて止める。

「また何か伺うことがあるかもしれませんので、その時はよろしくお願いします。ご協力ありがとうございました」

刑事が揃って頭を下げる。扉が閉まってエレベーターが下降し始めたとき、亮太は安堵のあまり力が抜けて壁にもたれかかり、ずるずるとへたり込んでしまった。

一階に着いて扉が開いたことに気づかず、「ひゃっ」という女性の声に慌てて立ち上がる。スーパーの袋を提げた女性が、外で立ち竦んでいた。

「……大丈夫、ですか？」

「あ、はい。ちょっと立ちくらみがしただけで……大丈夫です」

「はあ……」

何となく顔を隠すようにして女の横をすり抜け、マンションを出た。

「そうかー、今朝のあれ、あの子だったのかー。テレビの写真じゃよく分かんなかったな。まあこれだけ近いんだから、うちに来たことある人かもとは思ってたけど、あの子かー」

着替えたばかりの亮太が野次馬めかしてさっきの一件を説明すると、店長の谷田が悲しそうに眉をひそめて言った。まだ五十前だが、とうに退職した雰囲気を醸し出しているしょぼくれた眼鏡の親父だ。無理なシフトも大抵引き受ける亮太に感謝してくれているようで、いたって対応はいい。親しみやすいので、亮太もいつもつい軽口を叩いてしまう。

「そうみたいなんすよ。俺も写真見せられてびっくりして。あー、よく来てくれてる人だーって」

「美人さんだったよね。そうかー、ひどい話だな。早く犯人捕まって、成仏してくれるといいな」

そう言いながら目を閉じて手を合わせる。今この店の中に里見玲奈の幽霊でもいるような気がして、亮太は何とも居心地が悪くなった。

嘘をついているからだ。玲奈のことも店長のことも裏切っているような気がした。でも、彼女を殺したのは俺じゃない。それだけは確かなことだ。

亮太は心の中で二人に謝り続けた。

「防犯カメラの映像を取りに、誰か来るだろうって言ってましたよ」

「んー、だろうね。ちょくちょく映像取りに来ることはあるけど、今までそれで何か見つかったって話は聞いたことないよ。今度はもしかしたら生きてる最後の映像かもしれないしね、結構重要証拠だよね」

悲しんでいた様子から一転、若干嬉しそうだ。その気持ちは分からないでもない。亮太にしても、完全に傍観者でいられたなら、玲奈に普通に同情もできたし、身近に殺人という大きな犯罪が起きたことに少しわくわくしたことだろう。

「すいません、レジお願いします」

表から一人で回していた野田春美の陰気な声が聞こえてきた。亮太が覗くと、レジ前に六人もの列ができていたので慌てて閉じていたレジに立つ。

「お次の方こちらにどうぞ」

そう声をかけたとき、スーツ姿のいかつい男が二人、自動ドアから入ってきた。聞き慣れた入店チャイムがなんとも間抜けに響く。

8

亮太は何とか普段と変わりないと思うような態度を保って仕事をこなし、予定通り午後十一時頃帰宅した。

色々と心配もあり急いで帰ったが、案の定アカネはすぐさまトイレに行きたいと騒ぎ、手錠を外してやらねばならなかった。

「……ほとんど寝てたからまあよかったけど、明日からはゲームか本でも置いてってほしいな」

トイレから出てくるなり言った言葉がそれだ。

「お前いつまでここにいるつもりだよ！　もう頼むからどこか行ってくれ」

本心ではなかった。もう少し、アカネにここにいて欲しい、そう思っていることに気づいて驚いた。

割引で買った弁当を二人で食べながら、玲奈が店の常連だと教えた結果、警察が防犯カメラをチェックしに来たことを説明する。

「これで多分、だいぶ疑いは晴れたんじゃないかな？　昨夜来たことも率先して教えてやったし」

「……へー。これでめでたく〝関係者〟の仲間入りだね。黙って覚えてないふりしといたほうがよかったと思うけどね？」

「か……関係者……？」

「だってそうでしょ。もし亮太の同僚が、『いつも何だかねちっこい目であの人のお尻を見てました』とか言ったらどうすんの？　途端に容疑者候補昇格だよね」

「いや、待てよ。そんなこと俺は――」

してない、とも、誰にも見られてない、とも確信を持っては言えなかった。

「でも、防犯カメラの映像を見たら、きっと俺のアリバイが成立するだろ？　ずっと店にいたんだからさ」

「コンビニとここの距離を考えてごらんよ。走ったら何分？　玲奈さんの後を追いかけて部屋に押し入り、殺してすぐ戻ったら十分で何とかならない？　深夜とかバイト何人いるのか知らないけど、十分くらいのアリバイない時間、何度でもあるでしょ」

それは確かにその通りだ。この間は店長がいたけど、お互い交替で休憩したりして結構な時間顔を見ていないことはある。

その時、チャイムが鳴ってどきりとする。

「……こんな時間になんだよ」

「……警察だったりして」

「何でだよ！　もう二回も話聞かれたんだぞ。今さら一体――」

再び鳴る。慌てている様子でもないが、こちらが在宅して、起きていることも分かっていて来ているのは間違いない。

「……声出すんじゃねえぞ」

「もう、いい加減信用しなさいよ。今までだって、黙っててあげたでしょ？」

確かにそうだ。

亮太はそろそろと玄関に近づき、ドアスコープから外を覗いた。

恐れていた通り、昼間やってきたのと同じ刑事のようだった。少し深呼吸して落ち着かせ、カギを外してドアを開ける。

「刑事さん……？　何ですか、こんな時間に」

眠気などまるでなかったが、いかにもそろそろ寝ようと思っていたという雰囲気を醸し出しながら訊ねる。

「夜分申し訳ありません。どうしても確認したいことがありまして」

「はあ……」

「山根さんは確か、朝五時頃バイトが終わって帰宅した、ということでしたよね」

「はい。さっきも、刑事さんがお店に来て防犯カメラの映像、持っていきましたよ。それ見ていただければ、五時頃まで働いてたのも確認できると思いますし……」

「いえ、そのことじゃなくて、その朝戻ってきたときに、向かいのマンションの近くで、何かご覧になりませんでしたか」

全身からさーっと血が引いていくようだった。

「な……何かってなんですか？　何も……見てないと思いますけど……」

ダメだ。ダメだ。動揺してはダメだ。嘘がばれる。何もかも。もうおしまいだ。

「そうですか……いえね、実は、朝五時頃、あなたらしき人を見かけた、という人がいたもんですからね」

見られていた⁉　いつ、どこを見られていたのだろう？　マンションを出るところを見られていたのならもう終わりだ。靴を取りに行った時だろうか。それとも最初に玲奈の死体を見つけたとき？　何にしろ終わりだ。終わりだ。

「へっ……ぼくを……ですか？」

泣きそうになるのを必死でこらえながら聞き返すと、自分でも間抜けな気の抜けた声が出た。

「ええ。若い男性とぶつかりかけた、と言うんですよ。で、その人はこのマンションに入っていったというので、それは山根さんじゃなかったかと」

ぶつかりかけた……！

ベランダから飛び降り、走り出したとき、確かに誰かにぶつかりそうになったんだった。あの時はただもう必死で、逃げることしか考えていなかった。しかし、その誰かがただぶつかりかけたと言ってるだけなら、何の問題もない。ベランダから出てくるところを見たのならそう言うのではないか？

「……そ、そう言えば、ちょっと急いでたので、誰かにぶつかりそうになったような気もします」

「なるほど。じゃあやはり、あなたなんですね。どうしてそんなに急いでおられたのか、お聞きしてもよろしいですか？」

妙に丁寧な聞き方だが、疑われていると亮太は思った。じわじわと首に縄がかかり絞め上げられているイメージだ。

「特に理由は……正直忘れてたんですよ。大体、その時間ぼくを見たって言うその人も、そこにいたことは確かなんですから、同じように怪しいんじゃないですか？　ぼくだけが疑われるなんて……」

「ちょ、ちょっと待って下さい。別に我々は、あなたを疑ってるわけじゃないんです」

「え……」

「犯行時刻は、昨夜の十一時から深夜一時頃でしてね。防犯カメラからも、あなたがお店にいたことは確認済みです」

何だよ。脅かしやがって。安堵すると、今度は逆に腹が立ってきた。

「しかしですね。あなたが何か怖いものでも見たような感じで走っていた、ということになると、何かを目撃したんじゃないか、と思いまして」

容疑をかけられているわけではないけど、犯人を見たかもってことか？　犯行時刻から四時間は経ってるのに？　いや、まあ念のために調べてるってだけだろうか。一体なんて答えるのが正解なんだ？　亮太にはさっぱり分からなくなり、つい適当に嘘をついてしまった。

「あっ、思い出しました！　そう、何かちょっと不気味な雰囲気の人がいたもんだから、こんな時間に何だろうと思って怖くなっちゃって……それでもう走って帰ることにしたんです」

「不気味な人？」

それまで質問していなかった方も急に食いついてきた。

しまった、どんな人か聞かれたらどうするんだ、もうちょっとましな嘘をつけばよかったと後悔したとき、目の前にチラシのような紙がひろげられた。

「それは、こんな人じゃありませんでしたか？」

それは似顔絵だった。中年の女。

亮太はじっと見て、思わず声をあげそうになった。

それはどう見ても、知っている女の顔だったからだ。

「い……いやあ……どうですかね。顔はよく見なかったんで……」

「女の人ではあったんですね？　年格好は？」

「いや、そうですね……三十前後……かな？　もう少し髪は長かったかも」

凄い勢いで刑事はメモを取り始める。

「体格は？」

「結構、背は高かったような気がします。ぼくと同じくらい……かな？　ひょろっとしてて、それが不気味で」

亮太はあえてそう言った。

「そうですか。なるほど」

「……あ、あの、この似顔絵は一体……?」

「これは、犯行時刻と思われる頃にあのマンションで目撃された女性です。住人ではないし、近くで見かけたこともない、様子も変だった、というので、今のところ最重要の参考人として探しております」

「へ、へえ……そうなんですか……」

「夜分遅く、ご協力ありがとうございました」

いまだ混乱に包まれたままの亮太を残し、あっさりと刑事達は帰っていってしまった。まだまだ聞きたいことがあるのだが、話せば話すほどぼろが出そうで、呼び止めることもできない。

ふらふらとリビングに戻ってソファに座ると、会話を聞いていたらしいアカネが訊ねてくる。

「重要参考人って? 似顔絵見せられたの?」

「……ああ」

「女だったの?」

亮太はゆっくりとアカネの方を向き、助けを求めるように言った。

「俺の……俺のお袋にそっくりだった」

9

「他人の空似ってやつだと思うけどさ、ぞっとしたぜ」

亮太が言うと、アカネは馬鹿にしたように言い返した。

「他人の空似……？　ふーん。まあ、そういう可能性がないとは言えないよね」

「何だよ、それ。じゃあ、あれが本当にお袋の可能性の方が高いって言うのかよ？　お袋が、あそこのマンションに行く理由なんか何にもないだろうよ。もしあそこに知り合いでもいたとしたってだ、こんな近くに来て俺に黙ってるって、おかしいだろう？　いつもうざいくらいにこっちの様子を気にしてるってのによ」

「……ママがここに最後に来たのはいつ？」

「いつだったかな……もう長い間来てねえよ。来たいって言っても、忙しいからまたにしてくれって断わったし」

「でも、鍵は持ってるんだよね」

亮太はぎくりとした。

「一体、何が言いたい？」

「息子がいない間に、勝手に入れるよねって話」

亮太は、中学、高校時代のことを思い出さずにはいられなかった。

何度、勝手に部屋を掃除するなと言ったことか。じゃあ自分で片づけなさい、と言うのでしばらくはそうしていたものの、少し散らかすといつの間にか片づいている。

そうだ、あの女はきっと何度もこのマンションにも来ていることだろう。一度も来ていないはずはない。しかし、どれくらい来てるだろう？

「やっぱ思い当たるんだ。亮太がいつから玲奈さんの盗撮してるのか知らないけどさ、もしママが留守中にここに来てたとしたら、あのカメラの中身も見たかもね？　いつの間にか仕事辞めちゃってることも当然知ってるだろうし、きっと心配だろうね」

「そんな……適当なこと言ってんじゃねえ！　……いや、もし、もしお袋があれを見つけて息子が心配になったとして、玲奈は関係ねえじゃねえか。彼女の部屋を訪ねる理由なんかない」

「そうかな？　露出狂の女が向かいのベランダに出てくるから、可愛い息子がおかしくなっちゃった……って思っても不思議じゃないと思うけどね？　頼むからこんな恥ずかしいカッコでベランダに出ないでくれ……って文句言いに行ったのかも」

アカネの言葉を聞いていると、まさにその通りの行動を取る母親の姿がくっきりと脳裡に浮かんでしまう。アカネは楽しそうに続ける。

「玲奈さんの気持ちを想像できる？　ある晩突然、知らないおばさんがやってきて、裸みたいなカッコでベランダに出るな、息子を誘惑しないで……とか言われた時の気持ち。きっとゾーッとしただろうね。あたしだったら急いでドア閉めて、どうにもならなかったら警察呼ぶよね。玲奈さんも、そうしようとしたのかも。でも、そううまくは行かなかった――」

それ以上は言えなかった。亮太がのし掛かって床の上に押し倒し、首を絞めたからだ。

「おい！　ふざけんなよ！　そんな……そんなことでお袋がキレて、彼女を刺したって言うのかよ？　そんなデタラメで俺を不安にさせて楽しいか！」

「……やめて……苦しいって……でたらめじゃない……あんたのママはほんとにここに来たんだよ！」

アカネがもがきながら叫んだので、亮太は驚いて手を放した。

かつて犯そうとした時のような体勢であることに気づき（しかもアカネは下着姿だ）、慌てて立ち上がる。

「来た……？　ここに来たって、どういう意味だよ」

アカネは首をさすりながら身を起こし、少し息を整えてから話し出した。

「――最初の日だよ。あたしをベッドに繋いで、バイトに行っただろ。あの時、入れ違いにあんたのママが入ってきたんだよ」

一瞬信じたが、すぐに亮太は首を振った。

「おい、今さら何でそんな嘘つくんだよ。もしあの時お袋が来てたんなら、今頃――」

今頃、どうなってるだろう？　亮太は想像してみたが、分からなかった。

「最初、亮太が帰ってきたのかと思って声かけたんだよね。『ねえ、ちょっとー！』って。あんたのママは、あの部屋に入ってきてびっくりしてたよ。そりゃびっくりするよね。いたいけな美少女が下着姿で手錠で繋がれてるんだから。口押さえて、バッグなんか床に取り落としてたよ。『あなた……誰？』って」

「……嘘だ……」

「嘘じゃないよ。じゃあ、どんなカッコしてたか思い出してみよっか？　んーと全体に痩せてて、背は一六〇ちょいってとこかな。あちこちレースのついた古くさい白のブラウスでしょ、ベージュのスカート、髪は前髪ぱっつんの肩まで？　ところどころ白髪が出てきてたかな、五十代半ば？」

ぱっと姿が浮かんだ。確かにそんな服を着ているのをよく見ていた。

「……息子が俺なんだから、年齢くらい当てて当たり前じゃないか」

年齢が分かれば、その年代が着そうな服を適当に言えば持ってる可能性は高いのではないかとも思ったが、それにしても気味が悪いほど当たっている。

「まだ認めないの？　……うーん……あ、そうそう、右眉のちょっと横に、大きなほくろがあったね」

亮太はもう反論する気にもならなかった。その大きなほくろは母親が長い間気にしていて、手術で取ろうかどうしようかといまだに悩んでいるものだった。

「――それでお袋は、何もしなかったっていうのか？　お前を助けるでもなく、俺に連絡するでもなく」

「そう！　びっくりしちゃった。あたしね、『言っとくけど、プレイとかじゃないですから。お宅の息子さんに監禁されちゃってるんですけど、鍵か何か探してきて、この手錠外してもらえません？』って言ったわけ。そしたらさ、泣いて平謝りでさ、でも何にもしてくんないの。で、『ごめんなさいごめんなさい、亮太に怒られる』の一点張りだよ。息子が犯罪者になろうとしてたら、止めない？　普通」

ありうる。見た目より何より、あの女ならそういう行動になってもおかしくない、いや間違いなくそうなるだろうと思え、アカネの言葉が真実であると亮太は確信した。

「『あのー、あたし、亮太が帰ってきたらレイプされるかもしれないし、殺されちゃうかもしれないんですよ、分かってます？』って言ったんだけどね、『お願いですからわたしが来たことは亮太に黙っててください』つって、泣きながら帰っちゃった。信じられる？　――あ、信じられるんだ。あの親にしてこの子あり、ってとこ？」

表情から、頭の中を見透かされたようだった。

「――お袋がお前と会ってたって話は、信じるよ。信じるしかねえ。でも、だからって、お袋が玲奈の部屋に行く理由は弱すぎるし、まして殺すなんて……そんな褒められた母親じゃないのは知っての通りだけど……でも、人殺しなんて……？　そう、それに、昼の電話。まるで俺がやったんじゃないかと思ってるみたいだった」

「ママが、もしあんたの盗撮を知って、その子が殺されたとなったら当然息子を疑うだろうね。自分が犯人でないなら」

「え……？　結局どっちなんだ！　お袋が犯人なのか？　違うのか？　頼むから、違うって言ってくれ……」

頭の中はぐちゃぐちゃで、何がどうなっているのかさっぱり分からなかった。

「ふーん。一応、ママのことは心配なんだ。やっぱり家族は大切？　それとも、親が犯罪者なんてことになったら大変だって思ってんの？」

「そんなんじゃねえ！　ただ……ただ、そんなことするとは思えないんだよ……やっぱ……」

「分かった分かった。――あくまでもあたしの推理……っていうか想像だけど、多分亮太ママは犯人じゃない」

たとえアカネの、それも「想像」だと分かっていても、それは亮太を安堵させた。しかしアカネは続ける。

「似顔絵ができてる以上、このままだと多分ママは捕まると思う」

「え？」

「でも、犯人じゃないなら、いずれ釈放されるはず」

「何だよ、脅かすなよ……」

「でも、安心はできないよ。分かってる？　もしママが何であれ、取り調べられることになったら、亮太は今度こそ重要参考人に浮上するってこと」

　安心させたり、ぎくりとさせたり、アカネに言葉でいいように弄ばれている気分だ。

「……お袋がもし捕まったら俺を売るってことか？　被害者を盗撮してたって？」

「それはどうか分かんない。だんまりを決め込むかもね。だとしたって、その息子がちょうど向かいのマンションに住んでる独身男だってことになったら、警察がもうちょっと調べようって思うのは当然だよね？」

　それはもちろんその通りだ。そして、警察が来ればまずこの身元も知らない半裸の少女が見つかることになる。写真は処分するとしても、こいつはどうにもならない。

「ん？　あたしのこと心配してんの？　あたしが今さら、この人にレイプされかけました、向かいの女も盗撮してるんですーって、言うとでも思ってんの？」

「……いや。思ってない」

「でしょ？　でもまあ、亮太ママにはそう言っちゃったけどね」

一体何なんだ。救いの女神のように思えることもあり、悪戯をしかける小悪魔のようでもあり、とことん考えが読めない。頭を掻きむしりたくなる。

突然、突拍子もない考えが浮かび、否定しようとしても否定しきれなくなった。

「……まさかお前、後から俺達を強請ろうとか思ってんじゃないだろうな？　だから、今、俺達が警察に捕まらない方がいいとか考えてねえか？　もしかして、もしかして最初からそれが目当てでのこのこついて来たんじゃ……」

最初にちらっと美人局の可能性を考えたが、これも一種の美人局と言っていいのかもしれない。強姦未遂……あるいはわざとヤラれて、後から強請る。そういうことをしてるやつじゃないだろうか。

アカネは心底軽蔑したような目で見上げる。

「はあ？　下手の考え休むに似たりって言うけど、もっとひどいね。妄想だよ、妄想。何を証拠にどうやって強請るっていうの？」

「……それは……分かんねえけど……大体、お袋が来てたこと、今までずっと黙ってて、似顔絵の話した途端これだろ。お前の考えが分かんねえんだよ」

「だからそれは、亮太ママが『亮太には黙ってて』って言ったから、まあしばらく様子を見てただけじゃん。まさかこんなことになるとは、あたしだって分からないし。そんなに信用できないんなら、直接ママに確認してみなよ。その方が早いでしょ？　それに、警察が捜してるって、教えてあげなきゃ」

言われるまでそんなことにも気づかなかった自分に腹が立った。あまりに突然のことに、何も頭が回っていないのだ。

普段ならもう寝ている時間だろうが、そんなことは気にしていられない。

スマホを見つけ、自宅ではなく母親のケータイにかける。

案の定、寝ていたとは思えない素早さで繋がった。

『亮太……？』

「ああ。寝てた？」

『ううん。何か……あったの？』

不安そうなひそひそ声。息子を心配しているだけなのか、それとも人を殺したがゆえの罪の意識がその背後にあるのかと考えたが、分かるはずもない。恐らくベッドに入ってはいたのだろう、父を起こすまいと部屋を移動するような音が聞こえる。

「さっき、警察が聞き込みに来てさ……現場近くで目撃された容疑者の似顔絵っての、見せられたんだ」

『えっ……？　そう……なの。それで？』

若干、何か焦りを感じないでもない。亮太は耳を澄ましながら、言葉を続けた。

「その似顔絵が、お袋そっくりだったんだけど、どういうことだと思う？」

息を呑んだのか何なのか、ひっ、というような音が聞こえた。

やっぱり、という思いと同時に、そんな馬鹿な、と考えていた。

「ほんとにお袋なのか！　現場に行ったのかよ！」

『ごめんなさい！　ごめんなさい！　こんなことになると思わなくて……あなたが一体どうなっちゃったのか……心配で心配で……』

亮太は興味深げに見上げるアカネの下を離れて窓際へ行った。

「……カメラの中身、見たのか？」

『ごめんなさい……望遠レンズなんかついてるもんだから、気になるじゃない？　でもそれだけならまだいいと思ってた。でも、あんな若い女の子に手錠かけるなんて、もうどうかしちゃったんだと思って……』

確かに、「どうかしちゃった」のは間違いない。亮太は必死で言い訳を探した。

「あー、違うんだって。あの子は、ちょっと変な子で、何言ったか知らないけど、ふざけてるんだ。それより、何で向かいのマンションに行ったんだよ。俺のことが心配なんだったら俺に会いに来いよ！」

『ごめんなさい、ごめんなさい……。あなたの部屋に行ったんだけど、どうしても入る勇気が出なくて。もしその……取り返しのつかないことになってたらって思うと……』

取り返しのつかないこと？　俺がアカネを殺してたりして、ということだろうかと亮太は考えた。そんなに息子のことが信じられないのかよ、と思うと同時に、そう思われても仕方のない状況であることは認めざるをえなかった。

『それで、もしかしたら、あの向かいの女の人はあなたのお友達なのかもしれないって思って……そうじゃなくても、あなたの盗……撮、って言うの？　それに気づいてたかもしれないでしょ？　警察に相談とか、してるかもしれないじゃない』

「それで……それで彼女はなんて？　まさか、殺したんじゃないだろうな！」

『そんな！　違うよ！　……わたしが行ったときにはもう……』

もう？　もう、何だ？

「あんたまさか……中に入ったんじゃないだろうな！」

母は答えず、嗚咽のようなものが聞こえてくるばかりだった。

なんてこった。お袋が――お袋も、というべきか？　――殺人現場に入っていたとは。なんて馬鹿な親子だ。亮太は泣くべきなのか笑うべきなのか分からなかった。

『……返事が……返事がなくて……カギが開いてたから……そしたら、女の人が血まみれで倒れてて……』

亮太はドアから入ったとき、ドアノブに指紋をつけないようには気をつけたが、拭き取ってはいない。つまりあそこには、母親の指紋が残っているかもしれないということだ。目撃されていて、指紋もある。中に入って死体も見たのなら、他にも証拠を残しているかもしれない。

絶体絶命だ。

「……いいか、よく聞いてくれよ。明日朝イチでどこか人目につかないところに逃げるんだ。ずっとじゃない、真犯人が捕まるまででいいから」

『……あんたじゃ……ないんだね？』

「違う！　俺じゃない！」

『じゃあ……あんたの部屋にいた女の子は……？』

「アカネは……あの子は、友達だよ。変なやつだけど、結構頼りになる。俺のこと、助けてくれる。きっと俺達の助けになる。だから頼むから、言う通りにしてくれ」

『分かった……分かったよ』

「オヤジは？　オヤジはどうしてる？」

『寝てる……と思う』

「オヤジには何も言うな。いっそ何も知らない方がいい」

『うん……そうする』

電話を切ると、いつの間にかアカネが猫のように足元に座って見上げていた。

「あたしは、『結構頼りになる友達』？」

嬉しそうに言う。

「……ああ。そうだよ」

躊躇ったが、結局そう認めた。

「『友達』を手錠で繋いだりは、しないよね？」

留守中も自由にさせろということか。信用するならとことん信用するしかないだろうと思った。

「ああ。もう手錠はかけない。好きにしてくれ」

「そう来なくっちゃ。――名探偵アカネちゃんがそろそろ本領発揮しますかね」

アカネはそう言うと立ち上がって、準備運動のように腕を回したり伸ばしたりし始めた。

「何とか、なるのか……？」

「このパソコン、使えるの？」

そう言うと、テレビ台の中にしまいこんであったノートパソコンを引っ張り出すと、ローテーブルの上に置いて開く。

「……ああ。今はたまにしか使わないけど」

バッテリーが切れかかっていたので、亮太が慌ててACアダプタをコンセントに繋いでいる間に、アカネは素早いタイピングで匿名掲示板のニュース関連のスレッドを探し当てていた。

こいつ、コンピュータも使い慣れてるのか——少し驚いたが、さほど意外ではなかった。

「ほら、見てみて。『犯人は中年女』って書き込んでる人がいる。多分、このあたりで、似顔絵見せられた誰かが書いてるんだね」

「……そんな掲示板、デマもいっぱいあるんだろ？　意味あるか？」

「それは警察の捜査だって同じだよ。たくさん寄せられる情報から、いかに本物をピックアップできるか、それが腕の見せ所でしょ。ほら、これ見て」

アカネが指差した先には、『被害者、不倫してたって噂あるらしい。中年女が犯人なら、不倫相手の奥さんかもね？』と書いてある。

「ちょっと待て。つまり何だ？　俺のオヤジが玲奈と不倫してたんじゃないかってことか？　そんなことありえねーだろ」

母親が犯人ではないと確信はしていたが、一体何が真実なのかどんどん分からなくなっていく。

「もし彼女が不倫してたってことが本当だとしたら、警察はその不倫相手や奥さんも当然視野に入れるだろうから、亮太ママ一人が容疑者ってわけじゃなくなるよね。それはある意味安心材料だよ」

「なるほど……」

「ところで、ママが被害者の部屋に入った時間は聞いた？」

「あ、いや、聞いてねえ……」

「被害者の帰宅は結構遅かったよね。そして多分、帰宅直後に殺された。ママが行ったのは犯行直後だと思うんだ。何か重要なものを見たり聞いたりしてないか、もう一度電話かけて確かめて」

「えー？　いやあ、パニクってて、何も見てないんじゃねえかな。俺だってそんな余裕なかったし……」

「いいから電話して！　どうせ寝られないでまだ起きてるから！」

アカネがしつこく言うので亮太は仕方なくもう一度母親に電話をかけた。

『亮太？　どうかした？』

「あ、ごめん。アカネが……あの子が……お袋がいつ被害者の部屋に入ったのか知りたいって言うもんだから」

『いつ……？　結構遅くなってたけど……十二時くらいかしら』

「十二時？　よくそんな時間に会ったこともない人の部屋に行こうと思ったね？　信じらんねえ。寝てるかもしれないのに」

『それくらい分かってる！　でも、外から見たら電気がついてたから……』

「電気が……ついてた？」

アカネが顔を上げ、目を合わせる。

早朝、亮太が忍び込んだとき、明かりはついていなかった。だから暗がりの死体がよく見えなかったのだ。

「見たり聞いたりしたことを詳しく聞いて」

アカネが囁(ささや)いたので、亮太は繰り返す。

「見たり聞いたりしたことを、できるだけ詳しく教えて」

『……詳しくって……インタフォン鳴らしても返事がなかったから、ドアを開けて中を覗いたの。そしたら、奥で倒れてる人が見えたから、声をかけながら近寄ったの』

「死体に……彼女に触った？」

『少しだけ。まだ温かかったけど、血がどくどく溢(あふ)れてて、ぴくりともしないから、もう死んでるって分かった。それでもう、早く逃げた方がいいと思ったの』

「まだ、温かかった……」

アカネに伝わるよう亮太は繰り返した。

「間違いない。犯行直後だね。誰か人影とか不審な物音を聞いてないか、確認して」

「……ねえ、誰か見なかった？　不審な物音とか」

『……ううん。誰も見てない。音……そういえば、洗濯機が動いてた』

「洗濯機？　被害者の部屋の洗濯機？」

『そうよ。入るときも、出るときも、ずーっと音がしてた。見えなかったけど、脱衣所にあったんだと思う』

「ふーん……他に何か思い出したら、いつでもいいから電話して」

そう言って電話を切ると、アカネが目をらんらんと輝かせ、不気味な笑みを浮かべていた。

「どうした？」

亮太が訊ねるとアカネは首を振る。

「……馬鹿だった。もっと早く気づくべきだった」

「一体何を？」

「洗濯物だよ。亮太が盗んだ下着。男物の下着でカモフラージュしようって考える女が、夜中に洗濯物を干す？」

「……だって実際干してたわけだし……？」

「犯人は、亮太ママが帰った後、洗濯が終わるのを待って、中身を干した。そういうことだよ」

「え？　え？」

アカネはさらに言った。

「つまり、亮太ママが玲奈さんの死体を見つけたとき、犯人はまだそこにいたんだよ。

多分、脱衣所か浴室で、息を潜めてた」

10

亮太はその光景をまざまざと脳裡に思い浮かべていた。

玲奈の死体を見つけた母親と、脱衣所に潜む犯人。犯人の手には血の滴る包丁。

亮太はぷっと噴き出していた。おかしいというより、それは恐怖によるものだった。

「な、なんでだよ。なんで犯人が、そんなことしなきゃならない？」

「考えてみなよ。今人を殺したばっかりのところへ、ピンポンピンポンって鳴らされたら？　ドアのカギは、今自分が入ってきたところなんだから開いてるの分かってるよね。どうする？」

「いやそりゃ、もしそうだったら、隠れるかもしんないけど。だからって隠れてたってことにはなんねえだろ。それに、どうせまともなやつじゃないんだろうから、邪魔者が来たと思ったんなら、そいつも殺してもおかしかないだろ」

「とりあえず様子を見たんだろうね。こんな時間に来たのは一体誰なのか。もし、遊びに来る予定の友達とかだったら、入ってくるかもしれないし、通報しそうになったら殺せばいい。でも不思議なことに入ってきた中年女はびっくりした様子だけどそのまま逃げていった。犯人にとっては都合がよかったかもね？　自分以外の人間が指紋を残していったかもしれないんだし」

「……メリットがあると思ったから、見逃したってことか？　だとしても、なんで洗濯物を干す必要があるんだよ」

　通報しなかったことで命拾いしたのだとしたら、何が幸いするか分からない。

「朝になって洗濯物を干した後で殺された……そう見せようとしたのかもね。発見が早かったせいでそううまくは行かなかったけど」

「……いや、どうかしてるだろ！　人を殺した部屋にそんないつまでもいられるもんか？　おまけに、いつ警察呼ばれるか分からないのに、悠々と洗濯物を干したって？　そんなやついねーよ！」

「確かに、普通の神経じゃ無理だろね。人を滅多刺しにしても落ち着いていられて、しかもその最中に人が入ってきても、慌てて襲わずにじっと様子を見ていられる……明らかに異常者、サイコパスに分類されるような人間に間違いないでしょ」

　サイコパス――ドラマや漫画ではよく聞くが、本当にそんな人間が身近にいると想像しただけで部屋の温度が下がったような気がした。

「なんてね。ちょっとプロファイラーみたいだった？」

　アカネは深刻さを打ち消すようにおどけてみせる。

「……ちょっと待てよ。前に、被害者は部屋着のままでドアを開けたんだから、犯人は顔見知りって言ってなかったか？」

亮太はアカネの言葉を思い出し、反論してみる。

「顔見知りの可能性が高い、とは言ったけどね。無害そうなおばさんとかだったら、知らない人でもドアを開けたかもね」

警察もそう考えるとしたら、ますます亮太の母親――目撃された中年女性が疑われることだろう。真犯人はまったく別の男や、若い女かもしれないというのに。

「くそっ。これだけ色々分かったって、どうしようもないじゃねえか。お袋を警察に行かせるわけにもいかねえし……」

亮太は再び頭を抱えるしかなかった。

「――あたしにちょっと、考えがあるんだけど」

アカネはいたずらめかした顔つきで言った。

「なんだよ、その顔」

「ちょっと一緒に、外出てみない？」

「一緒に……？　しかしそのカッコじゃ……」

シャツだけのアカネを見て亮太は顔をしかめる。

「短パンとか、あるでしょ。上はTシャツの方がいいかな、さすがに」

アカネに好きに選ばせると、亮太が寝間着代わりに使っている迷彩柄のステテコとヘビメタバンドの描かれた黒いTシャツを着て出てきた。ぶかぶかだが、アカネが着ると何だかそれはそれで「アリ」な気がしてしまう。

「このバンド、ファンなの？」

「いや、別に。デザインで選んだだけ」

「うっそ、猫に小判だね。じゃあこれもらっちゃっていい？」

「……いいよ。でも大きいだろ？」

「だいじょぶだいじょぶ」

二人で外へ出る、というのは初めてだ。これまでずっと中で二人きりだったというのに、逆にこんなことが妙に新鮮でドキドキすることに気づいた。

真夜中だが、エアコンの効いた室内に比べればまだまだむっとするほどの暑さだ。マンションの玄関を出ると、アカネは身体を密着させて亮太の腕に手を回す。

思わずあたりを見回したが、近くに人影はなかった。

「誰かに見られても、普通のカップルに見えた方がいいでしょ？　性奴隷とかじゃなくてさ」

「何だよ、性奴隷って！　俺がいつそこまでしようとしたよ」

「ごめんごめん。責めてないから。ほんとに」

アカネは少し歩いたところで立ち止まり、向かい側の玲奈のマンションを見上げる。

「あそこのベランダに、よく出てきてたんだよね、玲奈さん」

「……ああ」

「エロいかっこで」

亮太が答える必要はないと思って黙っていると、アカネはさらにしつこく訊ねてくる。

「ねえ、エロかったんでしょ？」

「カメラの写真、見たんだろ？　ああ、エロかったよ。エロかったです」

「だったらさ、他にも彼女をよく見てた男がいるかもね？」

「えっ？」

アカネはただ亮太をいじっているのかと思っていたが、そうではなかったらしい。彼女は振り向いて亮太のマンションを見上げている。

「玲奈さんの部屋は二階だから、やっぱ三階より上かな。同じ二階だと角度的にそんなに見えないし、こっそり覗くのには向いてないもんね」

「そ、それって、俺以外にも彼女を盗撮してたようなやつがいて、そいつが彼女を殺したってことか？」

「そういう可能性もあるでしょ？」

そんなことはこれまでまったく思いもしなかった。しかし考えてみたら玲奈は無防備すぎたかもしれない。アカネにつられてマンションを見上げると、スイッチを切らずに出てきた自分の部屋の窓も含めて、まだいくつか明かりがついている。この中に俺のような――いや、俺以上の本当の変態がいるんだろうか？　そいつがとうとう我慢できなくなって玲奈を殺した？

「……でもさ、彼女は別に、レイプされたような感じじゃなかったぜ。部屋着も脱がされてなかったし」

アカネは肩をすくめる。

「犯人は不能――インポテンツなのかもね。だからこそ彼女を刺し殺さずにはいられなかった……とか。分かんないよ、適当に言っただけ。それにね、このどこかの部屋に犯人がいるわけじゃなくても、目撃者はいるかもしんないわけ。犯行場面そのものじゃなくても、何かを目撃してるかもしれない。なのに、亮太ママと同じで、警察に素直にそのことを言えないのかもしれない。そういう可能性だってあるでしょ？」

「まさかそれを、俺達で聞き込みしようってんじゃないだろうな？」

「そのつもりだけど？」

アカネは亮太の腕を引いてマンション玄関に戻り、郵便受けの並んだところで立ち止まった。

「ワンフロアに五戸、三、四、五の三フロアで十五戸。亮太の部屋を除くと十四戸か。

ちょっと多すぎるかな。亮太の部屋の縦の並びは多分同じ間取りだよね？　単身者にはちょっと大きいよね……もうちょっと狭い部屋の並びとか、ある？」

亮太はアカネの言葉に、母親と一緒に不動産屋へ行ったときに見せられた建物の図面を思い出した。

「角部屋の〇一と〇五はちょっと広いけど、中三つは1LDKだったような……」

「ふーん。1Lもあったのに2Lを買ってもらったんだ。へー」

「……うちの親は結構詳しいから、売るときの資産価値とか考えてんだよ。丸々俺にくれたわけじゃない。築十年以上だし」

色々と言い訳したが、それなりの値段であることを知っている以上、そう強い反論にはならなかった。

「――それより、中三つ、三フロア分でも九戸あるぞ。聞き込みしようってのか？　警察にも黙ってるようなことを、どうやって聞き出すんだ？」

「まあ、なんか色々手はあるんじゃない？　――もう遅いから、明日だけどね」

部屋へ戻ってソファの端と端に座ると、何だかさっきまでとは違う空気が二人の間に漂っているような気がした。

亮太はもうアカネに手錠をかけるつもりはないし、彼女の方も「監禁された」などと言い張るつもりはないだろう。彼女はいたければここにいてもいいし、出て行きたくなれば出て行く。そういう関係だ。彼女には亮太をこの窮地から救う義務なんかないが、亮太にとっては唯一の希望だ。

「あ、あのさ……その……事件が全部解決するまで、ここにいるつもりか？」

「――んー、いてあげてもいいけど……亮太はどう、いてほしい？」

「……ああ」

アカネはくすりと笑う。

「素直でよろしい」

亮太はこの数日、感じたことのない安らぎを覚えた。

殺人事件の問題は何一つ解決していないが、自分の犯した大きな過ちは、とりあえず水に流してもらったと考えて良さそうだ。そしてこのアカネは、まだまだ何を考えているか分からない少女だが、外見だけでなくその中身も、独特の魅力を放っている。掛け違えたボタンを外し、もう一度出会い直すところから始めれば、本当の恋人や――あるいはそこまで行かないにしてもいい友達になれたりするかもしれない。

「だからって、ベッドに入って来ちゃダメだからね」

11

買い置きの缶チューハイを数本飲んでソファで寝た亮太が、アカネに起こされたのは午前九時前だった。基本的に夜型で、生活リズムは滅茶苦茶（めちゃくちゃ）だが、最近いつでも寝て起きられるようにはなってきている。

「いいこと考えちゃった」

そう言って、寝ている亮太の顔の前でブラジャーをひらひらさせる。玲奈のではなく、自分のブラジャーだ。そのブラジャーを、どういうつもりか小さく畳んで今穿（は）いている短パンの中に押し込み、隠してしまった。

「……え？」

寝ぼけている上に、ソファのせいで寝違えたのか起きあがると首にぴりっと痛みが走るような状態で、無理矢理部屋から引きずり出された。

「ど、どこ行くんだよ」

「黙ってて。あたしに任せてくれたらいいから」

アカネはよく見るといつの間にか白のタンクトップに着替えている。だぶついた裾を腰のあたりでぎゅっと結んでいて、ただでさえ大きい襟ぐりがさらに大きく感じられ、シャツを押し上げる胸が強調されている。ノーブラらしく、つんと小さい突起が二つ、はっきりと分かる。

「なんかそのカッコ、エロくないか」

亮太が顔を背けながら言うと、アカネがくすりと笑った。

「でしょ？」

わざとだと気づくと同時に、さんざん半裸の状態を見ていながら、他の男にそんな姿を見られるかもしれないと心配している自分が馬鹿に思えた。恋人でもないのに。——もう俺は、こいつに惚(ほ)れちまったんだろうか？　悔しいが、そうなのかもしれない。

アカネはエレベーターで三階へ向かうと、三〇四の前へ行きインタフォンを押す。表札には「西村(にしむら)」と書かれている。ここまでは挨拶に来たこともないしどんな人が住んでいるのかまったく知らない。

「独身だったら出勤して留守なんじゃないのか？」

「全員一度にあたれるなんて思ってないよ。とりあえず今は何人かいればいいよ」

しかし、自分がこんな時間に起こされたら機嫌悪いだろうな、と思う間もなく、中から縁なしの眼鏡をかけた強面(こわもて)の男性がドアを開けた。

「はい」

ちらりとアカネの胸元へ目をやり、困惑したように逸(そ)らして亮太の顔を見る。

「何でしょう?」

初っぱなからとっつきにくそうなのに当たったな、と思う亮太をよそに、アカネは前へ出てもじもじしながら話しかける。

「あのー、上の階の者なんですけど、そのー、洗濯物を下に落としてしまいまして……」

「はあ」

「どうもこちらのベランダに入っちゃったような気がするんです」

「ああ……そうですか。ちょっと見てみます」

アカネはドアを閉めて奥へ去ろうとする男を呼び止める。

「あっ……そのう……洗濯物がそのう……あたしの下着なものですから、できたら自分で……」

しばらくきょとんとしていたが、やがて察した様子で「ああ……」と目を泳がせ、しばし躊躇（ためら）っていたようだが、仕方ないな、という表情でドアを開ける。

アカネはサンダルを脱いで上がり、亮太は玄関で待った。亮太の部屋より一部屋少ないはずだが、玄関から見える様子はさほど変わらない。

男性はちらっと亮太を気にしつつもアカネを奥の窓まで案内し、窓を開けて彼女一人を外へ出してやる。その様子を窺（うかが）う亮太を男が振り返ったので、すみませんというつもりで軽く頭を下げた。

「あっ、すみませーん。ありましたー。外に引っかかっちゃってたけど、取れましたー」

隠すように、しかしそれがブラジャーであることははっきりと分かるように持ってベランダから戻ってくるアカネ。

「あ、そう。よかったですね」

見かけによらず純情なのか、アカネからもブラからも目を背けながら、二人一緒に玄関へ戻ってくる。

「――そういや、怖いですね、殺人事件」

サンダルをつっかけながらアカネが言うと、寡黙な感じが剝げ落ちて積極的な口調に変わった。誰かと話したくて仕方なかったのかもしれない。

「ああ……向かいのね。いやほんと、びっくりしましたね」

「こちらも、来たんでしょ、刑事さん」

「来ました来ました。ほんと目と鼻の先ですもんね。何か見てないか、聞いてないかってしつこく聞かれましたよ。あいにく……っていうか幸いっていうか、ちょうど出張中でね。何も見てないんですよ。――お二人は、いらっしゃったんですか？」

「はい」とアカネが答え、亮太は同時に「いいえ」と言ってしまっていた。

「あ、つまり、あたしはいたんですけど、この人は仕事に行ってていなかったってことで」

「ああ……」

二人を見比べ、何だか不審そうな目つきになる。

「お二人はご夫婦……ですか？」

亮太が返答に詰まっていると、アカネがくすっと笑いながら答えた。

「えー、そんなふうに見えました？　やだなー……妹ですよー。あたしまだ十七ですし……って結婚はできるんだっけ？　あはは。――ほんと、すみませんでしたー」

そう言って二人は逃げるように玄関を出て、エレベーターへと急いだ。とても続けて隣へ聞き込みをかけられる気分ではない。

「今の人はどうも、関係なさそうだな」

エレベーターに乗り込んで扉が閉まってから、亮太は言った。

「全然違うね。あんな顔して、ベランダでプチトマトとかお花とか育てちゃってたよ。亮太とは全然違うタイプ。紳士だね。それに、アリバイもありそうだし」

アカネは四階でエレベーターを止めて降りる。

「とりあえず、もう一戸くらいやってみよう」

そう言いながら、手に持っていたブラジャーを再び短パンの中に押し込む。

九戸中六戸のインタフォンを鳴らして二戸は不在なのか応答はなく、三戸で同じ芝居を繰り返した。一戸は中年女性の一人暮らしだったため、急遽ブラジャー作戦は中止（アカネが入る口実にならないため）、「人殺しがあったので怖い」といった話から多少会話を引き出すことに成功。捜査時間一時間弱の収穫としては上々だろうと一旦部屋に引き上げた。万が一、既に話をした住人に同じことをしている姿を見られたら不審を抱かれかねない。

ちょっとした冒険をした気分でコーラを飲んで一息つく。

「しっかし、こんなことしてて、何か役に立つか？　俺達以上のこと知ってる人はいないし、みんな犯人っぽくはねえだろ？　まあ、まだ1LDKだけでも五戸あるし、それ以外のとこだって独身いるかもしれないし……家族持ちだって、絶対犯人じゃないとは言い切れないよな？」

アカネは肩をすくめた。

「でもなんか、この線は間違ってるような気がしてきたな。犯人は粘着質のストーカーみたいなやつだってことは、確かだと思うんだけど……」

「だとしても、別にこのマンションから見かけて知ったとは限らないだろ？　会社の同僚かもしれないし、同じ電車に乗り合わせただけのやつかも——」

アカネがはっとした様子でコーラを飲む手を止めた。

「そっか。同僚、通勤途中……他にも可能性が、あるよね？」

「他？　他って？」

「だって彼女は、亮太の店の常連だったんでしょ？」

「俺の店？　コンビニ？　うちの店員を疑ってんの？　あの人がどこでストーカーに目をつけられたかなんて分かるわけないって。ま、この部屋の近くにいるかもって説は多少説得力あったけど……」

「別に、店員がストーカーかもって言ってるんじゃないって。亮太は分からないかもしれないけど、女はね、つけられてるかもとかって感じること、よくあるんだよ。玲奈さんみたいにきれいな人なら、余計にね。実際、痴漢だの露出狂だの、何人も出会ってきてるからね、みんな。で、不安になったとき、コンビニの明かりが見えたらほっとするもんよ。用がなくたって入っちゃう」

亮太は今ひとつ論旨が摑めず聞き返した。

「うん……だから？」

「だから！　もし彼女にストーカーがいたとしたら、コンビニの店員の目に留まる可能性は高いわけ。あれ、あいつ今日も彼女の後から入ってきて、何も買わずに出て行ったな……とかさ。そんなやつ、見かけたことない？」

今までそんなふうに感じたことはなかったが、亮太は改めて記憶を探ってみた。

「……ダメだ。そんなの見た覚え全然ねえ」

正直、玲奈が店に入ってくると、神経のほとんどをそっちに持って行かれてしまい、他の客や店の外のことなど意識にないのだ。

それを見透かしたかのようにアカネは目を細めて言う。

「まあ、亮太はそうかもね。でももしかしたら、他の店員は何か見てたかもしれないよ？」

玲奈に会えるかどうかはシフトにもよるし、彼女だって毎日同じ時間に店に来ていたわけでもない。店長も知っていたし、当然他のバイトも彼女を知っていただろう。あれだけの美人だ、男なら絶対記憶していたに違いない。いや、彼女にさほど気を取られない女性バイトの方が、ストーカーがいたとしたら気づく可能性は高いのだろうか？

「玲奈さんがよく来る時間帯にシフトに入ってた人をピックアップして。朝もね」

「朝？　俺、朝はあんま入ったことないからどんなやつがいるのかは……」

「店長に協力してもらえない？　店長は事件の夜は亮太と一緒だったんでしょ？　アリバイもあるし、犯人早く捕まって欲しいと思ってるんじゃないかな」

確かにそうだ。店長は犯人じゃない――元々疑ってもいなかったけど。

亮太は空いたベッドで少し昼寝をしてから、夕方のバイトに出るために起き、買い置きのカップラーメンを二人で食べた。彼女はネットサーフィンにどっぷり浸かっているようで、ノートパソコンから離れない。

「……じゃあ、バイト行ってくるよ」

まだラーメンを啜りながら、「ふぁーい」と手を振るアカネ。

一瞬手錠のことを考えたが、すぐに頭から振り払った。大丈夫だ。彼女は信用できる。そして彼女も自分のことを信用してくれている。

亮太は温かい気持ちになりながら店に着き、制服に着替えるとまずシフト表を確認した。玲奈をよく見かけた時間帯に入っている顔ぶれは、知っている人間ばかりだ。逆に、朝はほとんど知らない。

遅めの昼飯なのか早めの晩飯なのか、音を絞ったテレビを観ながら弁当を食べている店長の谷田にそれとなく話しかける。

「あの殺された女の人って、朝も時々寄ってたりしました?」

「むふぅ?」

口をもぐもぐさせながら聞き返す。首を傾げていたが、中のものを飲み込んでから答えた。

「朝は見た覚えないねえ。朝は、毎日寄る人は毎日寄るからなあ。何か急に必要になったとかで寄ることはあったかもしれないけど……」

　何となく想像がついた。朝食を家で食べて出るようにしてる人はそうそうコンビニに用事はないだろうし、逆に必ずここでサンドイッチを買うとかコーヒーを飲むとかそういう客が多いのだろう。玲奈はそこには入っていないということだ。

「何、あの事件が気になんの？」

「え、ええ、そりゃまあ……」

　どう切り出そうかと迷っていたが、思い切ってわざと野次馬根性丸出しの男を演じることにして、少し興奮した口調で喋った。

「いえね、実は、サスペンスドラマみたいなのが好きな友達がいましてね、そいつが、『あれはストーカーの犯行だよ』なんて言うんですよ。でももし、ストーカーなんてのがいて、そいつの犯行だったとしたらですよ、あの日も彼女はここに寄ったわけじゃないですか。犯人もすぐそこを通ったってことに……なりません？　あるいは、一緒に店の中にまで入ってきてたかも」

「ストーカーねえ……まあいずれにしても防犯カメラの映像は警察が持ってって調べてるからね。挙動のおかしな男が映ってたら、捜査するんじゃないかな」

　そうだった。警察は当然カメラ映像を調べているのだ。外を撮っているカメラもあるから、店の中まで入らなかったとしたら、店員よりもそっちの方が確実ということになる。ストーカーが犯人なら、あっさり御用……となるだろうか？

待てよ、と亮太はふとあの夜のことを思い出していた。

店長の谷田は、オーナーでもあって、時々休憩室で仮眠を取りながらほぼ一日中店にいる。大変な激務だと思うが、仕事がちゃんと回っている時は、結構奥で寝ていることも多い。あの夜もそうだった。あの時ずっと休憩室にいたと言い切れるだろうか？　寝たふりをして、玲奈を殺しに行ってないと確信できるか？

亮太は店長の薄くなった後頭部を見下ろしながら考えていた。

——いや、ないな。この人はない。

勝手に結論づけると店内に入り、最初の仕事を探した。

マンションでのことも含め、犯人探しのようなことをしているのが警察に知れたら逆に目をつけられるかもしれないとも思い、しばらく事件のことは忘れて無心で働くことにする。普段通りの姿をみんなに見せておくことも重要だと、アカネは言っていたはずだ。身近な人間に変な疑いを持たれるのだけは避けなければならない。

レジを打っていたのは野田春美だった。このむすっとした顔を見ると、男がいるよりテンションが下がる。仕事はてきぱきしていて亮太よりも慣れているだけに、「こんなこともできないのか」と馬鹿にされているようにも感じていて、どうにも苦手な一人だ。

ちょうど何人か客が並んでいたのでもう一つのレジを開けて分担してこなし、五、六人出て行くと一息つけた。

「山根さん――」

息苦しいレジを離れ、乱れた棚を直しに行こうとしたとき、珍しく向こうから声をかけてきた。

「はい」

「さっきその……事件の……話してました？　ストーカーがどうしたって……」

眼鏡の奥の瞳が、何だか非難しているように感じられて亮太は慌てて言いつくろった。

「あ、聞こえました？　いや、その、野次馬っちゃ野次馬なんですけどね、でもまあ、ちょっとでも早く犯人が捕まってくれたらいいなあと思って。ほんと、それだけなんです。別に深い意味は――」

「わたし、あの夜変な人を見たんですよ。それがずっと、気になってて」

「え？」

「――いえ、関係ないと思うんですけどね。でも、ストーカーがいたかもって聞いて、もしかしたらって……」

亮太が勢い込んで詰め寄ったので、春美はびくっとして後ろへ下がる。

「あ、ご、ごめん。――どういうこと？　あの夜って、事件の夜だよね？」

春美はこくりと頷き、記憶を探るように言った。

「はい。――あの夜、ちょうどシフトの終わる前くらいに、あの人が来たんですよ。覚えてます？」

「ああ、うん」

他に客もおらず、野田春美がいなかったら玲奈と二人きりなのになあ、などと考えていたことを思い出す。

「あの時わたし、店の外に変な人影が立ってるの、見ちゃったんですよね。入っては来なかったけど、何だかじっと店の中を窺ってるみたいでした」

摑んだ。大きな手がかりだ。

「ストーカーじゃん。間違いなくストーカーだよ！　で、どんな男だった？　顔、見えたの？」

春美は首を振ったので、顔を見なかったという意味かと思いがっかりしたが、彼女は耳を疑うような言葉を続けた。

「――男じゃないです。女……ていうか、女の子。長いツインテールの」

12

亮太は足元が崩れるような感覚を覚え、思わずレジカウンターに手を突いて身体を支えたほどだった。

「……ツ……ツインテールって、あの、こう、二本、長い髪を……？」

動揺を隠しつつ、身振りを交えて春美の言葉を確認する。

「うん。そう。そういう髪型」

アカネではない。アカネであるはずがない。

亮太は心の中でそう必死に否定しながら、たまたまあの夜、アカネではないツインテールの女の子が店の外に立っていたという可能性について検討していた。

「……どうかした？　大丈夫？」

「うん……ごめん。ちょっとトイレ」

亮太はレジを離れてトイレに駆け込んだ。洗面所で手を洗い、鏡を覗き込みながら珍しく一所懸命頭を働かせた。

渋谷や原宿ならともかく、このあたりで、それも夜遅くにツインテールの女の子など滅多に――多分、一度も――見かけたことがない。恐ろしい事件が起きたその日、たまたま俺が部屋に監禁していたのと同じ特殊な髪型の女の子が、被害者を尾行していたなんてことがあるだろうか？

ゼロだ。限りなくゼロに近い確率のような気がする。

――しかし、アカネはあの時、部屋にいて、手錠でベッドに繋がれていたはずだ。外に出られたはずがない。

亮太の中の弁護士が弱々しくそう主張したが、一瞬で反論される。

アカネにとって、あんな手錠を外すことなど造作もなかったに違いない。そもそもあれはアカネの手錠なのだ。予備の鍵があったのかもしれないし、マジックの小道具のようなもので仕掛けがあるのかもしれない。

大体、十代の少女が、男の部屋に半裸で監禁されて、あんなにも平然としていられること自体おかしい。

最初から何か狙いがあったと考えれば、あの態度にも納得がいく。狙い――それが玲奈を殺すことだった？　しかし彼女に玲奈を殺す理由などあるだろうか？　たまたま連れてこられたマンションの向かいに住んでいる女を？

――俺が盗撮していたから？

そうだ。そうに違いない。

アカネは、亮太が出かけるといとも簡単に手錠を外し、外へ出てコンビニまでやって来たのに違いない。それとも駅の改札で、玲奈が出てくるのを待ち伏せていたのだろうか？　いずれにしろ、アカネはその後玲奈が帰宅するまで後をつけ、そして彼女を殺した――。

亮太ははっとした。

洗濯物。

アカネは、犯人が洗濯物を干したのではないかと言った。不気味で今ひとつ意味の分からない行動だが、それは亮太の目を惹くためだったとしたら。アカネは前の日からしつこく下着の替えを要求していた。店で買うことを躊躇っていた上に、半裸の少女と一緒にいながら手出しできないで悶々としている亮太が、明け方人気のない道を帰ってくるところに玲奈の下着が無防備に吊るされていれば、それを盗もうとするかもしれないと考えたのではないか？　亮太はそれにまんまと引っかかり、さらに馬鹿なことに部屋の中にまで入ってしまった。

母親の件にしたってそうだ。亮太の留守中にやってきた母親に対し、アカネが何か吹き込んだのではないか。あの母親が、アカネのように自分で盗撮の証拠を見つけたというのは無理がある。アカネが何かうまいことを言って、玲奈の部屋へ母親を誘導したのに違いない。

アカネが玲奈を殺し、さらに亮太と母親を現場へ誘導して容疑者になるように仕向けた。そして、さも二人を助けるかのように少しずつ少しずつ〝謎解き〟をして、信用できる人間だと思わせた。

――しかし一体なぜそんな面倒くさいことを？

最終的には金か何かを引き出すためか。あるいはまともな理由などないのかもしれない。殺したかったから殺した。そして自分をレイプしようとした亮太をじわじわとなぶって、慌てたりほっとしたりする様子を見て楽しんでいるのかも。

亮太はすぐにでもマンションへ戻り、アカネを問いつめてやりたかった。店長に早退を申し出ようと考えながらトイレを出たが、レジからちらりと心配そうにこちらの様子を窺う春美の顔を見て、考え直した。

普段通りにした方がいい。

死体を発見した後、バイトを休もうとした亮太をアカネは「休めば怪しまれる」と諌(いさ)めたが、今回もそれは正しいような気がした。

突然自宅に戻れば、何か勘づいたのではないかとアカネは警戒するだろう。いや、もしかすると今も彼女はこの近くで亮太を見張っているかもしれない。いずれにしても、油断のならない相手だ。少しでもこちらの意図に勘づいたら、一体どんな対抗手段に出るか想像できない。とにかく何も気づいていない、そう思わせておいて、無防備な隙を狙った方がいい。

亮太はついさっきまでほとんどパニックといっていい状態だったが、今はある意味落ち着き、静かな怒りに満ちていた。

さもやらせてくれそうな顔をして食事を奢(おご)らせ、いざとなったら「そんなつもりじゃなかった」と抵抗する。まさにやらずぶったくりだ。

ほんの少しでも、あの得体の知れない女に心を許した自分に腹を立てていた。可愛い女ほど、ああやって男を弄ぶ権利があると思ってやがる。そんなことは分かっていたはずなのに。

可愛さ余って憎さ百倍、という言葉がどれほど真実を言い当てているか、亮太は今初めて知った。

胸の奥に、しばらくぶりに感じる痛みについては、気づかないふりをした。

アカネにどうやって思い知らせてやるかを考えながら、何事もなかったかのような顔で夜シフトの仕事をこなし続けた。ただ警察に突き出すだけでは物足りない。今まで散々なぶり者にされたのだ。

といってもちろん、自分が犯罪者になってしまうようなことはまずい。突き出すぞと言って脅しつつ、それこそ「性奴隷」にできたら痛快かもしれないが、真犯人が捕まらないままでは警察の捜査がいつまで経っても終わらないことになってしまう。

とにかくこんな真似をしたことを反省し、後悔するほど怖がらせてから、すべてを自白させて証拠を摑むことだ。

いやいや、そもそも「反省」なんかするタマだろうか？　たいした動機もなく――亮太はそう決めつけていた――人を殺すような人間だ。サイコパス。アカネ自身がそう言っていたではないか。

こんなことができるのは、間違いなくサイコパスだと。あいつ自身が、サイコパスだ。

決してあなどってはならないと亮太は気持ちを引き締め、マンションへと戻った。

13

午前零時になろうとしているところだった。亮太は自宅ドアの前で二、三度深呼吸してから、カギを開けて中へ入る。アカネの靴は三和土（たたき）の隅っこに揃えて置かれているし、明かりのついたリビングから人の気配もする。逃げ出してはいない。

「……た、ただいま……？」

かけ慣れない言葉なだけに、照れとも緊張とも判断のつかないだろううわずった声が出た。

「ん？　んふんふ～」

何かを口に入れたまま、「お帰りー」と言ったらしいアカネの声が聞こえてくる。呑気（のんき）なものだ。

亮太は怒りと緊張が顔に出てしまわないよう気をつけながら、リビングへと入っていった。

アカネは相変わらず亮太の服を着たままで、自分で作ったらしい袋ラーメンをテレビの前に座って鍋から直接食べていたようだ。もうスープくらいしか残っていない。

「へへ。我慢できなくてもらっちゃった。——弁当ないの？」

「……今日はない」

しまった。考えたら自分の食事だって必要なのに、すっかり忘れてしまっていた。

「お腹空いてないの？　ラーメン、作ったげよっか」

「いや、今はいい」

優しげな言葉をかけられると、怒りが爆発しそうになる。表情を見られないように顔を背けながらボディバッグをソファの上に放り、冷蔵庫へ向かった。

「コンビニ、収穫あった？」

「え？　……ああ、いや。ダメだ」

収穫も収穫、大収穫だったが、教えてやるのはもう少し後だ。

「そっか。——そうそう。あんたのママ、相当まずいことになってるよ」

予想外のことを言われ、思わず冷蔵庫から振り向いた。

「え、何？」

アカネは無言でリモコンを取ってテレビをつけ、ニュースをやっていそうなチャンネルに替える。

「あー、これこれ」

と、画面一杯に刑事に見せられたのと同じ似顔絵が映し出された。今はそれが確かに母親のものだと分かっているせいか、最初に見たときよりもそっくりに見える。

『……警察は、この女性が事件に何らかの関係があるものとみて捜しています。この女性について情報をお持ちの方は下記の番号へご連絡をお願いします』

見つかる。あれだけよく描けた似顔絵なら、すぐにでも母さんの名前は割れるだろう。もしかしたら身を隠した先で通報され、即逮捕ということになるかもしれない。そうなれば刑事達が再びここへ来るのも、たいした猶予はないと思った方がいい。

慌ててバッグの中に入れっぱなしのスマホを見ると、案の定留守電メッセージが二件。どちらも母からだ。再生してみると、泣きそうな声で『亮太……亮太、どうしよう?』『亮太……』と名前を連呼するばかりのメッセージで、ただただパニックになっていることしか分からない。

亮太は逆に、すうっと冷静になっていくのを感じていた。

母を助けられるのは自分しかいない。そしてそれは、アカネから自白を引き出すことだ。そう覚悟を決めることができた。

亮太はわざと明るい声で、アカネに言った。

「やっぱり、腹減ったな。ラーメン、作っといてくれるかな? ……ちょっとトイレ」

声が震えそうになるのを咳払いでごまかしつつ、一旦トイレに逃げ込む。中で息を潜めつつ耳を澄ましていると、アカネが鼻歌を歌いながら水を出したりラーメンの袋を開ける音が聞こえてきた。

よし。行ける。

亮太はそう自分に言い聞かせ、水だけを流してトイレを出た。

鍋で湯が沸くのを待っているアカネの後ろを通り過ぎ、和室に入った。アカネから外してやった手錠を、鍵と一緒にここに放り込んだのだ。もしかしたらアカネが回収して自分の荷物に隠しているのではないかと思ったが、亮太が置いたままに部屋の隅に放り出してあった。

ちらりと後ろを見たが、アカネは亮太が和室にいることにも気づかぬ様子でラーメンを茹で始めた。亮太はかちゃりとも音がしないようそっと両手で手錠を取り上げ、ジーンズの腰のところに押し込んでリビングへ戻る。

気配を感じたのか、アカネが振り向かないまま話しかける。

「インスタントラーメン、結構得意なんだ。こんなのだってコツがあるんだよ、知ってた？」

「……コツ？　ふーん。どんな？」

興味を持ったような口調で、背後から鍋を覗き込むようにアカネに近づく。にこっと笑いながら振り向いた彼女に覆い被さるようにして手を伸ばし、両手首を摑む。

「ちょっと、危ないって。えっ……？」

そのまま後ろへひねりあげ、一緒に振り向くようにしてソファの背に押し倒した。彼女が手にしていた箸が床に跳ねる。

「何すんのっ……！」

ひねりあげた両手に、後ろに隠していた手錠を素早くかけた。何か仕掛けがあったとしても、後ろ手にされていても外せるのかどうか。ベッドに片手を繋がれるのとは不自由さが違うだろうから、とりあえずはこれで充分だ。

「一体何のつもり？　ふざけてんの？」

ソファの背越しに座面に顔を押しつけられた格好で、アカネは首をひねって亮太を睨みつける。

「……全部、分かったんだよ」

亮太は脅すように低い声で言ったつもりだったが、なぜかそれは震えていた。

「はあ？　何が」

軽蔑するかのような口調と目つきに、もう抑えきれなかった。

「お前が犯人だってことがだよ！」

亮太は怒鳴りつけたが、アカネは眉をひそめただけで、たじろぐ様子もない。

「あたしが……？　犯人って、玲奈さんを殺した犯人って意味？　意味分かんないんだけど」

　このままの体勢では話しにくい気がし、亮太はアカネを引き起こし、ソファの前に連れて行ってどんと突き飛ばして座らせた。

　アカネはふうと諦めたように一息ついて、「あれ、吹きこぼれてるよ」とコンロの上の鍋に視線を向ける。

　亮太はアカネから目を離さないようにしながらコンロへ歩み寄り、火を消した。

「お前をな、見たやつがいたんだよ。うちの店の前でな」

「あんたの店なんかどこにあるかも知らないよ！　初めてタクシーで連れてこられて、それから監禁されて、ゆうべ初めてちょっと外出たんじゃんか。一体いつあんたの店に行ったって言うの？」

「あの人が殺された夜だよ！　玲奈さんが、俺の店に入ってきたとき、店の外にお前がじっとしてるのを、同僚が見てたんだよ」

「馬鹿馬鹿しい。あの夜あたしはベッドにこの手錠で繋がれてたじゃない。それに、会ったこともないあんたの同僚になんであたしが分かんの？」

「ツインテールの女の子だったたって言ってんだよ。え？　こんな偶然があると思うか？　お前以外にもう一人、ツインテールの女がいて、そいつが彼女を殺したって可能性と、お前が手錠を外して抜け出して、俺の様子を見に来て、玲奈さんを見つけた。こりゃちょうどいいと思って彼女の後をつけて殺したって可能性。どっちがありそうだと思う？」

亮太は、自分のした推理をすべてぶちまけた。洗濯物をわざと干して盗ませようとしたこと。母親に盗撮のことを教え、玲奈のところへ行くよう仕向けただろうこと。

しかしアカネは一向に怯むことなく聞き、亮太が息をついたのを見計らって質問を投げてくる。

「それで？　どうするつもり？　警察呼ぶの？　そしたらあんたの盗撮もレイプ未遂も未成年監禁もぜーんぶばれちゃうけど、それでもいいの？」

かっとなった。

「監禁はもう関係ねえだろ！　お前は自分でここにいるんじゃねえか！」

「へー、これでも？」

アカネは身体をひねって手錠をかけられた手を振ってみせる。

今警察を呼んだら、ずっと監禁されてましたと主張するつもりだろうか。最初はともかく、今は自由意志でここにいたのだということを証明できるか？　難しいかもしれない。春美がツインテールの女を見たというだけでは証拠として弱すぎる。

こいつが犯人なのは間違いないのに、追及する方法が俺にはないのか。

「くそっ、お前と話してると頭がおかしくなる！」

亮太はスマホをポケットに突っ込んで、一旦部屋を出て行こうとした。とにかく彼女のいない静かなところへ行きたかった。

「ちょっと、どこ行くつもり？　警察呼ぶのはやめた方がいいって」

「うるせえ！　一人でちょっと考える」

「ちょっと待って！　このままにして行かないで！」

亮太が玄関のところで振り向くと、こちらへ向かってくるアカネが無様に転び、床に顔をぶつけた。

一瞬駆け寄って助け起こしてやろうとしかけたものの、すぐに同情を誘う手管に違いないと思った。その手に乗るものか。

＊＊＊

野田春美は、廊下の端から、じっと山根亮太の部屋のドアを見ていた。何が起きるか見届けずにはいられず後をつけてきて、気配を窺っていたのだ。何やら怒鳴り声がしているような気もするが、この距離では何を言っているかはもちろん、亮太の声であるという確証もない。ドアの前まで行きたいが、まだ時折人が出入りする時刻であり、誰かに見咎められるのは怖かった。

亮太が自分の言葉を信じたことは確信していた。いつからか部屋に入れているらしいあの少女が犯人だと知って、亮太は何をするだろう？　殺すだろうか？　それとも言い訳を信じる？

いつも以上に蒸し蒸しする夜だ。じっとしていても首から胸元へだらだらと汗が流れ落ちる。

と、五〇五のドアがばんと勢いよく開き、亮太が外へ出てきた。サンダルをつっかけ怒ったように乱暴な足取りでエレベーターに向かってくる。春美は慌てて忍び足で歩いて階段へ辿り着き、踊り場まで降りて手すりの陰に身を隠した。

亮太がエレベーターに乗り込み、箱が降りていく音をじっと聴く。

何をしに行ったのかは分からない。亮太を追うべきかとも思ったが、部屋に残っているはずの女のことも気になった。

今確か、山根君はカギをかけなかったよね？

ドアが自然に閉まるに任せ、亮太がこちらへ向けて歩き出していたことを、春美はしっかり見ていた。

どこに行ったかは分からないが、ほんの少し、部屋を覗けるかもしれないという誘惑に春美は勝てなかった。

あの女がもしかしたら死んでいるかもしれない。そうしたら、あたしが死体の始末を申し出てあげてもいい。

人殺しと責められ、泣いて謝ったのかもしれない。山根君は優しいから警察に突き出すべきかどうか悩み、頭を冷やしに外へ出たのかも。

春美は意を決して五〇五の前まで行き、ドアノブを回し、引いてみた。やはりあっさりとドアは開いた。

玄関から見通せるところに、女の姿が見えた。後ろ手に手錠をかけられ、芋虫のように倒れている。突き飛ばされでもしたのか、もがきながら起きあがろうとしているところのようだった。

「亮太？　戻ってきたの？」

鼻にかかったような甘ったるい声。亮太と呼び捨てにしたことも加えて、イラッとする。

春美はあがる直前、亮太の部屋であることを思い出し、ちゃんと靴を脱ぐことにした。ずんずんと歩いていくと、苦労してその向きを変え、こちらに顔を向けた少女が春美の姿を認め、目を丸くする。

「……あんた、誰？」

春美は立ち止まって見下ろしながら、思わず噴き出していた。

「何、そのカッコ。手錠じゃない。山根君にかけられたの？」

可愛い顔して彼を誘惑しておいて、結局こんな無様な格好にされているのがおかしくて仕方がなかった。

「やまねくん……？　ははーん。あんたが言ったんだ、ツインテールの女を見たって。どうしてくれんの、これ」

怖がるでも泣くでもなく挑戦的に睨みつけてくるその目が春美を苛つかせた。

「ふん。自業自得でしょ」

春美は言い、キッチンへと向かった。

「自業自得ってどういう……ちょっと、何してんの」

春美は、シンクの下の扉を開け、包丁立てに一本だけ差してある包丁を取りあげ、刃先を確認する。ステンレスの安物だが、大して使った様子もなくまだ切れ味はよさそうだ。

ひゅっと息を呑み込む音がする。

「何……何するつもり。玲奈さんも――里見玲奈もそうやって殺したの？」

振り向くと少女は何とか立ち上がりながら後ろへ――襖(ふすま)の開いた和室の方へと後ずさっている。

「ずっと山根君に色目使ってた女のこと？　そんな名前だっけ。もう忘れちゃった。せっかくいなくなったのに、もうこんなのが潜り込んでるなんて……ほんといやんなる。あんた達ほんとゴキブリみたい」

「あ、あたしは別に、亮太のことなんか何とも思ってないから。ただちょっと、うん、泊めてもらってるだけ。なーんにもしてないんだよ、ほんと」

少女はそう言えば助かるとでも思っているのか、焦った口調で言いながら少しずつ後ろへ下がる。春美は包丁をへその前で方位磁石のようにゆらゆらさせながら進んだ。もちろん磁石の指し示す先はツインテールの少女だ。

「分かってる？　亮太はちょっとジュース買いに行っただけなんだから、すぐ戻ってくるよ？」

「そう。じゃあ、急がなきゃね」

春美は包丁を両手で構え直すと、少女の腹へ向けて思い切り突き出した。

少女はととっと後ずさり、勢い余って尻餅をつく。

「亮太！　亮太！　助けて！」

少女が天井へ向けて叫んだ。

「山根君を呼び捨てにすんじゃねえ！　この売女が！」

春美は少女に馬乗りになると、包丁を下向きに持ち替え、胸元に向けて振り下ろした。

14

「ちょっと待って！　このままにして行かないで！」

亮太が玄関のところで振り向くと、こちらへ向かってくるアカネが無様に転び、床に顔をぶつけた。

一瞬駆け寄って助け起こしてやろうとしかけたものの、すぐに同情を誘う手管に違いないと思った。その手に乗るものか。

「お願い！　よく考えて。『ツインテールの女の子』って言ったの？　あんたの同僚は」

アカネはどうでもいいところに食いつく。時間稼ぎのつもりだろうか。どうでもいいだろと思いつつ、つい春美の言葉を思い返していた。

もう少しだけ聞いてやろう。決定的なぼろを出すかもしれない。

「……ああ。そうだよ。『ツインテールの女の子』、そう言ってた。お前しか考えられないだろうよ」

ここまで追いつめられているというのに、アカネはこの期に及んで何か考え事をしているようだった。倒れたまま起きあがることもせず、顔だけをこちらへ向けて質問を続ける。亮太はリビングの入り口まで戻り、壁にもたれかかるようにして床に腰を下ろした。

「……他に何か言ってなかった？」

「何かってなんだよ。それで充分だろ！」

「その同僚、何て名前。どんな人？」

「どんなやつだっていいだろ。何だよ、目撃者を消せば何とかなると思ってんのか？」

「いい加減にして！　ちょっと考えたら分かるでしょ。そいつが嘘ついてんの。そいつが犯人だよ！」

亮太は呆（あき）れかえった。春美が犯人だって？　何を馬鹿なことを言い出すんだ。

「馬鹿馬鹿しい。なんであの女が俺にそんな嘘つくんだよ。あいつにとっちゃただの客だし、殺す理由もねえ。ありえねー」

どう考えてもただの言い逃れだと思いつつ、既に心はぐらつき始めていた。

「女……なんだ。ふーん……どんな女？」

「どんなって……あんま話しないからよく知らねえよ。地味な、むすっとしたやつだ。バイトじゃ先輩だから、なんか信用されてないっていうか、いつもチェックされてるような……」

「それかな」

　アカネは目をきらりとさせる。

「それって何だよ」

「例えばそいつが、あんたのことを好きだったとする」

「ちょ、待てよ！　ありえねーって」

　アカネは構わず続ける。

「……そいつはあんたをストーキングしてた。そう、犯人はストーカーだって言ったよね、あたし。ストーカーはストーカーでも玲奈さんのストーカーじゃなかった。あんたのストーカーだったんだ」

「ふざけんな！　ありえねーって言ってんだろ」

「ストーキングするうち……いや、もしストーキングしてなかったとしても、あんたをじっと店で見てれば、特定の女性客に妙に入れ込んでることに気づいただろうね。目立つ美人なんだから、そんな彼女に男達が惹かれたとしても別段驚くことじゃない。そして、自分が気になってる男も彼女に参ってることに気づいたら、どう思ったかな」

「だからありえねーって……」

「彼女の家がどこかは、後をつけて確認してたのかも。あるいは、コンビニで公共料金の支払いとか、宅配便とかを頼んだことがあったかも」

　ぎくりとした。亮太自身がそうやって、里見玲奈の下の名前を知ったのだった。亮太より長くあそこに勤めている春美が、玲奈の自宅住所を見たことがあったとしても全然不思議ではない。

「……馬鹿馬鹿しい……」

「事件の夜にあたしを見たって言ってる人は、つまり玲奈さんが店に来たとき、勤務してたってことだよね？　その後、その人はいつまで働いてたの？　もしかして、それからすぐにあがっちゃった？」

　亮太は無視しようとしたが、できなかった。

　そうだ。玲奈が来店した後すぐ野田春美は勤務を終え、あがったのだった。

　表情から図星だと見抜かれたらしく、アカネは「ははーん」と満足げに頷く。

「……待て待て。よくもそう口から出任せを思いつくもんだな。騙されねえぞ。いいか、考えて見ろ。お前がここから出てないって言うなら、野田にはお前を見ることすらできないってこった。分かるか？　つまり、あいつには『ツインテールの女の子を見た』なんて嘘をつくことすらできないんだよ！　たまたま嘘をついたら、俺の部屋にいた女とそっくりの特徴だったたって？　そんなことあるかよ！」

　アカネは驚いたことに、にやりと笑った。

「そこまで分かってたら、その野田？って女がいつあたしを見たか、分かりそうなもんだけど」

「どういう意味だよ。いつお前を見たか？　だから、玲奈が殺された夜だろ」

「その時はあたしは出てないんだって。もし出てたとしても、他にも外に出たじゃん、一緒にさ」

「……昨日の夜か？　確かにちょっと出たけど……ほんとに一瞬だぞ？」

「そう。ほんの一瞬なのに、見られた。なぜならそいつはずーっと亮太のことを見張ってるから」

その光景を想像して一瞬ぞっとしたが、すぐに首を振った。

「だからありえねーって」

「いーい？　あたしは昨日までずっと下着か、あんたのワイシャツくらいしか着てないよね？　とても外に出られるカッコじゃない。もしこっそり外へ出るとしたら、自前の一張羅しかないけど、もしあれで外へ出て、誰かが見かけたとしたら、何て表現すると思う？『ツインテールの女の子』って言うかな？　言わないね。『ロリータの子』だよ。もしあの夜みたいに亮太の服を着てたら？　『ぶかぶかの服』とでも言うかな。何にしろ目立ったと思うよ。『ツインテール』としか言えなかったのは、そいつがあたし自身の私服がどんなのか知らないからだよ。といって、自分が見たときの服装を言うわけにもいかなかった。だっていつも亮太の服を着てる方が不自然だからね」

アカネの言っている言葉の意味が、じわじわと頭に染みいるように分かってきた。

「ツインテールの女の子」。確かに春美はそれだけしか言わなかった。確かにこのツインテールは目立つ特徴ではあるが、ロリータファッションの一部なら、全体の印象の方が勝つ。渋谷で初めて見かけた時のアカネの姿を思い出した。あの様子を誰かに説明しようと思ったら、「バリバリのロリータの子」とでも言ったことだろう。

「……どう？　ようやく信じる気になった？」

アカネは犯人じゃなかった。自分を騙してもいなかった。犯人は野田春美……？　同僚が犯人だったという驚きよりも、アカネが犯人ではなかったという安堵と、彼女を疑ってしまった自分を恥じる気持ちの方が強かった。

アカネの顔を見つめながら、じわりと涙が滲んで来たことに驚いた。

「どうしたの？　何泣いてんの」

「……ごめん。俺……なんでかな。お前のこと、一度は信用したはずなのに。……ごめん。ほんとにごめん」

「いいよ、そんなこと。あたしみたいな変な女、そう簡単に信用できるわけないって分かってるし。それより手錠！」

亮太は目を軽く拭い、訊ねた。

「仕掛けとか、ないんだな？」

「ないよ。鍵がなきゃ外せないよ」

亮太は立ち上がり、和室から鍵を取ってきて外そうとした。

「待って。片方だけ外して鍵ちょうだい」

「え？」

不審に思いつつ、言われた通り片方を外し、鍵は彼女の差しだした手に落とした。

「亮太にあたしを見たって嘘ついた同僚は、今ここで何が起きてるか、絶対気にしてるはず。だってそうでしょう？　あんたは今、部屋に泊まってる恋人らしき女が犯人だと思いこんで帰宅したところなんだから。自分のついた嘘のせいで何が起きるか、見届けたいに決まってる」

「じゃあ……野田は今……？」

「絶対このマンションの前にいる。あるいは部屋の外か。向かいの屋上とかから覗くって手もあるけど、今はカーテン閉めてるからそれはないでしょ」

アカネが顎で玄関を指し示したので、亮太は思わず振り向いた。

すぐそばにあいつが……？

「まだ信じられないでしょ？　だから試してみようよ。今から亮太は、喧嘩して怒ったような感じで飛び出していって。ドアのカギはかけずに。どこかから見てたら絶対部屋に入りたくなると思うね。もしかしたら単純に亮太の後を追うかもしれないけど。もし誰も後を追ってこないようだったら、そっとここに戻ってきてみて。きっとその女が様子を窺ってるはずだから」

　そうして亮太はアカネの言う通りにしたのだった。

　誰も後をつけている気配がないことを確認した亮太は、急いでマンションに戻った。建物にも五階の廊下にも人の気配は見当たらない。五〇五のドアをそーっと開けたとき、アカネの呼ぶ声が聞こえた。

「亮太！　亮太！　助けて！」

　血の気が引いた。亮太はサンダルを脱ぎ捨て、声の聞こえる方へ走ると、和室で、アカネに馬乗りになっている女の姿が見えた。高く上げて組んだ両手に、何か光るものが見えた。刃物だ。

「やめろ！」

　亮太は叫んだが、一瞬遅く、包丁は振り下ろされてしまう。

「……何よ、これ」

　春美がぽつりと呟くように言う。亮太がよろよろと近づくと、片方外してあった手錠の鎖で春美の手首を受け止めているのだ。

「亮太ああっ！」

　再びアカネが叫んだので、亮太は我に返って後ろから春美の右耳のあたりを思い切り殴りつけた。

人を、こんなにも本気で殴ったのは初めてだった。春美の頭蓋骨なのか自分の拳なのか、あるいはその両方か、ぴしりと割れるような音がして、激痛が走った。春美の首は折れたかと思うほど曲がり、やがて横様に倒れた。

死んだか、気絶したか。どちらでも構わないと思った。

「大丈夫か！　怪我してないか？」

左手でアカネの手を取り、引き起こす。

「——遅いよ。殺されるとこだったじゃない」

亮太の胸に倒れ込むように顔を埋めたアカネは、荒い息をしながら言う。

「ごめん。——ほんとごめん」

「……でもまあ、助けてくれたから許してあげるよ」

思わず抱きしめようと背中に回した手から、アカネはするりと抜け出した。

「それでこいつ、どうするの？」

アカネは倒れたままの春美にさっと近寄って傍らに落ちていた包丁を取り上げると、素早くまた亮太のそばへ戻る。

「どうするって……警察に引き渡すしかないだろ」

ホラー映画の殺人鬼は死んでいるように見えても、目を離した瞬間に消え失せ、後ろから襲ってくる。亮太は、ぴくりとでも動いたら蹴飛ばしてやるつもりで睨みつけていた。

「そうしたら、色々説明しなきゃならなくなるよ。盗撮のデータとかは、消しといた方がいいかもね……あ、あと玲奈さんの下着はあたしが処分しといてあげる」

アカネはすっかり助かったつもりでいるようで、その先の話をもう始めている。

「そ、そうか……？」

いまだに「盗撮」と言われるとどきっとしてしまう。とても自分がそんなことをしていたとは今では信じられないほどだ。

「話が面倒になるから、あたしはそもそもいなかったことにして？　その方が亮太も変な目で見られないし、別にそれでも辻褄合うでしょ」

「……でもこいつが……」

亮太は顎で春美を示す。

「その女の言うことなら、警察も話半分に聞くでしょ。妄想だと思ってくれるよ」

「……まあ、確かにそうかもしれないけど……」

「じゃあ警察呼ぶ前に、シャワー浴びさせて？　汗かいちゃった」

この状況でシャワー？　亮太はアカネの神経を疑ったが、考えてみれば元からそういうやつだったと苦笑し、少し緊張がほぐれた。

「あ、ああ……その手錠貸してくれ」

アカネが外した手錠を受け取り、まだ倒れている春美に近寄って後ろ手にかけた。ぴくりともしないが、息はしているようだったので殺したわけではないようだと別の意味でほっとした。アカネを殺そうとしたのだからこいつが事件の犯人であることは間違いないとは思うものの、憎いという感情が湧くほどには状況を理解していなかった。ただ恐ろしい猛獣が暴れ込んできたような印象しかない。

アカネはシャワーを浴びると再びロリータ服に身を固めた。まだ警察には連絡していないし、春美も目を覚ましていなかった。

キャリングケース——手錠以外の荷物は元に戻してやった——を引いて廊下を行くアカネに、亮太は溜まらず声をかけた。

「色々片付いたら、また遊びに来てくれよ。うまいもんでも食いに行こうぜ。ラーメンとか牛丼とか、そんなんじゃなくてさ」

アカネはゆっくり振り向いて微笑んだ。

「——いいね。じゃあ、イタリアン？」

「分かった。イタリアンな。ネットで評判の店探しとくよ」

そしてアカネの姿が見えなくなってから警察を呼んだ。亮太は春美と共に警察署に連れて行かれ、長い長い事情説明をさせられた。最初は明らかに彼の方が犯罪者扱いだったが、捜査が進み証拠が色々と見つかったのか、何とか亮太は被害者に過ぎないと納得してくれたようだった。「アカネ」という少女の存在についても聞かれたが、知らぬ存ぜぬで押し通し、結局は問題にならなかった。

しかしそうまでして「守った」アカネは何の連絡も寄越さなかった。一週間経っても、二週間経っても。事件がすべて解決し、ワイドショーが興味をなくした後も。亮太は落胆したが、驚きはしなかった。彼女には二度と会えないかもしれない、どこかでそう思っていたからだ。

亮太はハローワークに行き、小さい会社ではあるが何とか正社員の口を見つけて再就職をすることができた。しかし、半年が過ぎてもまだ、街でロリータファッションの女性を見つけると、それがアカネでないことを確認しないではいられない。

幕間

少女は暗闇の中、半裸で震えていた。

尻の下は冷たく湿った土。

凭(もた)れている壁は、石を積み重ねて作ったもので、そこに埋め込まれた鎖に、少女の両手首は高く上げて繋がれている。

井戸の底を思わせるような空間だ。

実際、涸(か)れた井戸か何かなのかもしれない。だとしたら、上は外へ通じているはずだが、星の光も届かないところをみると、何かで塞がれているのかもしれない。

少女は助けを求めて叫んだ——つもりだったが、その声は自分の耳にも届かなかった。

声が出ないのか、耳が聞こえないのか。

ここはどこなのか。自分はなぜここにいるのか。いつからここにいるのか。

——そもそも自分は一体、誰なのか？

何も分からない。

誰か、誰かあたしをここから救い出して。そしてあたしが誰なのか、教えて。

少女は再び絶叫しようとして、目を覚ました。

少女は白く、乾いたシーツの敷かれたベッドの上にいた。

夢だった。夢だったのだ。

しかし身体が小刻みに震えているのは現実も同じだった。

そして、自分が何者か分からないことも。

The Captive Detective

宮本伸一

第二話

1

胸ポケットに入れたPHSのバイブレーターが震え、宮本伸一は浅い眠りから一瞬で覚めた。

ベッドから起きあがりつつ受話ボタンを押し、耳に当てたときにはもうサンダルを履いて立ち上がっている。

『外科、重体。五分後に着きます。十八歳前後の女性。血液型不明。頭部損傷、骨折多数。轢き逃げの可能性。執刀は多岐川先生』

看護師長の手早く事務的な言葉でぱっちりと目が覚めた。重体ということもそうだが、多岐川先生のオペをようやく間近で見られるということに対する期待も若干あった。

伸一はこの川越病院に来て三ヶ月になる研修医だ。建物や設備は古く、待遇も決していいとは言えない病院だったが、脳外科界では（月並みすぎる言葉ではあるが）「神の手」と賞賛される多岐川政彦の勤務するここを研修先に自ら選んだ。実際勤め始めて分かったのは、思っていた以上に過酷でブラックな職場だということだ。それが近年どこでもそうなのか、ここが特別なのか、伸一にはまだ判断がつかない。

川越病院はベッド数五十。地方都市の私立病院としては決して小さくはない。しかし近隣の総合病院がどこも満床なのに対し、ここは七割埋まっていればいい方だし、外来も少ない。慢性的な人手不足により色々行き届かない点があるのかもしれないが、地域の評判もあまりよろしくないらしいことは研修医の身でも分かってきた。患者が少ないなら仕事に余裕ができそうなものだが、ナースも職員も医師も居着かないものだから、人手不足もそのままスライドするだけ。研修期間が終わったら残らないかと強く打診されてはいるものの、悩み中だ。

救急車のサイレンが近づいたので救急入り口に向かうと、看護師長の米山志保子達ナースがストレッチャーを出迎えていた。

伸一は手伝おうとしたが、遠目にもその患者が血まみれらしいことに気づき、怖じ気づいた。

事故患者を見るのも初めてではないし、入院患者を看取ったことも――まだ片手で数えられるほどだが――ある。しかし、当直の夜に、事故重体の患者を出迎えるのは初めてだ。

「宮本くん。よろしく頼むよ」

振り向くと、多岐川が立っている。まだ手術着ではないが白衣を羽織っているところを見ると、伸一とは違い起きて仕事をしていたようだ。疲労が蓄積しているようで、目も若干血走っている。研修医以上に過酷な勤務をしているのは間違いなく、いつか倒れてしまうのではないかとこちらがハラハラするほどだ。

「多岐川先生。今日はお休みかと思ってました」

「なかなかそうもいかなくてね」

向かってきたストレッチャーと共に歩き出しながら、多岐川は素早く患者の様子を確認する。伸一は彼の後ろについて歩き、ようやく血まみれの患者を直視することができた。

最初は幼女かと思った。

血と泥で汚れているものの、フリルのたくさんついたピンク色のファッションと幼い顔立ちが目についたからだ。しかし、よくよく見れば先ほどの電話での説明通り、ハイティーンの女性であるようだ。

意識はないようだが、低い呻き声が聞こえ、不規則な呼吸はしているらしく吸入マスクが時折曇る。

多岐川はストレッチャーに速度を合わせつつ、そっと髪の上から少女の頭を指で探り、瞼を開いて眼球を覗き込んだ。

剝き出しの腕と脚はところどころ青黒く変色していて、膝下のところはおかしな角度に曲がっているように見えた。

「CTと輸血の準備を。血腫が脳を圧迫してると思われます。開頭しないと無理でしょう」

伸一はごくりと唾を飲み込んだ。

開頭手術——。

恐らく、一分一秒を争う状況だ。

それからは、多岐川の指示にただただひたすら食らいついていくだけの時間だった。後から振り返ると悪夢の中の出来事のようで、スローモーションで、音のない状態で再生される。CTで血腫を確認すると手術室に入り、多岐川の素早い手さばきによって少女の頭が開かれるのをほとんど傍観者のように眺めていた。

長い長い時間だったような気がしたが、到着してから一時間も経っていないことに気づいたのは手術室を出て、マスクを外してからだった。

「お疲れさん」

「あ……いえ。お疲れ様です」

伸一やナース達が慌てて返事をしたときには多岐川はすたすたと歩き去っていくとこ

ろだった。

「多岐川先生がいなかったら、危ないところでしたよ、あの子」

米山師長がつくづく安心したという様子でそう感想を漏らす。

伸一は、そういえば一時心肺停止状態もあったなあと他人事のように思い出す。とても現実の出来事とは思えなかった。

判断、手際がいいのはもちろんだが、多岐川のすごいところはそのメンタルなのではないかと改めて思う。自分も場数を踏めばあんなふうに常に冷静でいられるのかどうか、伸一には自信がなかった。

いずれにしても、一人の少女の命が救われた。自分はほとんど横で見ていただけではあるが、とにかく喜ばしいことだ。

翌朝早く、患者が意識を取り戻したという連絡を受け集中治療室に確認しにいった。

多岐川の手術は間近に見ていたのだし、成功を疑ってなどいなかったが、何が起きるかは分からない。こんなにも早く意識が戻ったのなら、恐らくダメージも少ないだろうと改めてほっとする。

集中治療室に入ると米山師長が少女の傍らに立ち、珍しく優しい口調で話しかけている。

「ここは病院。分かるよね？　あなたは、事故に遭ったの。すごく腕のいい先生に手術していただいたから、もう大丈夫。ね？」

少女は理解しているのかいないのか、きょろきょろと眼球だけを動かし、後ろに立つ伸一の方を見た。今はネットと包帯で隠されてはいるが、手術のために長かった髪は剃り上げられてしまっていて、開頭した部分はまだ穴が開いている。仕方のないこととはいえ、改めて意識が戻った状態で見ると胸が痛んだ。

伸一は前へ進み出て、少女の顔の前で指を二本、立ててみる。

「これ、何本か分かる？」

「……二……本？」

視力も聴力も、会話能力もある。脳へのダメージは最小限ですんだのではないか。

「名前を、教えてくれるかな？」

少女は身元の分かる持ち物を何も持っていなかったらしく、家族に連絡もできていないと聞いていた。

「名前……」

少女の目が泳ぐ。

恐怖とも困惑とも取れる表情が浮かんだ。

「……分かりません。何も思い出せません」

「焦らなくていいよ。大変な事故だったからね。一時的に記憶が飛んじゃうのはよくあるんだよ。色々、ゆっくり思い出していこう」

自分の名前さえ思い出せないケースが現実にどれくらいあるのか伸一は知らなかったが、あえて安心させるようそう言った。手術はうまくいったとはいえ、大きなダメージを受けたのは間違いないし、血腫で脳が圧迫されてもいた。記憶が失われただけですむなら、ある意味ましな方とも言える。

米山師長が、レースのついたハンカチを少女の顔の前に持っていき、優しく訊ねた。

「これね、あなたの持ち物の中にあったんだけど、ローマ字で『Ａｋａｎｅ』って刺繍があるの。アカネ……っていう名前に聞き覚えない？　あなたの名前じゃない？」

「アカネ……アカネ……ええ……そう、かもしれないです」

最初は自信なげだったのが、呟いているうちに思い出してきたのか、半ば確信したような口調になった。

「じゃああくまでも仮ってことで、アカネちゃん——アカネさんって言うべきなのかな？　——って呼ばせてもらうね。名前がないとこちらも色々不便だし。警察の人も話を聞きたいと思うけど、まだちょっと無理かな？」

「……何も話せること、ないです」

警察、という言葉にやや眉をひそめ、ゆっくり首を振った。と、どこかに痛みを感じた様子で顔をしかめる。

「分かった。じゃあ警察にはもう少しして君が落ち着いたらってことにしてもらおう」

仲一は点滴の針が刺された少女の腕にそっと触れ、軽く微笑(ほほえ)んで去ろうとした。少し後ろに立っていた多岐川にぶつかりそうになって驚く。

「せ、先生。いらっしゃってたんですか」

「医者らしくなってきたじゃないか。この子は君に任せても大丈夫かな」

多岐川はニヤニヤと微笑みながら言う。

「そんな——。ほら、アカネちゃん。こちらが多岐川先生。この先生が君を助けてくれたんだよ。一刻を争うところだったんだ。先生は『神の手』って言われてて——」

「それはいいって」

多岐川は苦笑しながら手を振って遮り、アカネに近づいた。

「アカネさん。色々と不安だらけだと思うが、とにかくもう大丈夫だ。わたしの手術の腕とか、そういう問題じゃない。救急搬送が遅れていたら、誰がここにいたとしても君は亡くなってた。多少の運は味方したかもしれないが、君の生命力が事故に打ち勝ったってことだ。分かるね？」

「……はあ」

どうリアクションしていいか分からない様子だ。

とりあえず、もうそろそろ当直も終わりだ。多岐川先生がどうするのかは知らないが、自分はちゃんと帰って一眠りしよう、と伸一は思った。

2

アカネ……アカネ……茜?

あたしは……茜?

川越病院でアカネと呼ばれることになった少女は、毎日目を覚ますたびに自問していた。

アカネという名前には間違いなく覚えがあった。子供の頃から口にし、耳にしてきた名前だ。「Ａｋａｎｅ」と刺繍されたハンカチも、見覚えがある。自分のものだ。しかし――

アカネは二日後、集中治療室を出て大部屋へと移された。

頭を別にすると、一番大きい怪我は右膝下の単純骨折だ。左手首、肋骨、鎖骨等にもヒビが入っていて、打ち身、擦り傷は無数にある。強い痛み止めを脊髄に注射されているおかげか、痛みはあまり感じない代わり、頭はぼんやりしてふわふわと漂っているような気分だ。

「お姉ちゃん、どうしたの？」

ふと声が聞こえて視線を向けると、パジャマ姿で腕を吊った少年が足元に立っていた。

小学校二、三年生くらいだろうか。

「……うーん。多分、交通事故」

「車にはねられたの？　すっげー」

目を輝かせながら顔の近くに寄ってきて、頭を覗き込む。

「君も骨折？　じゃ、仲間か」

そう言うと少年はぱっと顔を輝かせた。

「お姉ちゃんは……アカネって言うの？　下の名前だよね？　名字はないの？」

「名字ね、思い出せないの。頭を打つとね、色々忘れちゃうことがあるんだって」

「へー。変なの」

「君は？」

「ぼく？　ぼくは覚えてるよ！　下の名前はね、拓人。名字は、渡辺」

「渡辺拓人くんか。よろしくね」

「でも、最悪だね。車にはねられて、あちこち骨折して、名字も忘れちゃうなんて」

腕の骨を折って入院している自分よりもっとひどい患者がいることが少し嬉しいのか

もしれない。同情するような口調の中にも面白がっていることが感じられた。

アカネは腹も立たない。拓人の言う通りだと思った。

「ほんと、最悪」

「おまけに」

拓人がさらに言葉を続けた。

「おまけに？」

「こんな、幽霊病院に入れられちゃってさ」

「幽霊病院？」

「そうだよ！　知らないの、ここ、幽霊が出るんだよ」

「……ふーん」

驚かなかったことが不服なのか、拓人は近寄ってきてさらに言いつのる。

「夜中にね、白い服の女の人の幽霊が出るんだって。看護師さんが追いかけていくと、すーっと消えちゃうの。嘘（うそ）じゃないよ。その人は、手術の失敗で死んじゃった女の人なんだって」

「拓人くんは見たの？」

そう聞き返すと残念そうに目を逸（そ）らす。

「ぼくはまだ見てないよ。寝てるときしか出ないもん。でも見たって人は知ってるよ。

こないだも同じ部屋のおじさんがね――」

「拓くん！　拓くん！　またこんなところに来て」

パタパタと音を立てて若い看護師がやってきて、拓人の肩に手をかける。

「お姉ちゃんはね、拓人くんよりずっとひどい怪我なの。分かるでしょ？　変な話して困らせちゃダメ」

「……あたしは別に――」

アカネは言いかけたが、看護師は少年を引きずるように部屋から連れ出してしまった。

「お姉ちゃん、またねー」

入り口で手を振りながら言ったので、アカネも少し声を張った。

「はいはい、またね」

――今のは一体、何？

正直、少年の幽霊話などまったく信じていなかった。しかし、慌てて拓人を連れ出した看護師の様子の方が気になった。

話を聞かせたくないみたいじゃない。

なんで？

本当に出るから。

――馬鹿馬鹿しい。

アカネはすぐにそれを否定したが、忘れることはできなかった。

この病院はどこかおかしい。

その感覚は、意識が戻ったときからずっとあり、それが日増しに強くなっていたということもある。

多分、一刻も早く別の病院に移った方がいいのだろう。ぼんやりとそう思った。

でも、自分が決してそうしないだろうことも分かっていた。この違和感の正体を見届けるまで、ここを離れるつもりはない。

3

アカネの事故翌日も来ていた刑事達が、彼女が大部屋に移ったのを機にまたやって来たので伸一は病室まで案内することになった。

「記憶がないようだって話だけど、ほんと?」

エレベーターの中で田中(たなか)という若い方の刑事が、やや馴れ馴れ(なな)しい口調で訊(たず)ねてくる。

「……ええ、自分の名字も思い出せないようで。一時的なものかもしれませんが」

「名字も! それらしい捜索願も出てないし、このままじゃ犯人どころかガイシャの身元も分かんないよ……」

「ぼやくな。亡くなってたら何も言えないんだから、生きてるだけありがたいだろが」

根本（ねもと）と名乗った年かさの刑事――といっても四十代くらいか――がたしなめると、田中はすねたように顔を逸（そ）らす。

「轢き逃げ犯、まだ捕まってないんですね」

どちらにともなく聞いたつもりだったが、田中を制して根本が口を開いた。

「ええ。雨だと証拠もなかなか採れないし、目撃者もいませんでね。本人が何か思い出してくれるといいんですが……」

「記憶がほとんど戻っても、事故前後の記憶だけない、ってのもよくありますしね。彼女に多くを期待しないでください」

犯人には捕まって欲しいが、せっかく回復しつつある患者にストレスをかけるようなことはあまりして欲しくない。犯人より先に、彼女の身元を割り出してもらいたいところだった。身元の分からない病人、怪我人についての治療費は自治体が立て替えることになっているので病院としてはとりっぱぐれる心配はないわけだが、彼女が天涯孤独の身でないなら、どこかに心配している家族がいるに違いないし、親しい人と話すことで記憶も戻りやすくなるのではないかと思った。

少女は大部屋の一番奥、明るい窓際のベッドで身を起こしていて、昼食後に配られた薬を飲んでいるところだった。

「アカネ……さん。警察の方が、話を聞きたいそうなんだけど、今大丈夫かな？　具合が悪いようならまたにしてもらってもいいと思うけど」

少女は伸一の背後に立つ二人にちらりと目をやって、弱々しく微笑んだ。

「大丈夫……だと思います。今日は調子がいいみたい」

そう聞くと、刑事達は伸一を押しのけるようにしてアカネのベッドに歩み寄り、手帳を取り出して矢継ぎ早に質問を始めた。これまで何日も待たされたからだろうか、さっさと終わらせてしまいたいという空気を強く発している。

「自分の名前とか、住んでいた場所とか、思い出したことがあったら何でもいいから教えてくれるかな？」

田中が勢い込んで訊ねると、アカネは首を振った。

「ああ……いえ。まだほとんど何も思い出せなくて。ごめんなさい」

「アカネ、っていうのは確かなんだよね？　漢字かな？　それともひらがな、カタカナ？」

「いえ……なんか馴染(なじ)みがあるってだけで、それがほんとにあたしの名前なのかどうか、自信ないんです」

「町の名前とか、人の名前とか、お店とか学校とか……何でもいいから、何かこう、気になる言葉とか……」

「ごめんなさい、何もないです」

アカネはすまなそうに微笑みながら首を振り、その拍子に痛みが走ったのか、顔をしかめて手を額にやった。

田中が困ったように振り向くと、根本が初めてアカネに話しかけた。

「お嬢さん、ケータイって知ってるよね。携帯電話。それは覚えてる？」

「ケータイ……はい。分かります」

「あなたのバッグには、化粧品とかはあったけど、ケータイがなかったんだよ。いまどき、あなたくらいの歳の女の子がケータイ持ってないわけないと思うんだけど、どう思うね？　ケータイとかスマホとか、自分が使ったことあるかどうか、思い出せる？　ほら、例えばこういうの」

刑事はそう言って自分のポケットから携帯電話を取り出し、ぱかっと開いてアカネの目の前に差し出す。アカネはまじまじと見て、やがて再び首を振った。

「――使ったことは、あると思います。でもそんなに馴染みがあるってわけでもないような……。自分のケータイは持ってなかったのかもしれません」

「そうかもしれんね。あるいはどこかに置いてきたか。――元々、あなたは小さなバッグしか持ってなかったからね。ちょっと外出したみたいな感じで。地元の人だとしても、旅行者だとしても、現場近くに寝泊まりしてたはずだと思うんだよねえ。でもあなたじゃないかと思われる行方不明者の届は今のところない。まさか野宿してたわけでもないだろうにね」

アカネは微笑んだまま軽く首を傾げた。

「そうなんですか？」

「——失礼。なんだって？」

刑事は目をぱちくりさせて聞き返す。

「野宿、してたかもしれないじゃないですか？　今なら夜でもそんなに寒くなさそうだし」

「……あなたみたいな女の子は普通野宿しないと思うんだけど、あなたはそういうの、平気なの？　何かそういう生活をしてた記憶があったりする？」

「うーん……記憶、はないんですけど、あんまり抵抗はないなって。そう思っただけです」

ちょっと変わった子のような気はしていたが、これはちょっとどころではないのかもな、と伸一は思う。一度は死にかけて記憶もほとんど戻らないというのに、およそ不安や動揺を表に出さないのも、肝が据わっているのか感情表現に乏しいのか。

根本が田中の耳元で囁くのが伸一にも聞こえた。

「現場近辺の捜索をもう一回やった方がいいな。野宿の痕跡とか持ち主不明の荷物がないかどうか」

「はい」

少女に向き直り、少し黙って見下ろしている。

「――色々質問してすまないね。このところ、捕まってない轢き逃げが何件もあってね。あなたは運良く助かったけど、亡くなった方もいる。何としても捕まえたいんだ」

アカネの目がきらりと光ったように思えた。

「この町には連続轢き逃げ犯がいて、あたしもその犯人に故意に轢かれたんじゃないか――っていうことですか？」

「そうは考えたくないんだが……その可能性も考えなきゃって言い始めてるやつもいる。どれも決まってこないだみたいな雨の夜でね。見通しが悪くて事故も起きやすかっただろうってのは確かだから……いやまあとにかく、何か少しでも思い出したら、連絡してください」

「雨だと証拠も残りにくいですもんね」

根本は「そうなんだ」と頷（うなず）いてから、ぎょっとした様子でアカネを見返す。

「――妙なことに詳しいんだね」

「別に詳しくなくても、考えたら分かることじゃないですか？」

無邪気な笑みを浮かべて根本を見返した。根本はしばらく黙って彼女を見つめていたが、ふっと肩をすくめる。

「……そうかもな。――先生も、どうも、お時間取らせてすみませんでした」

「いえ、大丈夫です。どうかその……よろしくお願いします」

伸一は、轢き逃げ犯を捕まえると同時にアカネの身元も見つけてやって欲しいという思いを込めて頭を下げた。

刑事が病室を出て行ったあと、伸一はもう一度アカネに向き直り、医者と患者という関係を努力して思い出さねばならなかった。

「横にならなくて大丈夫？　頭は痛くないかな？」

「……そうですね、横になります」

伸一は少女の首元を支えつつ、そっと枕まで誘導して寝かせてやった。

「何も思い出せなくて、すみません」

「ぼくに謝らなくていいよ。――多岐川先生が言うには、多分、君の記憶喪失は心因性のものだろうということだった。だからきっと、そのうち色々と思い出せるはずだ。とにかく焦らないで、まず身体を元に戻すことだけ考えよう。とにかく君は運が良かった。多岐川先生がいる時で。もしあの人がいなかったらと思うと――」

「でもこの病院、幽霊が出るって」

突然何を言い出すのかと思ったが、伸一はある少年の顔を思い出していた。同じ年頃の友達がいなくて寂しいのだろう、あちこちの病室を覗(のぞ)いて話し相手を探しては幽霊話などをしている子供だ。

「ああ……拓人くんが来たんだな。まだ言ってるんだな、そんなこと。嘘に決まってる

じゃないか」

「嘘？　じゃあ、全部あの子の作り話？　あんな子供が考えたような話には聞こえなか

ったけど」

「ああ、まあ……嘘、っていうか、噂(うわさ)だよ。ただの噂。ほら、どこにでもある学校の七

不思議とか。──そんなの、覚えてないか？」

「うーん……音楽室のピアノが勝手に、とか、そういうの？」

「そうそう。──ほんとに、自分のこと以外はちゃんと覚えてるんだな。全生活史健忘

っていって、ないことじゃないのは知ってたけど……」

「じゃあ、噂があるのはほんとなんですね」

話を逸らそうとしたのに、アカネはそれを引き戻す。伸一は溜息(ためいき)をついて、頷いた。

「ああ。確かに噂はあるみたいだ。ぼくもここに来たばかりのときに聞かされたよ。手

術ミスで死んだ患者が化けて出るんだとか。でもね、ここは病院だ。人が亡くなること

も日常なんだ。そんな人達がみんな化けて出たら、どこの病院も幽霊だらけになるはず

だろ」

「あたしが気になってるのは、『幽霊が出るのかどうか』じゃなくて、『幽霊が出るという噂があるのかどうか』です。どこの病院にも、そんな噂はあるもんなんですかね？　学校の七不思議みたいに」

無邪気な顔をして、鋭いところをついてくる。

「――確かに、ここは建物も設備も古くて、出そうな雰囲気はあるからね。もっと近代的でピカピカの病院なら、きっとそんな噂も立ちにくいんだろうと思うよ。でももちろん、幽霊なんているわけないんだから、怖がる必要はない。そうだろ？」

「あたし別に、怖いなんて言った覚えはないですよ。面白そうだな、って思っただけで」

強がりを言っている様子もなく、にっこりと笑う。

「あのね……」

アカネの視線が揺れたので振り向くと、多岐川が入ってくるところだった。

「宮本くん。来てたのか」

「あ、はい。さっきちょうど刑事さん達を案内してきたところで」

「刑事？　ああ、彼女の記憶が戻ったかどうか、聞きに来たんだね。――それで、どうですか、今日の調子は」

アカネに近づくと、穏やかな口調で訊ねる。

「体調は悪くないです。相変わらず何も思い出せないんですけど」

それを聞いて多岐川は少し表情を曇らせるが、安心させるようにそっとアカネの腕に触れた。

「焦らなくていいです。――今日はね、これを持ってきました。気に入るといいんですが」

多岐川は何やらファンシーな包み紙にくるまれたものを少し恥ずかしげにアカネの目の前に差し出した。

「なんですか?」

アカネは尋ねながらも包みを胸の上で受け取り、ビリビリと破く。

「髪を剃るしかなかったからね。代わりにはならないと思うけど……」

中から出てきたのはピンク色の帽子だった。アカネが元々着ていたロリータファッションとも合いそうな可愛(かわい)らしいもので、多岐川がどこかでこれを買ったのだと思うと笑みがこぼれそうになる。

アカネは躊躇(ちゅうちょ)なく包帯の上からそれを被(かぶ)り、反応を窺(うかが)うように多岐川と伸一を交互に見返す。

「似合うよ」

伸一がお世辞でなく言うと、アカネはにっこりと笑う。

「ありがとうございます」

「少しずつ、動かせるところは動かしていかないといけませんしね。それに、寝てばかりじゃ退屈でしょう。車椅子で少し外の空気を吸ったりしてみてください。色々なものを見て刺激を受けたら何か思い出すかもしれません」

「……はい」

後ろからやり取りを見ていたらしいナースが気を利かせて手鏡を持ってきたので、アカネは寝たまま自分の姿を映して見ることができた。顔を動かし、角度を変えて何度か映すと満足そうにまた微笑む。本当に気に入ったようだった。

4

深夜。霧のように煙る雨の中をゆらゆらと歩いている。

二つの眩（まぶ）しい光が眼前に迫るが、悲鳴をあげることもできない。

アカネははっと目を覚ました。

今のは夢だ。――ていうか、記憶？

全身に嫌な汗がぶわっと噴き出す。

夢の中は深夜だったが、起きても夜中のようだった。

病院の大部屋はベッドごとのカーテンを閉めていても、非常灯や廊下から染みだしてくるような明かりで真っ暗にはならない。静かなだけに空調の音がやけにうるさい。

アカネは尿意を催していることに気づいた。尿瓶（しびん）はあるが、なるべくならもう使いたくない。自力で行ってみようと身を起こし、ベッドサイドに用意してある車椅子に何とか芋虫のように滑り込んだ。

六人部屋にはアカネ以外に二人患者がいるが、どちらも老人で骨折しており、ほとんど一日中寝たきりだ。少し認知症気味のところもあり、もうこのまま立ち上がれないのではないかとさえ見える。

まだ年齢的にそんなことにはならないだろうと思いつつも、一刻も早く回復しなければ自分も身体が萎えてしまう。多岐川の言う通り、少しでも運動して衰えないようにしなければと、彼女達を見るたび気を引き締める。

少し明かりの落とされた廊下に、人の気配はまるでしない。入院患者も少なく、ほとんどが老人だし、ナースも数が足りないせいか各フロアに常駐しているとは限らない。時折、病室から唸（うな）り声のようなものが聞こえてくる。

ギプスは取れたものの、骨折した左手にはまだあまり力を入れることができず、病室から少し離れた車椅子の入れるトイレまで行くのには思った以上に時間がかかった。しかもトイレは駅の公衆トイレ並みの臭いで設備も古い。しかし、どんなに面倒でも、尿瓶やポータブルトイレを使わなくていいことが嬉しい。人類の排泄にはやはりプライバシーというものが必要だと改めて思った。

トイレを出て、来た道を戻ろうとしているところで、囁き声のようなものが聞こえてぎくりとした。幽霊がいるなどとは思っていないが、誰も姿が見えないところでの囁き声というのは妙に怖いものだと知った。

車椅子の車輪を回す手を止めて、耳を澄ます。

気のせいではなかった。ボソボソとした話し声と何かの軋むような音が、近くのドア越しに聞こえてくるのだった。廊下の左側だ。アカネはこれまで以上にそっと車輪を回して左側に寄り、音の聞こえるドアに近づいた。ドアには小さな窓がついているが、中の明かりはついていないようだし、車椅子に座ったままでは中を覗くことはできない。ちょっとした会議や説明をするための小さな部屋のようだ。使っているときはひっくり返すようになっているプラスチック札が「空」となっている。こんな時間でも、緊急に使用されることがなくはないだろうが、その場合は電気をつけ、札をひっくり返して「使用中」にするはずだ。といってもちろん、ここは椅子とテーブルだけがある部屋なので、盗めるものなど何もない。

ぼそぼそと聞こえる声の中に、荒い息づかいが混ざっていることに気づいた時点で、アカネはようやく状況を察した。

男女が密会の場に使っているのだ。

「……先生……やめてください……誰かに聞こえます……」

女性の声がそう聞き取れたので、相手はまず間違いなく医師だということも分かった。女性は多分夜勤のナースだろう。

もう聞こえてるっつーの。こんなドラマみたいなこと、ほんとにあるんだな。

アカネは首を振りながら、笑いをこらえるのに必死だった。

少なくとも多岐川医師は優秀なようだが、病院の状態は決していいとは言えないようだ。アカネは目に見える範囲の観察からそう読み取っていた。経営が厳しいからあちこち手が抜かれているのか、きっちりしていないから経営も厳しくなったのかは分からないが、職員の規律も乱れているのだろう。疲れが目立つ者、やる気のなさそうな者が目立つ。宮本のようにまだ勤め始めて間もなく、若くてやる気のある人間達の頑張りで何とか回っている感じだ。

アカネはゆっくりと車椅子を動かしてその場を離れた。

廊下の角を曲がったところまで行き、首だけを後ろに倒してドアを見守る。誰が出てくるか顔だけでも見ておきたい。誰が誰とつきあおうが仕事をさぼろうがどうでもいいのだが、何でも知っておきたいのがアカネの性（さが）だった。

三分ほど待っていると、ガタガタと椅子を動かすような音が中から聞こえてきた。

ドアが開く。

アカネは少し前へ車椅子を動かしてからくるりと反転し（これは片手でいいので難しくはなかった）、もう一度角を曲がる。と、前方から慌てたようにこちらへ向かってくるナースと鉢合わせする形になった。

「アカネ……さん？　どうかした？」

見上げると、桐島（きりしま）という名札をつけた若いナースがやや上ずった声で話しかけてきた。この病院のナースの中では一番可愛いとアカネが思っていた女性だ。服の乱れが気になるのか、あちこちを指でつまんでは引っ張り、髪を触るし、顔は上気している。アカネは何も気づいていないふりで明るく答える。

「トイレに行きたくなって……」

ナースの背後に、遠ざかる白衣の背中が見えたが、誰かは分からなかった。アカネが首を傾げてよく見ようとすると、桐島ははっとしたように身体をずらしその視線を遮る。

「トイレ、あ、トイレね。じゃ、行きましょうか」

桐島は医師の姿が見えなくなっていることを確認するかのように振り向いてから、アカネの背後に回ると車椅子を押し始めた。

「今誰かいませんでした？」

「ん？　そう？」

恥ずかしいからか、つく必要のない嘘までつく。当直医師と立ち話をしていたとしても別におかしいことはないからだ。

桐島はアカネを車椅子から便座に乗せると、外へ出て扉を閉じる。アカネは絞り出すように少しだけ排尿し、水を流して桐島を呼ぶ。

「終わりましたー」

その間に、桐島は鏡を見たのだろう。少し乱れていた髪も整い、表情も元に戻っていた。

押してもらって病室まで戻るのは来るときに比べればあっという間だ。ベッドに乗せ、上掛けもかけてくれる。

「ありがとうございます」

「どういたしまして。トイレでも、ナースコールしてくれていいのよ。大変でしょ」

「……なるべく動かせるところは動かした方がいいって、多岐川先生が」

「まあ、そうなんだけどね。とにかく遠慮しないで」

「分かりました。——おやすみなさい」

「はい、おやすみなさい」

笑顔が印象的だった。こんな可愛いナースをあそこで抱いていたのは一体誰だったのか。

アカネはどちらかというと男性側の気持ちで考えていた。

朝、何やら騒がしい気配にいつもより早く目が覚めた。棚に置かれた目覚まし時計はまだ六時前。

カーテンを開けると、滅多に起きてこない患者二人とナースが窓際に立っていて、外を見下ろしている。ナース達の気配も何か普通ではない。

窓のカーテンは既に開いていて、灰色の雲から小雨が降っている様子が見える。時折、赤い光がちらりと走る。

「何か……あったんですか?」

アカネが身を起こすとナースが一人寄ってきて、押し止めようとする。

「見ない方がいいから」

見ない方がいい、ということは立ち上がって覗けば何かが見えるということだ。そして多分、普通の人には不快なもの。アカネはそういうものを見逃すつもりはさらさらなかった。

ベッドから降りて片足で立つと、車椅子を支えにして窓まで移動し、ガラスに顔を押しつけるようにして下を覗き込んだ。

パトカーが何台も停まっている。音は消しているが回転灯が回っているのだ。そして何人もの警官が立っている中心に、倒れている人影。ナースの制服だった。病室は三階で、倒れているのはほぼ真下なのでさほどの距離はない。何となく見覚えがあるような気がした。

「――あれ、誰ですか？　まさか」

さっき押し止めたナースが、諦めたように答える。

「桐島さんだって。あなたもよく顔見てたでしょう。ゆうべここの当直だったんだけど、ついさっき見つかったの。どうも、屋上から飛び降りたんじゃないかって」

「……自殺、ですか」

「お騒がせしてごめんなさい。とにかく、皆さんにはご迷惑かけないようにしますので。さあ、ベッドに戻って」

アカネは言われるがままベッドに戻ったが、頭では昨夜の彼女の様子を思い返していた。

自殺しそうな気配はあっただろうか？

もしかすると、昨夜の密会相手を巡る不倫とか三角関係といったものに巻き込まれていた可能性はあるが、今から死のうという人には見えなかった。それとも、あの情事の後にさらに何か死にたくなるような出来事があったのか。あるいは、あの「情事」と思ったこと自体、立場を利用したセクハラ、レイプに近いものだったとしたら……？

そんなふうには見えなかったが、そういう可能性も捨てられないような気はした。

アカネは久々に興奮している自分に気がついた。

ここしばらく、さほど退屈だったわけでもない。事故以来のこの状況を、他人事のように楽しんでもいた。しかし、院内の情事にナースの不審死となると、どうにも見過ごせないのだ。

血が騒ぐのだ。

どうしてかは分からない。

人の死、狂気、心の病——普通の人が目を背けたくてたまらなくなるようなものに、どうしようもなくアカネは惹かれる。

気味の悪い虫がいたら、それが毒を持っているかどうか、確かめずにはいられない。その毒は、人を殺すほどのものかどうか、知りたくてたまらない。

自殺や殺人でも同じだ。人が人を殺すのはなぜか。人を殺した人はどうなるのか。そして殺されかけた人は——

5

伸一が出勤してきたのは、既に遺体が病院内に収容された後だったが、まだ何台ものパトカーが停まっていて警官も野次馬も大勢いてざわついているところだった。

ナースの桐島いつきが屋上から飛び降りて死んだということはすぐに教えてもらったものの、午前中の外来を閉めるわけにもいかない。ナースも医師も元々ギリギリで回しているので、警察の事情聴取に応じる人間の穴を埋めるのも大変だった。

伸一も、午前の診察が終わった段階で十分ほど聴取に応じ、答えられる質問にはすべて答えた。といっても、桐島のプライベートについてはほとんど知らず、また最近の様子についても、何か語れるほど見ていたわけでもない。逆に質問攻めにして少しでも情報を得ようとしたが、何一つ向こうから教えてくれることはなかった。

買い溜めして置いてあったゼリー飲料を昼飯代わりにして、入院患者の様子を見て回る。こんなことがあったので、当然みんなショックを受けているだろうし、中には怖がって退院すると言う患者も出てくるかもしれない。ある程度は仕方のないことだろう。

入れ替わり立ち替わり顔を合わせるナース達が「ここだけの話なんですけど」と教えてくれるので、少しずつ情報が集まってきてもいた。ナースステーションのパソコンに遺書のような文章が表示されているのを何人かのナースが見たらしい。なんで当直の日に病院で、という疑念はあったものの、自殺ということで片がつきそうな様子を感じ、みんな少しほっとしていたのは否めない。これ以上の厄介ごとは勘弁、と思っていたはずだ。

桐島は、歳は下だが病院においては先輩だったこともあり、仕事でもそれ以外でも色々なことを教わっていたところだった。女性としての魅力も、正直少し感じていた。つきあっている人がいるのかどうか、そんなことを聞くことすら考えない程度の想いではあったが、しかし彼女が本当に死んだのだと理解できてくるにつれ、喪失感の波のようなものがやってきて、まずいと思った。この波に呑まれたら、立ち直れないようなそんな気がして、とにかく仕事をしていようと思った。

幸いというか何というか、患者達はそれほどショックを受けているわけでもなく、むしろ、大事件が起きたことに興奮しているように見えた。元々、ここに入院している患者達は、ある程度ここの運営状況、人手不足を分かった上で、それでも他の病院に空きベッドがないとか、どこへ行こうがさほど変わらないとかいった考えで——あるいはそれほどの「考え」すらなく——長く居座っている老人がほとんどだ。たまに、他で見放されるような脳腫瘍などを抱えた患者が遠方から多岐川を頼ってやってくることもあるが、手術が成功すればすぐ退院したり地元の病院に転院したりするのが常らしい。

謎の少女、アカネはやはり、他の患者達とはひと味もふた味も違う反応を示した。

「お騒がせして申し訳ありません。皆さんにしわ寄せの行かないようにしますから、どうかご安心ください」

仲一が決まり文句としてみんなにかけてきた言葉をかけると、ベッドの上のアカネは不思議そうに見返す。

「先生たちが謝ることじゃないでしょう？　ていうか、仲間が亡くなったのに、みんな悲しむ暇もないみたいで、可哀想」

患者達にそう見えるのも当然だと思い、胸を衝かれる思いだった。

「そんなことない！　そんなこと……ないんだよ。きっとみんな……」

そう言いかけて言葉に詰まった。

ダメだ。まずい。

涙がこぼれそうになったので、アカネに背を向けて窓の外を見やる。

朝からの雨はまだ降り続いていて、何とも陰鬱な空だ。

「先生は、桐島さんと親しかったの？」

「……親しいってほどじゃ、ないけどね。明るくて面倒見のいい人だったよ。――患者さん達にも、そうだったろう？」

「そうね。きれいな人だったし」

伸一は答えなかった。

「――遺書が、あったんですって？」

苦笑いしながら、振り向く。さっきは不意を衝かれたが、もう大丈夫だ。

「情報が早いね。ぼくも見てないけど、確かにあったらしい」

「手書き?」

　もうそんな情報が回っているのなら、分かっていることは教えても構わないだろうと思った。隠そうとすると逆に変に思われそうだ。

「いや、ナースステーションのパソコンらしい」

「パソコン? 　じゃあ、メモ帳ソフトか何かで書いて、そのまま表示してたってこと?」

「だろうね」

「ふーん。じゃあ、本当は誰が書いたかなんて、分からないね」

　伸一は頷きかけてぎょっと見返す。

「まさか君——あれは自殺じゃないなんて言うんじゃないだろうね。変な噂を広めないでくれよ」

「あたしは何も言ってません。遺書があったんなら、自殺なんでしょうよ。多分ね。それとも、桐島さんが殺されるようなことに思い当たる節があります?」

「ないよ! 　ない」

「自殺の動機とか、分かるようなことが遺書の中にはあったんですかね?」

　あまり立ち入った話をするのもまずい気がしたが、今はまだだったとしてもいずれニュースにもなるに違いないことだと思い、教えてやることにした。

「……実はうち、手術ミスで訴訟を起こされててね。その時、桐島くんは立ち会ってたんだ。遺書には、その時の自分の投薬ミスを告白するような言葉が書いてあったらしい」

「ふーん……？　彼女のミスだって、責められてたの？」

「いや、そういうわけじゃないんだが。黙ってることに耐えられなくなったんじゃないか」

「何だか変な話だね」

変だとは全然思ってもいなかったが、アカネに改めてそう言われると少し違和感を覚えた。

「ところで彼女、ここの先生の誰かとつきあってたって、本当？」

「え？　いや……知らないけど」

そうだったとしてもおかしくないという思いと、そうであって欲しくないという思いがほとんど同時に浮かんだ。もう亡くなってしまった後だというのに、こんなことを思うなんて一体何なんだろう。

「あたししか知らないかもしれないこと、教えてあげる。ちょっとこっちに来て」

手招きして声を潜めたので、伸一は枕元に手を突いて顔を近づける。アカネは軽く白衣の肩を摘まんで、もう少しというように引っ張ったので、覆い被さるようになった。

「ゆうべ、夜中にトイレに行ったらね、桐島さんが先生の誰かと、明かりもつけない部屋で密会してたの。変な声が聞こえてきたから、邪魔しないようにそーっと逃げたけど」

　伸一は眉をひそめた。

　この子は何を言ってるんだ？　俺をからかってるんだろうか？

　俄には信じられなかったが、アカネの言葉で一瞬にして淫らな想像をした自分を恥じた。

「そんな……そんなこと、あるわけないよ。何かの勘違いだろ。たとえ彼女が先生達の誰かとつきあってたとしたって、当直中に病院でなんて……そんなことするはずない」

「あたしがそんな嘘つく意味、あると思います？」

　神妙な顔をして伸一の目を見つめる。

「いや、嘘だって言ってるわけじゃないけど……」

「ゆうべの当直の先生誰だったか、教えてもらえません？　ちらっと後ろ姿見ただけなんですよ」

　ゆうべの外科の当直は——多岐川先生だった。しかし、それを口にするのは躊躇われた。桐島と多岐川がつきあっていた——あまつさえ勤務中によからぬことをしていたと認めることのような気がしたからだ。

「あたしこの話、誰にもしてないし、するつもりもないよ。当直が誰だったか、教えてくれてもいいでしょう？　それは秘密にすることじゃないですよね？」

それは確かにその通りだ。

「……多岐川先生だよ。でもあの人がそんなこと、するはずがない。それにもし二人がつきあってたとしたって、二人とも独身だから、不倫にもならない。もし勤務中に……ってことになるとちょっとどうかとは思うけど。もし二人の間に何かあったにせよ、彼女の自殺とは何の関係もないだろう」

多岐川は渋めのいい男だし、腕も一流なのだが、特に浮いた噂もなければ、酒やギャンブルなどの悪癖も持っている様子はない。言い寄ってきた女性はきっと数多くいるに違いないが結婚していないのは何か理由があるのだろうかと伸一も訝かってはいた。桐島いつきがここの誰かとつきあっていたとして、一番許せる、仕方ないなと思う人間が多岐川だ。

「相手が誰だったにせよ、変だと思いません？　自殺するくらい思い詰めてたような人が、仕事場で先生といちゃつくかしらね」

伸一は黙り込むしかなかった。

アカネの証言が本当だとしたら、やはりそれは自殺という判断に疑念を投げかけるものかもしれない。しかし、自殺でないとしたら、一体何だというのだ？

「……とにかく、いい加減なデマを流したりしないでくれよ。ただでさえみんなショックを受けてるんだから」

「大丈夫。心配しないで。あたしこれでも、言わない方がいいことは分かってますから」

そう言ってにやりと笑う。

まったく、何を考えているのかさっぱり分からない。もやもやとした気持ちのまま、アカネの病室を後にした。

自分の名前さえ思い出せない怪我人に、あんな嘘をつく理由があるだろうか？　まったく思い当たらない。半分以上、いや、八割くらい伸一は彼女の話を信じかけていた。

桐島は確かに医師の誰かと密会していたのだろう。それが楽しい関係だったとするなら、やはりそのすぐ後に自殺するのは不可解だ。しかしそれが、何らかのパワハラのようなものだったとするなら……？　それ自体が自殺の原因？

いやいや、それでは遺書の説明がつかない。遺書には、投薬ミスの告白が書かれていたという。自殺する本人が動機を偽ったのでないなら、遺書自体が偽物ということになる。遺書が偽物なら、自殺も偽装——？

伸一はそれ以上考えるのをやめた。その方向性で考えていく先には、間違った答しかないと思ったからだ。

桐島は飛び降りて自殺した。それが事実であることは揺るがない。色々と辻褄が合わないように見えるのは、噂や断片的な情報しか入ってきていないからだ。そんなものであれこれ下手な推理を巡らせたってろくなことはない。すべては警察に任せ、聞かれたことに答えていればそれでいいのだ。

あのアカネ——本当にそんな名前かどうかも分からないわけだが——という少女は、とにかく得体が知れない。余計な噂を撒き散らしたりしないよう、気をつけておく必要があるかもしれないと伸一は思った。

6

夕方近くなった頃、多岐川がアカネの病室を訪れた。

多岐川はいつも通りの問診だけをし、事件の話には一言も触れない。

「記憶は相変わらずですか」

「……はい。残念ながら」

アカネはじっと多岐川の顔を見つめながら、何気ない口調で訊ねる。

「先生、ゆうべ当直でした？」

心なしかぎくりとしたような反応だ。

「……そうですが、何か？」

「いえ、すごくお疲れの様子ですから。あんまり眠ってらっしゃらないんじゃないかと思って」

多岐川は苦笑し、顎を撫でた。

「……分かりますか。確かにこのところ、立て込んでましてね。おまけに警察の相手まで――」

「ああ。迷惑ですよねえ、病院で飛び降りだなんて。死にたいなら、家で薬でも飲めばいいのに」

アカネが言うと、多岐川は少しぎょっとした様子で目を丸くする。

「そんな言い方は……死ぬほどの悩みを抱えている人には、他人の迷惑を構ってる余裕などないんですよ」

「死ぬほどの悩みって、投薬ミスで人を殺しちゃったことですかあ？」

「彼女のミスと決まったわけでは――」

多岐川は言葉を切って、少し悔しそうな顔でアカネを見返した。

「あなたは、人に喋らせるのが得意なようですね。一体何を考えてるんですか？」

「別にい。あたしはただの野次馬ですよ。ちょうど退屈してたところだし、特等席でワイドショー観(み)るような感じ？」

多岐川はしばらく黙って見つめていたが、やがて諦めたように目を逸らした。

「……そうですか。単に面白がるのはご自由ですが、何か事件に関してご存じのことがあるなら、警察に言ってくださいね。あなたの記憶も、戻っているのなら正直にお願いしますよ」

「ええ、もちろんです！」

アカネは明るい口調で答えた。

首を小さく振りながら多岐川は出て行った。


翌朝、きれいに平らげた朝食のトレーをナースが下げに来ると、その足下でちらちらと見え隠れする影がある。拓人だ。ベッドを回り込み、そっと近づいてくるのが気配で分かる。

「わっ！」

少年が枕元まで来て立ち上がったとき、アカネはニヤニヤ笑いながらそちらを向いていた。

「こんにちは」

「……ちぇっ。バレてた？」

「バレバレ」

拓人はまだ腕のギプスが取れていないが、身体（からだ）だけは元気なのか、退屈で仕方ないのだろう。医師やナースに「他の部屋に行っちゃダメ」などと言われているようだが、まったく聞く気配はない。他ではやや持て余しているらしいこの子が、アカネにとってはちょうどいい退屈しのぎの相手だった。

「散歩したいから、少し車椅子押してくれる？」

アカネが起き上がって言うと、拓人は嬉しそうに頷く。

エレベーターに乗り、玄関ロビーから外へ行こうとしたが、昨夜一旦止（や）んだ雨はまた降り始めていて、桐島いつきが落ちたらしい場所まで行くのは難しいようだった。

「……あのお姉ちゃん、ほんとに死んじゃったの？」

近づくにつれそのことを思い出したらしく、拓人は怖い話でもするように声を潜める。

「うん。そうみたいだね」

「もう会えない？」

「寂しい？」

「うん。一番好きだったの」

「そう。……じゃあ、あそこに向かって手を合わせておこうか。天国に行けますように……本当の天使になれますようにって、お願いしておくの。知ってるでしょ、看護婦さんのこと、白衣の天使って言うの」

「誰にお願いするの？」

「そりゃ、神様……かな。やっぱり」

　アカネが心の中で苦笑しつつ手を合わせて見本を見せると、拓人も吊ったままの腕でぎこちなく真似をする。

　少ししんみりしたまま、またエレベーターに乗り、病室へ戻る途中、ナースステーションからやや甲高い声が聞こえてきて何事かと顔を向ける。

「嘘じゃないんです！」

　拓人も興味を覚えたのか、アカネが指示せずともそっと車椅子を押してナースステーションに近づく。

　カウンターの向こうで、顔を覆って泣いているかのようなナースを、四、五人のナースが宥めるように取り囲んでいる。

「……鈴木さん疲れてるのよ。とにかく、今日は帰って休みなさい。後は何とかするから」

　そう言ったのは看護師長の米山だ。周りのナースも頷いて、泣いている様子のナースの肩に手を回し、連れて行こうとする。

　しかしナースはその手を振り払い、震える声で言った。

「わたし昨夜は疲れてなんかいませんでした！　ほんとにいたんです！　あれが……幽霊が、屋上に上がっていって……きっといつきは、いつきはあれに殺されたんです！」

「幽霊？」

　拓人が声を上げたので、二人がじっと見ていることに気づいた米山が急いでナースステーションを出てこちらへやってきた。残っていたナースも泣いているナースを宥めすかしながら奥の方へと連れて行く。

「お騒がせしてごめんなさいね。——拓人くん。またお姉さんと遊んでるの？　あんまり他の患者さんのお邪魔しちゃダメって言ってるでしょ」

　目の前に立った米山が、二人を睥睨しながらそう言った。

「でも……」

「あたしがお願いしたんです。車椅子、押してくれて、とっても助かります」

　師長はじろりとアカネを見下ろし、溜息をつく。

「拓人くんも腕を骨折してるんです。見れば分かるでしょう？　入院患者の多くはお年寄りですし、子供がうろちょろすると感染リスクも高まるんです。それくらい分かって」

「分かりました。お年寄りには近づけないようにしますよ。それに、こまめに手洗いするようにもね」

「どうしましたか」

後ろから声が聞こえ、アカネは振り向いた。

宮本伸一だった。

「宮本先生。拓人くんに、自分の病室でじっとしているように言ってください。お願いしますよ」

米山は厄介払いでもしたような顔で急ぎ足でナースステーションに戻っていく。

「あれ……何か怒らせちゃった？　拓人くん。師長さんの言うこと聞かないと、怖いぞ」

「今もっと怖い話を聞いちゃったんですよ。ねー」

「うん。幽霊だって！　幽霊があのお姉ちゃんを殺しちゃったんだって！」

「ちょ、ちょ、ちょっと待ってくれよ。変なこと言わないで」

伸一は周囲を見回し、誰かに聞かれていないかとびくびくした様子を見せる。車椅子を摑むと反転させ、勝手にアカネの病室まで押していく。その途中、アカネはナースステーションでの出来事を説明した。おとなしく身を任せ、ベッドに誘導してもらう。拓人は伸一が追い払ってもついてきて、アカネの足をよけてベッドに腰掛けた。

伸一は話を聞いて、溜息をひとつつく。

「……みんな疲れてるんだよ。あんな恐ろしいことがあったんだから、余計にね」

「彼女、疲れてなかったって言ってましたよ」

「……ともかく！　幽霊なんかいるわけないんだから、そのナースが何かを見間違えたか、夢でも見たんだよ。それだけのこと。——子供が真に受けたらどうするんだよ？」

「一体何を……いや、誰を、って言うべきですかね。彼女は誰を、幽霊だと思ったんでしょうね？」

伸一ははっと息を呑んだ。ようやくことの重要性に気がついたようだった。

「幽霊かどうかは分かりませんけど、あの人が目撃したものが、桐島さんの事件に関係あるんじゃないのかなあって。普通はそう考えませんか？」

アカネは無邪気に見えるであろう笑みを浮かべて、伸一を見上げた。

「き、桐島くんは自殺したんだよ。遺書もあった。殺人なんかじゃない」

「殺人だとしたら、多岐川先生が疑われるんじゃないか——そう思ってらっしゃるの？」

「別に……そうじゃない。だって、自殺なんだし。多岐川先生は確かに当直だったけど、おとといの夜病院内にいたのが多岐川先生と桐島くんだけってわけじゃない。患者だっていたし、当直じゃない先生だって出入りすることはある」

必死で言いつのる伸一を、アカネは可愛いと思った。

「そうだよね。別にあたし、多岐川先生が殺したんじゃないかなんて言ってないですよ。

ただ、ナースが見たっていう幽霊は、人間だったんじゃないかって言ってるだけです。しかも、桐島さんが亡くなったその日の夜に、屋上の方に上がっていったって。それ、たまたまだと思いますか？」

「だったら何だって言うんだ。警察がちゃんと聞き込みしてるだろ。怪しいことがあったら捜査してくれる」

「ほんとにそうかな。警察だって忙しいし、できれば自殺で済ませた方がありがたいって思ってるんじゃないのかな。ましてここは病院でしょ。みんなきっと、ことを大きくしたくないと思ってる。幽霊の話だって、刑事さんに言ったかどうか」

　アカネの言葉を聞いて、伸一はしばし考え込んでいるようだった。思い当たる節があるのかもしれない。

「警察はたとえ捜査をするにしても、二十四時間、ここで起こることを監視してるわけにはいかないでしょ。——ここを出られなくて、暇を持て余した人間にしかできないことって、何かあるんじゃない？」

　伸一ははっとして顔を歪（ゆが）める。

「君、自分の記憶だって戻らないのに、探偵ごっこでもやろうっていうんじゃ……」

「いけない？　あたし何だか、そっち方面の才能があるような気がするんです。もしかしたら記憶を失う前は、刑事とか……私立探偵とかだったのかも」

「お姉ちゃん、刑事だったの？」

「うん、そうかもしれないねー」

「すげー」

「……おい、いい加減なこと言うんじゃない。そんなわけないだろうが。こんな……こんな刑事いるわけないよ！　服装だってそうだ。刑事のわけがない」

「えー。ぼく、刑事がいいなー」

「とにかく、宮本先生には、あたし達の捜査を邪魔した責任を取ってもらいます」

「はあ？　捜査？　責任？　何言ってんだよ。ぼくは君達が師長に怒られてるみたいだったから——」

「幽霊を見たって言うナースの話を細かく聞いてくるか、ここに連れてきてくれたら、許してあげる。それだけでいい。悪い話じゃないでしょ？　先生だって、真実が知りたいんじゃない？」

　伸一はしばらく答えなかった。

「いいんですよ、別に先生が協力してくれなくても。そしたらまた拓人くんと一緒に聞き込みして回ればいいんで」

「それはダメだ。これ以上この子に余計なこと吹き込まないでくれ」

「だったら連れてきて。桐島さんのためにも」

アカネは真っ直ぐに伸一の目を覗き込んで言った。

7

伸一は着替えを済ませて帰ろうとしている鈴木知恵を廊下で見つけ、手招きして耳打ちした。

「君の話を聞きたいという人がいるんだけど。できれば詳しく話してやってくれないかな」

「……もういいです。どうせ誰も信じてくれないし。こんな時に余計なこと言うもんじゃないって、院長先生もすっごく怒ってるらしくて……」

相当嫌な思いをしたのか、もう忘れたいとでも言うように首を振る。背は低いけれど筋肉太りの丸々とした身体のナースだった。顔もふくよかな丸顔で、イメージ的には幽霊を怖がりそうなタイプには見えない。

「君の話を頭から否定したりしない人だよ。もしかしたら君が見たものが何なのか解き明かしてくれるかもしれないし、まあたとえそうでなくても、きっと気は楽になるんじゃないかな。もちろん、院長先生にも他のスタッフにも秘密だ」

幽霊を見たなどと言う人間を理屈で納得させることができるとも、アカネが何か合理的に謎を解いてくれるなどとも思ってはいなかったが、誰かがちゃんと彼女の話を聞いてやった方が彼女のためにもいいのではないかと思ったのは本当だった。断わられたら断わられたで、それは仕方ない。正直にそう報告すれば、アカネも無理にとは言わないだろうとたかをくくっていた。

「……分かりました。少しだけなら」

あっさりとOKしてくれたので、急いでアカネの病室へ連れて行く。幸い誰にも見咎められることはなかった。見られても別に悪いことはしていないはずだが、何となくこそこそしてしまう。

「……この人、ですか?」

アカネのベッドの脇で、困惑した表情を向けてくる。当然の反応だ。

「――ちょっと変わった子だけどね。きっと話して悪いことにはならないと思うよ」

「……はあ」

アカネは壁際に立てた枕にもたれるようにして身体を起こしていて、鈴木知恵を見てにこりと笑う。伸一が広げたパイプ椅子に座るのを待って、アカネが切り出した。

「幽霊を、ご覧になったんですよね」

「……ええ」

まだそのことを責められているように感じるのか、ばつが悪そうな表情。

「警察には、幽霊が出たこと、話しましたか？」

「いえ。そんなことわざわざ警察にこっちから言いに行くのもなんだか気が引けて」

　少し話し慣れてきたのか、段々早口になる。

「確かに、幽霊を見たなんて言っても、相手にされないでしょうしね。あ、あたしは信じてますよ、あなたの話」

　まだ詳しいことを聞いてもいないのに、アカネはそう言う。この子ならキャラからいって真実味はあるな、と伸一は思った。こんな子に信じてもらったところで気休めにしかならないとは思うが。

「……いいんです。みんなの言う通り、何かの見間違いだったのかもって気もしてきましたし……。多分、疲れてたんですね」

「でもさっきは『疲れてなかった』って言ってませんでした？」

「……自覚がなかったのかもしれません。みんな、疲れて当然の勤務ですから。いつきの……桐島さんのこともショックでしたし」

「元々幽霊の噂はあったんですよね？　これまでにご覧になったことは、ありました？」

　鈴木は首を振る。

「いいえ。噂は知ってました。そういうの苦手なんで、嫌だなと思ってました。でも多分、新人ナースを脅かすネタか何かじゃないかって……」

「とにかく、あなたが昨夜見たものを詳しく教えてください」

鈴木は少し唇を舐め、ごくりと唾を飲み込んでから話し始めた。

「昨日夕方出勤して初めて、桐島さんが亡くなったって知りました。歳も近いので、割と仲のいい方だったと思います……だからもちろん、ショックでした。でもだからって、仕事を休めるわけもありません。みんなそうです。とりあえず一旦彼女のことは頭から追い出して、仕事しなきゃって……そう思って働いているうちに、夜中には普通に戻ったつもりでいました」

アカネは同情するように頷きながら、黙って鈴木の話を聞いている。

「確か、二十五時の……夜中一時に三階を見回っていた時だったと思います。幽霊の噂は確かに知ってましたけど、もうさすがにビクビクなんてしてません。いつきのことは、怖いと言うより悲しい出来事でしたし、正直まだ実感もありませんでした。遺体を見たわけでもないですし」

恐怖か何かのせいであらぬものを見たわけではない、と言いたいのだろうか、鈴木は自分の精神状態を細かく説明した。

「東通路のトイレあたりって、他より暗くてジメジメしてる気がするんですけど、あそこを通り抜けようとしたときに、後ろの方で何か気配を感じたんです。で、振り向いたら角にすっと白い人影が入るのが見えました。すぐ幽霊だ、とか思ったわけじゃないですよ。さっきも言ったように、そんなにビクビクしてたわけでもないですし」

　そんなに、ということは、少しはビクビクしていたのだろうか、と伸一は心の中だけでツッコむ。

「でも、患者さんの誰かが徘徊してるのかもしれませんし、一応様子だけは確認しなきゃと思って後戻りしたんです。でも、角を曲がったら、意外と動きが速くてもう結構離れてました。あれ、患者さんじゃないのかな、と思ってわたしも急いだんですけど……どうも変な感じなんです。最初は単に白い寝間着を着た人なのかなと思ってたんですけど、何だか動きがフワフワしてるし、人の動き方じゃないみたいでした。薄暗くて遠かったせいかもしれませんけど」

「身長の見当はつきますか？」

　アカネが訊ねると、鈴木は眉をひそめて唇を噛む。記憶を探っているようだ。

「……そうですね。わたしよりは高かったように思います。……ご覧の通り、わたし一五〇ちょっとしかないんで、大体みんなわたしより高いんですけど」

「足音は？　足音はしなかったんですか？」

「足音……ええ、ええ。小さいけどしてました。音もなく動いてたわけじゃありません」

「なるほど。結構重要な情報ですよ。あなたが冷静だったことの証明でもあります」

アカネがそう言うと、鈴木は少しはっとした様子を見せ、うんうんと頷いた。

「そう……そうですよね。あれは夢や幻なんかじゃない……そう思います。——でも、人影が、何だか普通じゃないような気がして、急に怖くなってきました。いつきのことも思い出しちゃって。だって、いつきがあんなことになって、すぐこんなものがウロウロしてるのに出くわして……関係あると思うじゃないですか？　もしかしたらいつきもこれに会って、死んじゃったんじゃないかって」

「そりゃそうですよね。関係あると思うのが当然です」

アカネは力づけるように頷く。

「だから、誰かを呼んだ方がいい、そう思ったんですけど、迷っている間に、ふっとその白い影は廊下から階段室に飛び込んだんです。上に行くのか下に行くのかは見なきゃと思って慌てて走りました。で、中を覗いたら、上の踊り場にいた影がふっと消えるのが確かに見えました。屋上に行ったんです。わたし、ゾーッとしました。しばらくそこで動けませんでした。だってそうでしょう？　人間かどうかも分からないし、いつきは屋上から落ちて死んでるんですから、一人で追いかけたら、もしかしたらわたしもって、思っちゃいますよね？」

「分かりますよ。——それで、誰かを呼びに行こうと思ったんですか？」

「迷ったんですけど、とにかくその影の正体だけは見届けなきゃ、と思いました。今なら間違いなく屋上にいるわけじゃないですか？　でも誰かを呼びに行ってる間にまたどこかに行ってしまったら、もう探しようがない、そう思いました。だから、なるべく気づかれないようにそっと屋上へ行って、それが誰なのかだけは確認しようと思ったんです。屋上の端まで行かなければ、突き落とされることはないだろうって。――結構体力のいる職場ですからね、相手が人間なら、そんなに怖くないと思ってました」

自嘲気味に笑い、力こぶを作るように腕を曲げてみせる。

「そっと階段を上がったら、屋上に出るドアは開けっぱなしでした。そこまで行ったらなんかもっと怖くなって、呼びかけました。『誰かそこにいるの？』って。別に何もやましいことがないんなら、返事してくれるかもしれないじゃないですか。――でも、返事はありませんでしたし、足音一つ聞こえてきませんでした。声を出したら何だか少し馬鹿馬鹿しくなって。屋上は月明かりだけでも結構明るかったので、ドアからあんまり離れないようにしながら外に出て、見渡してみました。ベンチや物干し台はありますけど、隅々まで見渡せますし、人が隠れるようなところなんてないんですよ？　――誰もいませんでした。幽霊も人間も」

伸一は考え込んでしまった。幽霊話など最初から聞く必要はないと思い込んでいたが、こうして詳しく聞いてみると、妙に細かく真実味のある話だった。少なくとも夢を見ていたとは思えない。恐らくは、白っぽい服を着た人影を追いかけたことは確かなのではないか。ただ、どこかで彼女はその影を見失った。階段の上の踊り場で見えたのは、実は月影か何かで、実際にはその人影は下に降りていた。そんなところではないかと思った。

「わたし、幽霊は手術ミスで亡くなった人だって聞いてたものだから、てっきりいつきはあの幽霊に殺されたんだとばかり思ってました。でも、今はそうじゃなかったんだって思います」

「……というと？」

アカネが促す。

「あれは……あれはいつき自身――桐島さんの幽霊だったんだと思います。わたし達に何かを伝えようとしてるに違いないって」

「え？」

伸一は思わず声を上げてしまったが、アカネが慈愛のこもった笑みを浮かべて頷き言った言葉にさらに驚いた。

「そうですね。あたしもそう思いますよ」

「はあ？　君、一体何を――」

「桐島さんは、さぞ無念だったでしょう。手術ミスの濡れ衣を着せられて、誰かに殺されたんですよ。桐島さんは、そのことを誰かに伝えようとしてるんです。彼女の無念を晴らさない限り、何度でも幽霊は出ると思います」

「おい君、いい加減なことを――」

「わたしもそう思います！　だっていつきが……いつきが自殺なんてするはずないから！」

伸一は頭を抱えたくなった。アカネはてっきり話を聞くだけでそれで満足するものと思っていた。まさか鈴木と一緒になって幽霊を信じるとは。

「では、あなたは、誰が桐島さんを殺したんだと思いますか？　何か心当たりはない？」

いきなりそんな質問をぶち込んでくる。伸一はこの会話を止めた方がいいのかどうかよく分からなかった。

しかし、鈴木がいきなり口を噤んで俯いたので、何か思い当たる節があるらしいことは伸一にも分かった。

「桐島さんが、病院の誰かとつきあってたらしいのは、ご存じですか？」

鈴木はぴくりと肩を震わせたが、答えなかった。

「多岐川先生なんでしょう？」

アカネが言うと、鈴木ははっとした様子で顔を上げた。

「違います！　いつきは——」

「やっぱり、知ってるのね」

鈴木は口を押さえたが、もう遅かった。

アカネはにやりと笑って訊ねる。

「多岐川先生じゃなきゃ、誰なの？　——その人が犯人かどうかは分からないけど、でもきっと、桐島さんが殺されたことと関係があるはずよ。それは一体誰？」

「……院長先生……です」

鈴木は観念した様子でぽつりと言った。

「嘘だろ」

伸一は思わずそう言い、後ずさってしまった。そうすれば知りたくない真実から逃げられるとでも思ったのか。

アカネから聞いた深夜の情事の相手に院長の姿を重ねてしまい、何とも不快な味が口に広がった。

「……他の人は知らないと思います。いつき……悩んでいたから、わたしだけに相談してくれて……」

「院長先生って、結婚してるのよね？」

「ああ。子供もいるよ」

伸一は吐き捨てるように言った。

「だったら、彼女を殺す動機になるよね」

「え？」

「もし桐島さんが、奥さんと別れてくれ、そうでなきゃ関係をバラす、とか言ったら……」

「いつきはそんなこと言いません！　むしろ、どうやって別れようかって悩んでたんです」

「だとしても、別れを切り出されて逆上、ってこともあるし」

「……そう……ですね」

「医療ミスの件は、何か知ってる？　本当に桐島さんのミスだったのかどうか」

「いつきは、あの時のチームの中では一番の新人でしたから、ミスを疑われても仕方ないとは思います。でも彼女は、『わたしは何もミスしてない』って言ってました」

「どんな手術だったの？」

「心臓なんですけど、手術そのものはそんなに難しいものじゃなかったって聞いてます」

「執刀医は？」

「若先生――院長先生の息子さんの川越学（まなぶ）先生です。院長先生の専門は心臓外科で、若先生も後を継がれるようにそちらに進まれたんですけど、若先生はまだ執刀経験が少なくて、あの時の手術でも見るからに最初からテンパってたって、いつきが」

「で、患者さんは亡くなった」

「ええ。そんなに難しい手術じゃないって聞いてた遺族の方は納得できなかったようで、訴えるって……病院側は一応内部調査をした上で、ミスはなかったと結論しました。現場にいたいつきも『自分には手術にミスがあったかどうか分からない』と言ってました。ただ、なんとなくみんな陰では、若先生が何かやらかした可能性はあるよねって……」

伸一も、院長はともかく若先生の技量——診断も含め——については今ひとつ信用していなかった。人柄としても、何だか軽い感じがするのだ。

「じゃあ、そもそも桐島さんのミスが疑われていたわけじゃないのね？」

「ええ」

「だったら、ミスを苦にしての自殺、というシナリオには無理があるんじゃない？　誰も疑っていないんだもの」

「良心の呵責(かしゃく)……ってことはあるかもしれないけどな」

「そんな兆候があった？　良心の呵責で追い詰められていたように見えた？　それに、少しでも正義感があるのなら、死を選ぶんじゃなくて、きちっと遺族の前で謝罪することを選ばない？」

「じゃあやはり、自殺じゃない……と？」

「病院にとっては、たとえ訴訟では負けないとしても、訴えられてゴタゴタするだけでも『営業』には大きな影響があるでしょう。ましてやその医療ミスが院長の息子のせいだったら」

「ま、待て！　院長が、桐島さんを殺したって言うのか？」

「一番怪しいって言ってるだけ。あの晩、桐島さんが逢い引きしてたのが院長だったんなら余計にね。邪魔になった愛人を殺して、病院と息子の危機を救う……一石三鳥のアイデアじゃない？」

「いや、しかし……」

「あるいは」

アカネは嬉しそうに続けた。

「その若先生が犯人ってこともあるかもね。父親が若いナースと不倫してることを知った。いっそのこと自分の医療ミスも押しつけちゃえって」

「ちょ、ちょっと待ってくれ。そんなことを警察に言うつもりか？」

「まさか。こんなただの想像を話したって、取り合ってくれるわけないじゃない。何か証拠でもあればともかく、ね」

意味ありげに言ったので、伸一はゾッとした。

「証拠って……君がどうしても幽霊の話を聞きたいって言うから彼女を連れてきたけど、一体どうするつもりなんだ？　ぼくらにこれ以上できることなんかないだろ？　いい加減探偵ごっこは――」

「じゃあほっとくの？　桐島さんが自殺じゃない可能性が高いって、分かってても？」

「それは――」

伸一は言葉に詰まった。鈴木も困惑したように彼の顔を見上げる。

「まあ、お二人はお忙しいでしょうから、これ以上無理は言わないわ。あたしはこの通り、他にやることもないから。それに――」

アカネは言葉を切って、雨の降り続く窓の外を見た。

「もしかすると、あたしが今ここにいることには、何か理由があるのかも、って思うんですよ」

何を言ってるんだ、この子は。

伸一は眉をひそめるしかなかった。

8

近づくサイレンの音でアカネは目を覚ました。

深夜だ。

窓ガラスを打つ雨音で、ずっと雨が降り続いていることは目を覚ます前から知っていたように思う。

サイレンの音が小さくなり、消えた。遠ざかったのではなく、この病院の救急搬入口に誰かが運び込まれたのだ。

アカネは身を起こし、窓外からの仄(ほの)かな明かりを頼りにそっと車椅子に乗り込んだ。どうしてもというわけではないけれど、せっかく目を覚ましたのだからどういう救急患者が来たのか確認しておきたかった。自分が事故に遭ったあの夜を思い出したのも、心をざわつかせているようだった。

ナースステーションに人の気配はあるけれど、幸い誰も見咎めて声をかけてきたりはしなかった。トイレのふりをするのも面倒だったし、素直に急患を見たいなどといって連れて行ってもらえる保証もない。

車椅子を動かすのも大分慣れてきた。エレベーターに辿(たど)り着くとボタンを押し、一階に止まっていた箱があがってくるのを待つ。古いせいもあるのだろうが、この病院のエレベーターはとりわけ遅いように感じる。

一階に辿り着くと、アカネも緊急手術を受けた手術室の方から、人の気配がする。手術中のランプがついているところを見ると、もう既に患者は運び込まれているようだ。

少し離れたところからしばらく様子を見ていると、バタバタと騒がしい足音を立てて四十前後らしき女性と中学生風の女の子が走ってきた。後ろから、ナースが小走りについてくる。患者の家族が、通報を受けて飛んできたのだろうか。アカネはそっと車椅子を下げ、目立たないように通路に引っ込んだ。

「こちらで今緊急手術をしておりますので、お待ちください」

「どんな……どんな状態なんですか⁉」

明らかにパニック状態にあるらしい女性が、震える声でナースに尋ねる。

「交通事故のようですが……大変……危険な状態です」

言いにくいけれど正直に言うしかないといった様子で、ナースは言葉を絞り出した。

「一体なんで……なんで？」

女性は口を押さえ、天井を仰いで嗚咽(おえつ)を漏らす。

「お母さん、お母さん！　落ち着いて！　大丈夫だって！　ね！」

娘の方が母を宥めようとしているのを見て、アカネは胸が痛んだ。

きっと患者は、あの子のお父さんなのだろう。

交通事故。とりあえずそれだけ分かればもう十分だと思った。手術はいつ終わるか分からないし、結果は明日誰かに聞けば分かるだろう。

そっと車椅子を回し、エレベーターに向かおうとした時だった。

手術室のドアが開き、手術着の医師が外へ出てきた。

多岐川だ。

苦々しい表情をしているが、ドア前に家族がいることに気づくと一瞬で能面のような顔になった。

「先生！　主人は……？」

よろよろと歩み寄る女性。

多岐川は助けを求めるように一瞬後ろを見やったが、ゆっくりマスクを取ると、うなだれて言った。

「――残念ですが、お亡くなりになりました。手は尽くしたのですが……申し訳ありません」

「嘘でしょ……そんな……」

女性はそのまま膝からくずおれ、娘はその背中に覆い被さるように抱きしめながら、二人して号泣し始めた。

アカネは目を背けた。

辛（つら）いというよりも、その光景はなぜか彼女には眩（まぶ）しすぎるように思えたのだ。

多岐川が、足早にアカネの傍らを通り過ぎていった。その様子に何かただならぬものを感じたせいもあり、アカネは後を追った。

早足の多岐川はどんどん距離を開けるが、追いつけないと諦めかけたとき、小さな通用口のドアを開けて外へ出るのが見えた。

あんなところに出ても何も用事はなさそうだし、第一まだ雨が降り続いている。全館禁煙なので、煙草(たばこ)でも吸いに出たのかもしれない。

アカネは多岐川の出たドアに近づくと速度を緩め、気配を探りつつ、そっとハンドルに手をかけて静かに押し開く。

隙間から、多岐川の緑色の手術着の背中が見える。ドア横の壁に左手を突き、右手の拳をハンマーのように叩(たた)きつける。

「くそっ……」

いつも紳士的で冷静に見える多岐川の口から出たとは思えないほどの激烈な口調に、アカネは意外の念を禁じ得なかった。

と、気配に気づいたのか、はっとした様子で多岐川が振り返る。

今にも泣き出しそうな、苦悶(くもん)に満ちた表情だ。

すぐに多岐川は向こうを向き、少し時間を置いてから振り向いたときには、もういつもと変わらぬ穏やかな表情になっていた。

「……こんな夜中にどうしたんですか?」

その口調も、いつもと変わらぬものだ。

「サイレンの音で目が覚めて……交通事故だったって聞きましたけど、もしかして轢き逃げですか？」

「……そのようですね」

多岐川はアカネの車椅子を回して押し始めた。頼んでもいないが、病室まで戻すつもりらしい。

「すべての患者さんを助けるのは無理ですよ。たとえ先生が〝神の手〟をお持ちでも」

「〝神の手〟……？　そんなのは買いかぶりですよ。新人がやるより、少し助かる確率はあがるかもしれませんが。——でもそれも結局のところ、患者さん自身の運なんだと思います。死ぬ運命の人間は死ぬし、助かる人間は助かる。医者にできることなどこまでいってもたかがしれてる——そんな気がしてなりません」

表情は見えなかったが、患者に死なれたことが相当応えているようだった。

「じゃあ……桐島さんも、死ぬ運命だったから死んだんですかね」

「……桐島くん？　何が言いたいんです？　自殺じゃないとでも？」

「桐島さんが遺書で告白した〝手術ミス〟って院長先生の息子さんのやった手術でのことなんですってね。〝神の手〟をお持ちの先生から見て、息子さんの技術はどうだったんでしょうね？」

エレベーターに辿り着きボタンを押す間、多岐川は答えなかった。

「……わたしから言うことは特にありません」

十分な技術を持っているのなら、そう言えばいいはずだ。明確な評価を避けている。

「〝神の手〟といえども、院長親子には逆らえないということですか？」

エレベーターがゆっくりと動き出す。

「——あなたは、不思議な子ですね。いい子なのか悪い子なのか、さっぱり分からない」

まったく感情の読み取れないその声に、アカネは一瞬背筋がひやりとしたが、それを悟られないようあえて明るく聞き返した。

「え？　ずっといい子にしてるつもりですけど、なにか悪いこと言いました？」

三階でエレベーターを降り、車椅子を病室へと押しながら、多岐川は溜息をついた。

「……とにかくあなたはまず自分の記憶を……」

多岐川が言葉を切って立ち止まった。

アカネは振り向いて多岐川を見上げる。彼は眉間にしわを寄せ、前方を睨みつけている。

「どうしました？」

「あれは……？」

多岐川の視線の先に目を戻すと、暗い廊下の先に、白い人影——のようなもの——があった。

その白い人影は、しばらくゆらゆらと揺らめくような動きで遠ざかっていたが、角に辿り着くとすいと曲がって消えた。

「桐島さん……？」

アカネが言うと、多岐川は吐き捨てるように言った。

「馬鹿な！　……人が亡くなったっていうのに、いたずらのタネにするなんて許しがたい」

多岐川は、幽霊を怖がるどころか怒っているようだった。アカネの車椅子を置いて足早に後を追いかける。

「ちょっと……先生！」

アカネは自力でその後を追ったが、小走りの多岐川にどんどん後れを取る。今まで出したことのない力で思い切りホイールを回してスピードを上げた。

角に辿り着いた多岐川が、〝幽霊〟の消えた方角を見てたたらを踏んでいる。見失ったようだ。

追いついて小声で訊ねてみる。

「消えちゃったみたいですね？」

「いえ。それは無理だと思います。多分男子トイレに逃げ込んだのでしょう。ドアが揺れていました」

同じように小声で返す多岐川。彼の指差す先には、男子用と女子用のトイレが並んでいる。トイレのドアは押しても引いても開くスプリング式だ。急いで飛び込んで隠れたのならどうしても少し揺れてしまう。多岐川はそれを見逃さなかったのだろう。

トイレの向かい側にも部屋があってドアがあるが、多岐川は近づいてドアにカギがかかっていることを確認した。数メートル先まで行けばまた横にそれる通路があるが、そこまでは行けなかったと多岐川は見ているらしい。

「あれは幽霊じゃないと信じてらっしゃるんですね」

「ええ。足音が、しましたからね。幽霊は足音を立てないでしょう?」

冷静だし、ちゃんと観察している、とアカネは感心した。

男子トイレに入ろうとする多岐川に、アカネは忠告した。

「ちょっと待ってください。もしあれが本当に人間なら、殺人犯かもしれないわけで、先生お一人で中へ入るのは、危なくないですか?」

「大丈夫です。あなたはここで見張っててください。もし誰か飛び出してきても、手は出しちゃダメですよ」

多岐川は、中へ入らずドアをできる限り押して覗(のぞ)き込む。

自動で明かりがつくタイプではないので、多岐川はもう一方の手で壁を探り、スイッチを入れた。

「そこにいるんだろう？」

多岐川は声をかけたが、タイル壁に不気味に反響して消えただけで、返答どころかこそりという気配もない。多岐川は慎重に左右に視線を飛ばしながら足を踏み入れる。

一番手前、車椅子が入れるよう広くつくられた個室のドアは全開で、人が隠れる余地はもちろんない。その向こうに二つ個室があって一番奥の小さなドアは掃除用具入れだ。掃除用具入れのドア以外は半開きだが、ドア陰に隠れることは不可能ではない。

多岐川は神経を研ぎ澄ましながら、一つずつ個室を確認していった。誰もいない。最後に掃除用具入れのドアを、さっと引き開けたが、中には使い古したモップやバケツが入っているだけだった。

狐（きつね）につままれたような気分だった。

最後にもう一度トイレ全体を見回したが、人一人が隠れるところも逃げ出すところもない。

はっと、ある可能性に気がついて外へ出た。

おとなしく外で待っていたらしいアカネが、面白がっているような様子で見上げる。

「誰もいなかったんですか？　やっぱり人間じゃなかったのね」

「いや、この男子トイレでないなら――」

女子トイレを見やったとき、その向こうからナースがやってくるのが見えた。

米山師長だ。

「どうかなさいましたか?」

「ちょうどよかった。女子トイレの中に誰かいないか、確認してもらえませんか。さっき幽霊の格好でうろついているやつがいたので追いかけたら、トイレに逃げ込んだようなんです。男子トイレにはいなかったので、多分女子トイレだろうと」

「ここに?」

「危険はないと思いますが、一応気をつけてください。向かってくるようならすぐ逃げてくださいね」

「はいはい」

一瞬眉をひそめたものの、ベテラン師長とあって、幽霊だろうが暴漢だろうが別に怖くはないといった風情で、無造作にドアを開け、中へと入っていく。

「誰かいるのー?」

足音が奥へ行き、やがて戻ってきた。

「誰もいませんよ」

多岐川は顔色を変え、中へ入った。少なくとも普通にトイレを使っている人間がいないのなら、女子トイレだろうが遠慮する必要はない。男子トイレ同様に個室全部と掃除用具入れを確認したが、師長の言う通り確かに人の隠れる余地はないし、出られるわけもない。

　やはりあれは幽霊だった――？

　そんなことは認められないが、少なくともその犯人を逃してしまったことは確かなようだった。

　女子トイレを出ると、師長が困惑した様子で問いかけてくる。

「……人が消えちゃった……んですか？」

「ああいえ。多分、何かの見間違いでしょう。暗かったですし。お騒がせしてすみません」

「いいえ。見間違いじゃありませんよ。あたしも見ました」

　アカネが口を挟んだ。

「先生、いい加減認めたらどうです？　幽霊はいますよ。桐島さんの幽霊は」

　米山師長は表情をさっと変える。

「桐島さんの……？」

「ええ。桐島さんの幽霊はあたし達に向かって何かを訴えようとしているんですよ」

「そんな馬鹿な……。誰かの、いたずらなんですよね？」

　師長は多岐川に助けを求めるように訊ねたが、多岐川もさすがに断言はできなかった。

「外のヘッドライトの加減で、何かそういうふうに見えたんでしょう」

「あら、先生さっきは足音を聞いたっておっしゃいましたけど？　足音がしたんだから、幽霊じゃないって」

「それも何かの聞き間違いだったんでしょう。いずれにしても幽霊ではないってことですよ。さあ、もう戻りましょう」

多岐川は有無を言わせない口調でアカネの車椅子を押し始め、病室へと向かう。

「……そんなこと、信じてらっしゃらないくせに」

ぽつりとアカネは言ったが、多岐川はもう答えなかった。

9

伸一は翌日出勤するなり、職員の間で既に広まっているという深夜の幽霊話を何人かのナースから聞かされたが、もちろんすぐに信じることは出来なかった。しかし今回は多岐川や米山師長も絡んでいて、すべてが嘘と断じることも難しいようだ。

昼食後なるべく早めの回診にとアカネの病室に行ったのも、半分はことの真偽を確かめるためだった。

そこには既にあの拓人も来ていて、待ちかねたように幽霊話を始める。既にもう何度も患者やナースにしたのか、慣れたものだ。

概ねナースから聞いたものと変わっておらず、何かしら奇妙なことが起きたのは間違いないようだった。

「……多岐川先生は、何かの見間違いだったたっておっしゃったんだろう？」

「先生は最初からすごく冷静だったよ。誰かのいたずらだと思ったからこそ、先生は後を追いかけたの。それにあたしも見たし、足音だってちゃんと聞いたんだよ」

「でも、あのトイレから人が消えるなんてありえないんだから、最初から誰もいなかったか、すごく足が速かったかってことだ」

「それか、本当に幽霊か、ね」

このアカネという少女は結構論理的な思考をするように見えるのだが、やはり幽霊を信じるかどうかと頭のよさは別なのだろうか。本当に信じているのかこちらをからかっているのかも、計りかねるところがある。もし純粋に信じているのだとしても、やはり他の患者や特に子供の前でこんな話を広めてもらいたくはなかった。

「その……頼むからその話、あんまりたくさんの人にしないでもらえるかな。特に患者さんは、不安になったら余計に病状に響くかもしれない」

「分かってますよ。患者さんにはそんなにしてないって」

それならいい……というわけではないが、まだましかもしれない。職員なら、病院の評判も考えて、話す相手を選ぶだろう。

「お邪魔します。よろしいですか?」

男の声が聞こえて振り向くと、いつか来た刑事が二人、病室の中へ入ってきていた。

「刑事さん?」

顔を覚えていたのか、アカネが少し嬉しそうに言う。

「はい。根本です」

年かさの方がそう答えたが、若い方は後ろで控えているだけで何も言わなかった。

「あれから記憶は、戻りましたですか?」

アカネは目を伏せ、首を振った。

「……いいえ。まだ何も」

「そうですか。困りましたな。……いえ、近県まで範囲を広げても、あなたのような方の捜索願は出ておりませんでな。このあたりであなたをご存じの方はさっぱり見当たらないし。野宿をしていたかも、って話もありましたが、そんな子を見かけた人間もいません。あなたのような目立つ子が野宿していたら、誰かの目に留まらないはずはないと思うんですけどね。どうにも手詰まりです」

「そうですか……困りましたね」

少しも困っていない口ぶりでアカネは頷く。

「怪我が治ればこのまま病院にいるわけにもいかんでしょうし……」

アカネは少し驚いたように、

「えー。記憶喪失の美少女を追い出したり、しませんよね？」

と伸一に訴えかけるように訊ねる。

「……怪我さえ治れば、あとは警察にお任せするしかないんじゃないかな……」

「記憶が戻らなかったら、治ったとは言えないでしょ？」

「うーん……戻るって保証はないからね……」

伸一はつい言わなくてもいいことまで言ってしまい、後悔する。

「そうそう。この方を、ご存じないでしょうか」

根本刑事は手帳に挟んでいた写真をアカネに向かって差し出す。伸一が目を落とすと、若くも中年にも見える、温厚そうな男の顔が写っていた。

アカネはじっとそれを見て、慎重に考えていた様子だったが、ゆっくり首を振る。

「いえ。見たことない人……だと思います。あたし、この人を知ってるはずなんでしょうか？」

「いや、それは何とも。まあ仕方ないですな。ご自分のことも思い出せないのでは……」

「それ、誰なんですか？」

根本は深く溜息をついてから答える。

「ゆうべ轢き逃げされましてね。この病院で亡くなった方です」

アカネの目が大きくなった。

「昨夜のあの――」

「知ってるんですか？」

「……サイレンで目が覚めたので。それだけです」

「まさか、彼女を撥ねたのと同じ犯人が、わざとその人を狙った……と？」

伸一は訊ねたが、刑事は肩をすくめた。

「あくまでも可能性です。調べてみるとどうも他の管内より轢き逃げが多いのは確かでしてね。もしかしたら事故ではなく、ターゲットを定めての犯行ではというものもおりましてね」

「そんなの今どきの科学捜査ですぐ車種とか特定できるんじゃないんですか？　すぐ捕まりそうですけど」

刑事はぽりぽりとこめかみを掻いた。

「それがね、車の方も進歩してましてね。塗装が剝げにくいのは乗る人にとってはありがたい進歩ですが、捜査はやりにくくなってましてね。それに、死亡事故ならともかく、被害者が生きてる場合は普通本人の証言があるわけでして」

被害者が記憶喪失では、生きていても確かに捜査の役には立ってくれない。

「……申し訳ありません」

「いやいや、責めてるわけじゃありません、誤解なきよう」

「この地区は轢き逃げが多いなと思ってはいたんですが、もし狙ってやってるやつがいたとしても、通り魔みたいなもので、被害者同士の関連はないんじゃないでしょうか？」

伸一は口を挟んだ。

「もちろんその可能性が高いと思いますよ。――ま、いずれにしてもあなたは運がよかった。一日も早く身体も記憶も回復なさることを願っております」

刑事はそう言い置いて、若い刑事を連れて去った。

運がよかった――。昨夜の男性とは違って、と言っているように聞こえた。昨夜は多岐川が執刀したものの、到着が遅く、手の施しようがなかったと聞いている。轢かれて即死する人間もいれば、病院に運ばれて死ぬ人間もいる。アカネのように命は取り留めたものの記憶がない人間も。まったく、人の運命は分からない。

「轢き逃げ魔……とでも言うべきなのかな。ほんとなら、まったく怖い話だ。まさか幽霊騒ぎだの、桐島さんの自殺だのと関係はないだろうけど……」

伸一は問わず語りにそう言ったつもりだったが、アカネは「なんで？」と聞き返してきた。

「えっ？　なんでって……」

一体何を聞かれているのか分からなかった。

「こんなにもおかしなことが続けて起きてて、何にも関係なかったら、その方がびっくりだと思わない？」

楽しそうにそう呟く少女の口調に、伸一は背筋がざわつくようだった。

「宮本先生に、調べて欲しいことがあるんだけど」

またさらにわけの分からないことを言い出す。

「調べるって……一体何をだ。轢き逃げのことはぼくには調べようもないよ。トイレから幽霊が消えたトリックを解こうってのか？」

「幽霊が消えるのに、トリックなんていらないじゃない。そうでしょ？」

相変わらずからかわれているようにしか聞こえない。

「あたしが調べて欲しいのは、簡単なこと。先生ならできることばっかり」

そうしてアカネは再びにっこりと笑った。

10

伸一は回診をしつつも、アカネのことが頭から離れなかった。

客観的に見て、あのアカネという子はおかしい。元々ああいう子なのか、怪我や記憶喪失のせいなのかは分からないが、とにかくまともではない。そんな子に頼まれたからといって病院内の情報を調べるなどというのは正気の沙汰ではないのかもしれない。しかし、とてもまともとは思えないあの子の言葉の多くが、伸一の心にトゲのように刺さり、いつまでもチクチクと痛みを持って存在感を残すのだった。

あの子の言うことが正しかったら？　幽霊の件は置いておいても、桐島看護師がもし本当に殺されたのだとしたら？

ちょっと勤務表を確認するだけで何かが分かるとアカネが言うのなら、別段それはたいした手間ではないし、もちろん医師の倫理に反するというほどのことでもない——多分。それに、もし確認してアカネの推理と合わなければ、結果を教えてやる必要もない。とりあえずは自分自身が確認しないと気が済まないから確認するというだけのことだ。

伸一はそうやって自分自身を納得させると、回診を終えた後、医局に戻り自分のノートパソコンでイントラネットにログインし、勤務表を確認する。カルテ等の個人データなどアクセス制限のかかっているものはあるが、勤務表は誰でも見られる。

仲一は半年分の勤務表を確認し、考え込んでしまった。

それが一体何を意味しているのかは分からなかったが、アカネの推測が当たっていることは確認できたのだ。だから彼女の言っていることがすべて正しい、などということはないとしても、彼女の考えていることには何らかの正当性があると認めざるを得ないようだった。

と、デスクの向こう側に置かれていたソファから、何かがむっくりと起き上がったので、仲一は驚いて思わず椅子をがたつかせた。

多岐川がタオルケットを被って横になっていたのだ。

「先生……いらっしゃったんですか」

仲一は妙に罪悪感を覚え、画面が見えるはずもないのにノートパソコンを閉じた。

「……ああ。ちょっと横になったつもりだったんですけどね。寝てしまったらしい」

「多岐川先生、お帰りになってないんですか？　相当疲れが溜まってるように見えますよ」

「分かってるよ。でもこの状況じゃ、おちおち帰ってもいられないじゃないか」

この状況、というのがそのことでないのは分かっていたが、仲一は幽霊の件を思い出さずにはいられなかった。

「先生、昨夜、アカネって子と一緒に幽霊を――不審な人影を見たと聞きました」

伸一が言うと、多岐川は露骨に嫌そうな顔をする。

「またそれか。――そういや君、時々あの子のところで油を売ってるらしいね」

ぎくりとする。

「え、あ、いや……色んな話をしてみた方が、あの子の記憶も戻りやすいんじゃないかと……」

「すまない……責めてるわけじゃないんだ。彼女が何と説明したか知らないが、説明のつかないことが起きたのは確かだ。それがずっと気になっててね。君が謎を解いてくれるというなら、任せるよ」

「実際、どういう状況だったんですか？」

多岐川は手術後、アカネに出会ったところから始め、怪しい人影を追いかけたくだりをアカネよりも詳細に語った。伸一も実際のトイレの配置を思い浮かべながら多岐川の行動をシミュレートしてみたが、人影に他へ逃げる余地があるようには思えなかった。

「どう思う？」

「え……いやあ。何か見落としてるんですかね……。それか、犯人はオリンピック級のアスリートで、跳躍力がすごい、とか？」

「あの廊下で大ジャンプしようものなら、病院中に音が響くと思うけどね。ものすごいスピードで走った、というのもやはりその点から考えにくい」

それもそうだ。多岐川は、一晩いろんな可能性を検討してみたのだろう。

「なるほど……じゃあやはり、人間ではなかったんですかね——あ、いや、幽霊だって意味じゃないですよ。何かその、プロジェクターとかそういうもので投影された映像だったって可能性はないですか。足音だってスピーカー……今どきならスマホで鳴らしたりもできますし」

伸一はふと思いついた推理を勢い込んで披露したが、多岐川は苦笑しただけだった。

「いやあ、あれが映像ってことはないんじゃないかな。大体、そんなもの、最初から用意しておかないといけないわけで——」

突然多岐川は言葉を切り、眉をひそめて黙り込んだ。

「どうかしましたか?」

「いや……まあ、いいか。何にしろ問題は、〝幽霊〟がどうやって消えたかというより、なぜ出たのかってことだよね……」

多岐川はぶつぶつと呟きながら立ち上がり、もう伸一のことなど忘れたかのように医局を出て行ってしまった。

『どうやって消えたかというより、なぜ出たのか』?

多岐川が何を言っているのか伸一にはさっぱり分からなかった。それが本当に幽霊なのだとしたら恨みとか未練だろうし、幽霊でないのならいたずらだろう。いずれにしろ出た「理由」など問題にはならない――ように思える。

アカネといい多岐川といい、自分とは違う何かが見えているのだろうか？

二人は実際〝幽霊〟に遭遇しているわけで、話を聞いただけの自分とは視点も真剣さの度合いも違って当然だという気もした。自分は所詮傍観者だし、自殺騒動はともかく幽霊問題については重要なことなのかどうかも分からない。これ以上何も起きないなら、結局すべては関係のないバラバラの事件――自殺、いたずら、そしてただの轢き逃げにすぎなかったということになるだろう。暇を持て余した少女が、それらを無理矢理関連付ける物語を作っただけ、そういうことだ。

伸一が半ば無理矢理にそう自分を納得させて立ち上がったとき、院内用のＰＨＳが鳴った。入院患者の容態が急変したという。担当は多岐川なのだが、今は緊急外来の対応をしているという。

「分かりました」

伸一は再び病棟へ向かった。

11

アカネは相変わらずの味気ない夕食を終えて、米山師長に渡されたカップを覗き込むと、見慣れない錠剤が二つ余分に入っていることに気づいた。

「薬、増えました？」

「え？　ああ。多岐川先生の、ご指示でね。ほら、記憶が戻らないから、色々考えてくださってるんじゃない？　ちゃんと全部飲みましょうね」

「はあい」

アカネは一瞬不思議に思ったものの、師長にそう言われると薬をまとめて口に放り込み、コップの水でごくりと嚥下した。

記憶が戻る薬などというものは多分ないのだろうが、心に効く薬は色々とあるはずだ。そういうものを処方してみたということなのかもしれない。

余計なお世話だと思いつつ、なるべく今は素直なところを見せておいた方が得策だと思ったのだが、これが最悪の判断だったと気づいたのはわずか数分後のことだった。

強烈な眠気が、襲ってきた。

食事後眠くなることはあるとはいえ、今まで経験したことがないような、抵抗できない眠気だった。

　――睡眠薬だ。それも相当強力な。

　油断していた。薬はもちろん毎日のように飲んでいたし、日によって多少違うこともあった。この病院には数々の問題がある上に、危険な何者かがいることも分かっていたものの、自分のような怪我人を殺すのはあまりにも簡単なことだけに、わざわざそんな方法を取る者がいるとは考えもしなかったのだ。

　そこまで考えたアカネにはもはや、手を動かしてナースコールを押すこともできず、必死で唇を噛むくらいしかできなかったが、それもさほど力は入らず、少しの痛みを感じただけで、後は深い沼のような眠りに引きずり込まれてしまった。


　キコキコ、キコキコ……。

　暗い暗い沼の底から、浮かび上がろうとしていた。いや、井戸だろうか？　滑車の音がしている。長いロープの先にぶら下がったアカネは、軋む滑車によって少しずつ少しずつ、仄かに光る水面に向かって引き上げられようとしている。

　水はタールのように重たく、身動きは取れないし、息苦しい。今にも溺れ死んでしまいそうだ。

　ちらり、ちらりと光が眼に飛び込んでくる。自分が上ではなく、前へ向かって動いているようだということが分かる。音や、映像、匂いなどのバラバラの情報が収束し、〝世界〟が作られる。

生きている。あたしは生きている。

病院だ。車椅子。車椅子に乗って、動いている。どうして？　まだ夢の中？

依然はっきりしない意識の中で、自分が事故に遭って入院しているはずであること、そしてどうやら睡眠薬を飲まされたらしいことを思い出した。

ともすれば再び落ちそうになる瞼（まぶた）を意志の力でこじ開け、細い隙間から周囲の様子を窺う。

暗い。もう消灯後なのは間違いない。消灯後に、誰かが――振り向くことができないので誰か分からない――自分をベッドから車椅子に移し替え、運ぼうとしている。まったくおかしなことだ。一体どこへ連れて行こうというのか。

エレベーターへ向かっている？　外に連れ出そうというのだろうか。どうして？

違う。車椅子は階段室の方へと向きを変えられた。

階段。

突き落とされるイメージが瞬時に浮かんだ。

アカネは眠りに落ちる寸前に嚙んだ唇を、もう一度思い切り嚙んだ。痛みが、一瞬だけ頭の中の靄（もや）を払ってくれた。

車椅子を押している何者かは、周囲の様子を窺っていたのか、しばらくその場でじっとしていたが、やがてぐいと車椅子を階段室の中へと押しやった。このままでは顔から転落する。アカネはほとんど本能的に右手を伸ばし、車輪脇のブレーキレバーを引っ張った。

勢いのついていた車椅子は右側だけブレーキがかかってキュルンと音を立てて半回転し、横様に階段を転げ落ちる。アカネは左手を伸ばし、手すりを摑もうとしたが、ギリギリで届かず、階段に背中から叩きつけられ、車椅子と共に踊り場まで落ちていった。頭だけは打たないように庇(かば)ったが、あちこちまた骨折したらしい激痛に、アカネはしばらくうつ伏せのまま動けないでいた。

もし犯人がトドメを刺すために降りてきたら顔を見てやろうと思っていたが、誰も降りては来ない。失敗を悟って逃げたか、それとも怪我をさせることが目的だったのか。

物音を聞きつけた誰かがパタパタと走ってくる足音が聞こえる。

アカネは叫ぼうとしたが、息を吸うことが出来ず、低い呻き声しか出せなかった。

「……誰……か……」

足音は一旦近づいたものの通り過ぎてしまう。

「変ね……?」

という声と共に戻っていくようだったので、アカネは再び叫んだ。

「ここです……階段に……います！」

ダメだ。まさに蚊の鳴くような声だった。

アカネは自分の顔の脇で、危ういバランスで逆さまになっている車椅子を見やった。痛みをこらえて手を出すと、車椅子をぐいと押し、倒す。ガタガタン、と音を立てて倒れた。たいした音ではなかったはずだが、階段室で反響したのか、「何？」という声と、戻ってくる足音が聞こえた。

「え、何⁉　どうしました？　どうしたんですか？　ちょっと……」

慌てふためくナースの声を聞きながら、アカネは安堵（あんど）のあまり意識を失い、再び沼の底に沈んでいった。

12

伸一はアカネが階段から転落したという連絡を受け、いつもより早く出勤して外来が始まる前に様子を見に立ち寄った。

既に多岐川が治療を行なったらしく、治りかけていた腕に再びギプスがはめられ、顔に絆創膏（ばんそうこう）が貼られたりしている。

「階段から落ちたって？　頭は打ってない？」

平気そうな顔つきから、大事はないようだとすぐに思ったものの、念のために確認する。

「そもそも何で夜中に出歩いてたんだ」

アカネを見つけたというナースによると、夜中にものすごい音がしたので見に行くと、車椅子と一緒に踊り場に倒れていて、何があったかは分からないと言っているという。

アカネは、少し声を潜め、伸一だけに聞こえるように言った。どのみち病室は今空きベッドばかりで、ナースの姿もないのだが。

「——出歩いたわけじゃないよ。寝ている間に誰かに車椅子に乗せられて、突き落とされたの」

「はあ？　そんな馬鹿な——」

言いかけて、少女の顔がいつも以上に真剣なことに気づいて伸一は言葉を切った。

「だ……誰かって、一体……？」

アカネは首を振る。と、どこか痛んだのかくっと顔をしかめる。

「見えなかったんだよ。何とか気がついたから助かったけど、そもそも薬でぐっすり眠らされてたから」

「薬？　睡眠薬ってことか？　そんなの出てたっけ」

「昨日の晩だけ、出たの。多岐川先生の処方でね。飲んだ途端、意識を失うみたいに寝ちゃった」

「多岐川先生の……ちょ、ちょっと待ってくれ。それってつまり……」

アカネの視線が動いたのでそれを追いかけると、ちょうど多岐川が入ってくるところで、伸一は言葉を飲み込んだ。

「多岐川先生。昨夜も、泊まられたんですか?」

「仕方ないだろう。こうも色々あるんじゃ」

多岐川はアカネをじっと見下ろすと、ふうと溜息をついた。

「まったく、あなたが来てからトラブル続きです。疫病神……だなんて言いたくはないですけどね。あなただって怪我をしたくてしてるわけじゃないでしょうから」

「確かにあたしの周りって、変なことが色々と起きるんです。なんでですかね?」

アカネは無邪気そうに言ったが、まったく笑っていないその目はぴたりと多岐川を見据えていた。

「彼女は、誰かに殺されかけたって言ってるんです。警察を呼んだ方が――」

「殺されかけた? 誰にです」

「見てないんです。先生にもらった薬がよーく効いてたもので。階段から落ちる寸前に目が覚めなかったら、多分死んでました」

「あの……睡眠薬を処方したのは、ほんとなんですか?」

多岐川はしばらく答えなかったが、やがて諦めたように頷いた。

「……ああ。本当だ」

「じゃ、じゃあ……」

「待ってくれ。もちろんわたしは彼女を突き落としたりしてないよ。ただ昨日はゆっくり眠っていて欲しかっただけだ。馬鹿げた幽霊騒ぎを終わらせるためにね」

「は？　一体どういう……」

多岐川は伸一の疑問を手で制すと、話を続ける。

「あのトイレの一件は、さすがに悩みました。窓もないトイレから人が一人、消え失せたんですからね」

一体なぜ今その話になるのかと困惑しながらも、伸一はとりあえず口を閉じて聞くことにした。

「何かの錯覚や映像などでなかったことは確信していました。映像と足音は機械で出せたとしても、トイレのドアを揺らすことはできません。絶対に、あの男子トイレか、隣の女子トイレくらいにしか、幽霊は隠れることはできなかったわけです。わたしはまず男子トイレを確認しましたが、誰もいなかった。そして次に、女子トイレを後からやってきた米山師長に確認してもらったわけです。もし、あれが本物の幽霊でなかったのなら、答えは一つしか考えられません」

「へえ……？」

アカネは少し興味を覚えたように微笑む。彼女は答えを知っているのだろうか？　伸一は多岐川が何を言おうとしているのかまるで見当がつかなかった。

「幽霊は——犯人、と呼びましょうか。犯人は男子トイレのドアを揺らしておいて、女子トイレにそっと隠れた。こちらのドアは揺れないように中からそっと押さえてね」

「でも女子トイレは後からちゃんと確認したわけですよね」

伸一の疑問に、多岐川はアカネを見つめたまま答える。

「そうです。〝後から〟ね。つまり犯人は、まず女子トイレに入り、わたしが男子トイレの中を調べている間に、外へ出て行った。そういうことです」

「え？　でも、先生が男子トイレを調べている間、すぐ外にアカネさんはいたわけですよね？　もし女子トイレから誰か出てきたら彼女が気づくんじゃ……」

「当然、気づくでしょうね」

アカネの面白がっているような表情は依然として変わっていない。

「え、つまり、どういうことですか……アカネさんが……犯人を見逃した？」

ようやく多岐川の言わんとしていることを理解し、再びアカネの顔を見る。

「アカネさん……そんなこと、しないよね？　君に、犯人を見逃すどんな理由があるんだ？」

「それはもちろん、彼女は犯人と共犯――というより、彼女自身が幽霊を操っている主犯だからですよ。そうでしょう、アカネさん」

「あたしが幽霊を？　そんな力があったら面白いでしょうね」

「そう仮定すれば、幽霊になりうるのは一人しかいません。拓人くんです」

　確かに拓人なら、アカネの言うがままに動くかもしれない。

「でも、幽霊はそんなに背が低くなかったですよね？　拓人くんにあの幽霊が演じられると思います？」

「確かに。鈴木くんが見たという幽霊も、一昨日(おととい)の幽霊も身長は大人並みのようでしたから、子供の可能性は考えていませんでした。しかし、モップのようなものを持ったり、身体にくくりつけたりして、その上からシーツを被せれば、あの幽霊のような奇妙な雰囲気になるのではないですかね。そしてそう考えると、鈴木くんが屋上まで追いかけて消えてしまった幽霊のことも、説明がつきそうです。屋上はざっと見渡せますし、人が隠れられるようなところは確かにありませんが、子供ならどうだったでしょうか。幽霊の扮装(ふんそう)を外してしまえば、ベンチや室外機、ゴミ箱の陰に潜むことだってできたんじゃないでしょうか。鈴木くんにもう一度どんなふうに屋上を調べたのか詳しく聞けば、はっきりするでしょう」

　鈴木看護師が見た幽霊も、拓人くん――。そしてそれもアカネの仕業だというのか。

伸一はそう気づいて、戦慄が止まらなかった。一体この少女は何者なのか。一入院患者に過ぎないはずなのに、なぜそんな不気味ないたずらを仕掛けるのか。

「わたしは、この推理を確認するため、あなたには一晩眠っていてもらおうと思ったんですよ。そして拓人くんだけを監視しておけば、きっと尻尾を出すだろうと。きつく問い詰めれば、いずれほんとのことを言うでしょう。あなたに助けを求められない状態なら。……それが思いも寄らないことになってしまいました。まさかあなたに危害を加えようとする者がいようとは。本当に申し訳ないことをしました。――ただ、完全に信じているわけではありません。鋭いあなたのことだ、薬がいつもより多いことには気づいていたんでしょう？　飲んだふりをして、本当は飲まなかったのではありませんか？」

「はあ？」

「そして、襲われたふりをすれば、睡眠薬を処方したわたしが俄然怪しくなる。そう思ったのではありませんか」

「ちょっと待ってください、多岐川先生。襲われたふりにしちゃ、怪我がひどくないですか？　他の怪我だって治りきってないのに……」

アカネがさすがにむっとした様子で聞き返す。

「どうしてあたしが、そんな狂言までする必要があります？」

「そりゃあ、この病院に恐ろしい殺人者がいる、と思わせたいからじゃないですか。桐島くんを殺した殺人者が、自分を狙っているのだと」

「どうしてそんなことを？」

「そう……考えたくないことですが……あなたこそが、桐島くんを殺した犯人なのかもしれません」

アカネはぷっと噴き出した。

「あたしが？　あたしが、何の恨みもない桐島さんを自殺に見せかけて殺しておいて、それで、自殺じゃない自殺じゃないって騒いで、今度は殺される真似をしたと？」

多岐川はふうむと唸って、顎を撫でる。

「……確かにその点は無理がありますね。正直あなたの動機はよく分かりません。しかし、人間消失に関しては、それ以外合理的な解釈はないんですよ」

しばらく二人は睨み合っていたが、やがてアカネがふうっと緊張を解いた。

「――分かりました。認めます。幽霊騒ぎは全部あたしのしたことです。拓人くんは確かに手伝ってくれましたが、怒らないであげてください。全部あたしがやらせたことですから」

「なんで、なんでそんなことしたんだよ！　君は一体――？」

伸一がひどく裏切られた思いで言うと、アカネは申し訳なさそうにかぶりを振った。

「ごめんなさい。――でもこれは、桐島さんを殺した犯人を見つけるためには必要なことだったんです。考えてみてください。幽霊の噂は前からあったみたいですけど、最初に出たのは桐島さんの事件の後だってことを。あたしはこんな状態ですし、できることは限られてますから、拓人くんを使って噂を本当にすることにしました。おかげで、色々と情報も集まりました。鈴木看護師は心底怯えていたようで、本当のことを話してくれたと思ってます。医療事故のこと、病院内の事情……」

「みんなの反応を窺うために脅かした……と?」

「それもあります。でも、みんながあれは殺人で、犯人がいるんじゃないかと思えば、捜査が再開されるかもしれません。犯人にしてみれば気が気じゃなかったはずです。あまり自由に動ける身じゃなかったものですから、ちょっと藪をつつくような真似をせざるをえなかったんです」

「その結果、飛び出してきた蛇に殺されかけた……というわけですか」

多岐川が皮肉っぽく言うと、アカネはぺろりと舌を出して、自分で頭をこつんとしてみせた。

「その一番の容疑者は、睡眠薬を処方した先生なんですけどね」

「わたしじゃない。わたしが君を殺そうと思うなら、もっと簡単に、眠るように死ぬ薬を盛ることだってできますよ。死因だっていくらでもごまかせる——もちろんそんなことはしませんよ。しませんけどね」

「……まあ、そうですよね、確かに。信じますよ。しかし、となると犯人は――」

アカネは少し言葉を切って宙を睨んで考えていたが、すぐに結論は出たようだった。

「あなたしか考えられませんね」

アカネが顔を伸一の方に向けて、突き刺すような視線を向けてくる。

「えっ……ぼ、ぼく？　いや、そんなわけは――」

しかしその視線は、伸一を通り抜けてその背後を見ているようだと分かり、振り向いた。

病室の入り口脇には、米山師長がスライドドアに隠れるようにして立っている。

「師長……？」

少しバツの悪そうな顔をしていた師長は中へ入ってくると、伸一の脇に立って言った。

「すみません。何だか聞き捨てならない話をしておられたので――。なんですか、わたしがアカネさんを殺そうとしたとか？　とんでもない話です」

「そうですか？　まあ少し聞いてください。睡眠薬を処方したのは確かに多岐川先生だったようです。もしかしたら師長は自分で薬をあたしに盛ったのかと思いましたが、そうじゃなかった。でも少なくとも、薬を持ってきてくれた師長は睡眠薬が増えていることは知ってたわけです。多岐川先生が何を考えて薬を増やしたのかは知らなかったけど、チャンスだと思ったんでしょう。薬でいつもよりぐっすり眠っている間なら、事故に見せかけて殺せるし、また、その事故の原因自体、薬による譫妄状態のせいにもできると考えた。違いますか?」

「な……何を言ってるのか分かりません。わたしにはあなたを傷つける理由がないです」

「師長は、一昨日の晩、あたしが拓人くんをトイレから逃がすのを、もしかしたらちっと見かけてたんじゃないですか? その時は何をしてたか分からなかったけど、素知らぬふりで近づいてきて多岐川先生の話を聞いて、すべてを悟った。幽霊騒ぎを起こしてるのはあたしなんだって。そして、こんなことはやめさせなきゃと思った。なぜなら、桐島さんの死を、さっさと自殺で片づけて欲しかったから。つまりそれは、師長こそが桐島さんを殺した犯人だからです。そうですよね?」

「とんだ言いがかりです! 桐島さんは自殺ですよ。そうとしか思えません」

「桐島さんは医療ミスを告白した遺書を残したそうですけど、その手術には師長も立ち会っておられたんですよね?」

師長は答えなかったが、認めたのと同じだった。

「桐島さんは特にミスを責められていたわけではなかったようですね? むしろみんな、手術に慣れていない若先生の執刀ミスだったんじゃないかと思っていたようです。誰も彼女を疑ってもいないのに自殺するなんて、変じゃないですか?」

「罪の意識に耐えられなくなったんでしょう。責任感の強い人でした」

「責任感の強い人が、勤務中に飛び降りですか。しかも病院のパソコンに遺書を残して？　そんな説明より、本当のミスの発覚を恐れた誰かが、彼女に罪をなすりつけて殺した、という解釈の方がもっともらしいと思いません？」

「そんな……いい加減な当て推量で！」

「当て推量のようでも、いくつも重ねれば結構説得力あるもんですよ？　桐島さんが殺されたと仮定した場合、遺書は偽物ということになります。当然医療ミスの告白も嘘。犯人が医療ミスを押しつけたかったのではないかというのは確かでしょう。とすると犯人はあの手術に参加していて、かつナースステーションにあるパソコンに簡単に近づけた人物。夜勤が一緒になることがあって、桐島さんを屋上に呼び出すこともできる。相当絞られてきたと思いませんか？　そしてもし、桐島さんを殺したのと同じ犯人が昨夜あたしを襲ったのだと仮定するなら、その人物はあたしが強力な睡眠薬を飲んでいたことも知っているわけです。この条件に当てはまる人、米山師長以外にいますかね？」

長い時間のようにも思えたが、恐らくは一瞬だったのだろう。その場にいる全員が、凍り付き、言葉をなくしていた。

「師長——」

伸一が口を開いたことで、呪縛が解けたように時が動き出し、米山師長は身を翻して病室を飛び出していった。

13

「師長！」

多岐川は素早く師長の後を追って飛び出していった。伸一がさらにその後を追おうとしたので、アカネはその肘を捕まえ、「あたしも連れて行って！」と懇願する。

伸一は一瞬振りはらって行こうかどうか迷ったようだったが、「ああ、もう！」と叫んでアカネを抱きかかえ、やや乱暴に車椅子に乗せ、押し始めた。

すごいスピードで廊下へ出ると、怯えた様子で立ちすくんでいるナースが、目を丸くしてアカネ達の方を見やる。

「師長と多岐川先生、どっちに行った？」

「あ、あっちに……」

状況が分からぬままにおずおずと廊下の先を指す。トイレがあり、階段もある方角だ。

アカネの車椅子はまるでゴーカートのように廊下を突っ走る。行き来しているナースや患者が数人いるが、師長達が走り抜けた後だからか音が聞こえたのか、皆驚いたように立ちすくんでいてほとんど邪魔にはならない。アカネは肘掛けを強く握りしめ、曲が言わずもがなのことを叫ぶと、伸一はほんの少しスピードを緩めただけで無理矢理曲がり角を曲がる。外側に傾いた車椅子から振り落とされそうになるのを、アカネは必死でこらえた。

「屋上に行って！」

アカネは直感で叫んだ。

伸一が黙って車椅子を階段室に突っ込ませて止めるとこちらに背中を向けてしゃがんだので、アカネはありがたくその背におぶさった。

華奢（きゃしゃ）に見えた伸一だったが、アカネを背負ったまま階段を駆け上がり、開けっぱなしのドアを抜けて屋上へ飛び出した。

まっすぐ前方に多岐川の白衣が見え、直感が正しかったことが分かる。

米山師長は多岐川の向こうで、鉄柵を摑んでいた。

「来ないで！」

今にも鉄柵を乗り越えそうな形相で、師長は多岐川に叫ぶ。

「待ちなさい、師長。早まるんじゃない。落ち着いて……」

多岐川は言いながら、さらに師長に近づいた。

「来ないで！　もう……もうおしまいよ……」

師長はひらりと鉄柵を乗り越え、その向こうに降り立った。一歩踏み出せば落ちるしかない。

「危ないじゃないか、こっちに戻りなさい。まさか飛び降りるつもりはないだろう？」

多岐川は冷静な声音でそう呼びかけつつゆっくり近づいたが、師長は耳を塞いで鉄柵を摑んだまま左方向へ歩き出す。

伸一は「ごめん」と一言言うとアカネを素早く下に下ろし、走り出した。多岐川の助太刀をして何とか師長を連れ戻さなければと思ったのだろう。

アカネは何とか立ち上がろうとしたが、摑まるものが何もない上にあちこち身体が痛むのですぐに諦めた。いずれにしろ死にたい人間を無理して引き留める気などアカネにはなかった。まして師長はアカネを殺そうとしたのだ。死んでほしいと思っているわけではない。ただ、死ぬにしろ死なないにしろ、その結末を見逃したくはなかった。それは絶対に嫌だ。

伸一と多岐川に挟まれ、じりじりと距離を詰められている師長の顔は、白衣よりも青白く見えた。

絶望だ。その顔には絶望しかなかった。彼女は本気だ。アカネはそう確信し、痺れにも似た快感が胸を一杯に満たすのを感じた。

その後の出来事はスローモーション――というか、連続写真のようにアカネの脳裏に焼き付いた。

鉄柵越しに手を伸ばす伸一。身を翻し、建物の縁に立ち、よろめく師長。一瞬の躊躇い、そして飛翔(ひしょう)――。

しかしながら、事態はアカネの予想通りにはならなかった。

少し離れたところでひらりと鉄柵を乗り越えた多岐川が、落ちていく師長の手を摑んだかと思うと、叩きつけられるように倒れ込んでいた。肉と骨が打たれるような鈍い嫌な音。

師長がどうなったのか、アカネの位置からは分からなかった。痛みをこらえ、這(は)うように前へ進む。

「もう……ごめんだ……」

多岐川が、獣のような唸り声と共に叫ぶ。

「――これ以上は誰も死なせない！」

伸一が慌てて鉄柵を越え、壁の外に出ている多岐川の手を、足を踏ん張って引っ張りあげる。

そこに師長がしっかりと摑まっていた。

二人がかりで引き上げられてしまうと、もうすっかり死ぬ気はなくなってしまったのか、呆けたようにぺたんとへたり込んでいるばかりだ。力を使い果たしたのか伸一もその傍らで荒い息をしている。多岐川は、右肩を左手でそっと庇うようにしながら、荒い息をするたびに痛そうに顔をしかめている。

「あなたが……桐島くんを殺したんですね」

多岐川がいつもの口調で静かに問いかけると、師長はうつろな表情のままこくりと頷く。

「そうでしたか。……でも、死ぬことはありません。生きていれば償う方法もあるでしょう。分かりましたね？」

しばらく意味が分からないかのように多岐川の顔を見つめていたが、やがてポロポロと涙を流し始め、何度も何度も頷き、そして突っ伏して号泣し始めた。

14

警察が屋上へやってくる頃には、米山師長はすっかり落ち着いたようだった。勢い込んでやってきた警官達に深々と頭を下げて手錠をかけられ、おとなしく連行されていった。アカネの推理や屋上での一幕については何も言わず、桐島看護師を殺したことを自白したとだけ伸一が伝えた。

アカネがふらつきながらも立ち上がったので、伸一は手を貸してやった。

「しかし……何もかも信じられないよ。師長が桐島さんを殺して、あげくに君まで殺そうとしたなんてことも、それを君みたいな子が解き明かしてみせたことも……」

「まったくだ。人の命を助ける側の人間が、こともあろうに病院で人を殺そうとするなど……本当に嘆かわしい」

多岐川がそう言って長い嘆息を漏らした。

「私は……病院で人が死ぬのは許せないんです。もちろん天寿を全うして亡くなるのは仕方がない。しかし、救えるはずの命が救えないのは、どうにも我慢ならないんです」

アカネが興味深そうに頷きながら言った。

「なるほど、そういうことなんですね。あたしやっと、先生のお気持ちが分かりました。本当の気持ちが」

妙な言い回しだなと思い、伸一は口を挟む。

「なに言ってるんだ？　医者が人を救いたいと思うのは当たり前じゃないか。ぼくだってそうだよ」

「お医者さんはみんなそうでしょうけれど、多岐川先生は普通のお医者さんじゃないでしょう？　〝神の手〟を持ってるんですよ。人の命を助けるのが、とてもとてもお好きなのよ。そうでしょう？」

「……まあ、そうとも言えますかね」

多岐川も困惑した様子で返す。

「あたし実は、桐島さんを殺したのは多岐川先生なんじゃないかって疑いをずっと捨てきれませんでした。でも先生は、人を殺すのは大嫌いで、人を助けるのがお好き。——事故に遭ったあたしのことも、先生は必死で手を尽くし、助けてくださったんですよね？」

「……それが私の役目ですからね。常に全力を尽くしていますよ。あなたの時だけではなく」

アカネは頷きつつ、突然話題を変えた。

「あたしね、目はいいんですよ」

「え？」

伸一はついていけず、思わず聞き返してしまったが、アカネは無視した。

「あの晩は雨も降ってて暗かったですし、一瞬のことでしたけど、運転してた人の顔、ちゃんと見たんですよ」

その意味が理解できるまで、時間がかかった。

「ちょ、ちょっと待ってくれ。見た……轢き逃げ犯の顔を見たって……いやそれつまり、記憶が……記憶が戻ったのか？」

伸一はどこから聞けばいいのか分からず、とっちらかった質問になった。

「あたし、嘘ついてました。あたしはじめから、記憶喪失になんてなってなかったんです」

さらなる衝撃だった。

「う……嘘？　なんでそんな嘘つかなきゃならないんだ。君は我々をからかってたのか？」

「違いますよ。――だって、ベッドで目を覚ましたとき、自分を撥ねた人がすぐそばにいたんですよ？　身動きも出来ないし、状況も分からないから、『何も覚えてない』って言うしかないじゃないですか」

撥ねた人が近くに――いた？

伸一ははっとして多岐川と目を合わせた。これまで見たことのないような厳しい表情をしている。

アカネが目を覚ましたとき、多岐川はどこにいただろう？　――確か、意識が戻ったとナースから連絡を受けたのか、伸一の後からやってきてすぐ後ろに立っていたはずだ。

「まさか君は自分を撥ねたのが、多岐川先生だったたって言うんじゃないだろうな？」

今度はアカネも無視せず、にこりと笑った。

「そのまさかですよ。多岐川先生が、この〝神の手〟が、あの晩、あたしを撥ねたんです。それも意図的に。若干記憶の混乱はありましたけど、そのことは最初から分かってました」

　多岐川が何も否定しないのを見て、伸一はそれが真実であるらしいと分かり、戦慄を覚える。尊敬する先輩医師の裏の顔にも衝撃を覚えていたが、そのことを淡々と告発する少女にも違和感を禁じ得ない。

「あたしを撥ねたはずの人が、まさにあたしを死の淵から救ってくれた執刀医なのだと知って、見間違いかもしれないとも思いました。他人の空似かもしれないですし、もしかしたら双子や兄弟ってこともあるかもしれません」

　多岐川によく似た兄弟がいるという話は聞いたことがないし、自分から言い出さないところを見るとやはりそんな者はいないのだろう。

「そんな時に桐島さんがあんな死に方をしたんですから、あたしの事件と関係があると思うのは自然ですよね？　このあたりで轢き逃げ事件が頻発しているという話も聞きましたし、実際あたしの後にも――」

　アカネは言葉を切って首を振った。

「その方は助けられなくて、先生はひどく落ち込んでおられたようでしたね？　――でもふと思ったことがありまして。助けられませんでしたけど、その時も多岐川先生がすぐ執刀できる状態でした。もしかしたら轢き逃げ事件の起きる日と先生の当直には何か関係があるんじゃないかって」

そう言われて伸一ははっとした。アカネに頼まれた調査の意味が、今ようやく分かった。

「宮本先生に頼んで調べていただきました。過去半年で六件。轢き逃げ事件が起きた日の当直はいつも多岐川先生で、当然執刀も多岐川先生——最後の男性を除いて全員助かって、あたし以外はもう退院しています。そうでしたよね、宮本先生？」

「……確かにそうだった。でもそれはただの偶然の可能性だってある。多岐川先生は当直も多いし、それに当直ってことは若干アリバイがあるってことでもあるわけで……」

「仮眠を取ると言えば、誰もわざわざ本当に寝ているか確認したりしないでしょう？　用事があればＰＨＳやケータイで連絡するだけです。煙草(たばこ)を吸いに出ることもありますし、すぐ近くならコンビニまで行ったりすることもあるんじゃないですか？　視界の悪い雨の夜、近くを車で回り、ちょうどいい獲物を見つけて撥ねたら、すぐに通報して病院に戻る。アリバイなんてないも同然でしょう」

「しかし……わけが分からないよ。そんなことをする意味がない！」

「そうですよね。あたしもわけが分かりませんでした。人を撥ねておいて必死で手術するなんて。——でもようやく分かったんです。先生は人の命を助けるのがお好きなんだと。でもこの病院は、はっきり言って大きさの割に評判も悪く、患者さんも少ないですよね。〝神の手〟をお持ちの先生にふさわしい病院とはとても思えません。人を助けるのがお好きな先生には物足りなかったんじゃないですか？　お二人はお医者さんですから、こういう病気があることをご存じでしょう——代理ミュンヒハウゼン症候群という病気を」

代理ミュンヒハウゼン症候群——。

大学で勉強もしたし時折ニュースにもなるからその名前は覚えてはいるが、伸一は実際の患者を目にしたことはもちろんない。我が子に毒を飲ませ、わざと病気にして甲斐甲斐しくその看病をする親などが、そう診断されるようだが、そんな親が本当に存在するのか、今ひとつ信じられない部分もある。

「多岐川先生は、難しい手術に成功して〝神の手〟なんて呼ばれることが、何よりも嬉しいのでしょうね。だから、しばらくそういう患者が来ないとなると、手術がしたくて仕方がないんじゃないですか？　——それとも先生の場合は、放火して自ら駆けつける消防士の方が近いんでしょうか」

「いい加減にしろ！　いくら何でもそんな馬鹿なことが——先生！　何か言ってくださいよ！　彼女を事故で撥ねてしまったんですか？　わざとだとか、何人も撥ねたとか、そんなことないって、言ってくださいよ！」

ずっと硬い表情だった多岐川の顔が、少し綻んだかと思うと、クスクスと笑いが漏れ出した。

「……そうか……私は病気か……そう言われれば否定のしようもないな。そうか……これもいわゆる、医者の不養生ってやつになるのかね？　どう思う、宮本くん」

　伸一は絶句するしかなかった。

「アカネくんの言う通り、この病院は最低だよ。院長は金と女のことしか頭にないし、息子は金の力で無理矢理三流医大を出ただけの能なしだ。同僚の医師や看護師達も次々と優秀なやつからいなくなる。私も何度見切りをつけようかと思ったものだ。でもね、ある夜交通事故で頭を打った患者の手術をしている時に、気がついたんだ。患者がいなくて暇なら、作ればいいってね。私が当直をしている限り、このあたりの救急患者は必ずここへ運ばれる」

　伸一は、ぐらりと身体が傾くのを感じ、倒れないよう必死でこらえなければならなかった。

「先生……嘘です。変な冗談はやめてください……」

「冗談なんかじゃない。アカネくんの推理した通りだ。病気なんだろうな。代理ミュンヒハウゼンかどうかは分からないが、病気なんだろう。――しかし君も、他の誰も助けられそうにない患者の命を救ったときのあの気持ちを知れば、少しは分かってくれるんじゃないかな。私は別に金や名誉のためにこんなことをしてたわけじゃない。今にも消えそうな命をこの私の手で繋いで、そして蘇らせる。本人も家族も、泣いて私に感謝してくれる。あの快感は、他の何をもってしても代えがたいものだ。あれは麻薬だよ。中毒になる。そういう意味では確かに病気だと言える。だが私は、師長とは違う。人を殺したいと思ったことはない。必ず助けるんだ、この手で――」

「少なくとも一人は助からなかったようですけど？」

アカネがひどく冷静に言うと、多岐川の表情が曇った。

「……搬送が手間取ったんだ。すぐに通報したのに、二十分も経ってた。ここからほんの一キロのとこだってのに！　あれじゃ誰だって助けられない……」

頭の中の混乱が、一気に晴れたようだった。自分で狙って撥ねた人間が死んだのを、搬送の遅れのせいにしている。多岐川は――この男はどうしようもなく腐っているのだ。そのことに伸一はようやく確信が持て、同時にふつふつと怒りがわき上がってきた。

年上の医師の襟元に摑みかかり、伸一は怒鳴った。

「おい！　何ふざけてんだよ！　あんたが撥ねたから死んだんだよ！　助かった患者だって、命さえ助かりゃいいってもんじゃないだろう。心にも身体にもたくさんの傷が残る。それをなかったことにはできないんだよ！　泣いて感謝しただって？　本当のことを知ったらどう思う？」

言っているうちに感情がさらに昂ぶり、握りしめた拳を振り上げていた。

「おいおい。アカネくんも言っただろう。私は病気なんだよ。殴ったってどうしようもないし、死んだ人間も生き返らないよ」

　抵抗する様子も見せずそう言った多岐川の顔を見て、全身から力が抜けていった。


　伸一がもう一度通報してやってきた警官に連れられていった多岐川は、自分から何かも自白した。築き上げた地位も名誉もすべて失うことになるのに、口封じのためにアカネや伸一を殺してでも逃げ延びるというような選択肢は、まるで多岐川の頭の中にはなかったらしい。悪質な連続犯であることは間違いないが、実際死んだのは一人だけで、それも殺意はなかったとなると殺人ではなく傷害と傷害致死ということになる可能性もある。果たしてどういう罪がふさわしいのか、世間では侃々諤々（かんかんがくがく）と意見が飛び交った。

　二人の逮捕者を出し、それに絡んで病院内の実情、手術ミスの一件がすべて白日の下に晒（さら）され、元々高くもなかった川越病院の評判は地に落ちた。患者、スタッフの双方がさらにごっそりといなくなった。どちらも残ったのは、他に行くところがない者だけだ。

　アカネもその一人だった。

「先生がいるなら、全部治るまでここにいるよ」

　彼女がそう言って残ったものだから、伸一も責任を感じてせめて彼女が退院するまではと働き続けた。

梅雨が明けた暑い夏の盛りに、ほぼすべての怪我が治り、退院を考えるべき時になったが、伸一が沈黙を守ったせいか、アカネは相変わらず記憶がないふりを続けていて、今後の処遇については病院も警察もどうしたものかと頭を悩ませていた。

午後の回診に立ち寄ると、アカネのベッドは空だった。今はリハビリに杖(つえ)をついて歩いていることも多いので、おかしなことではない。しかし、髪がだいぶ生え揃った今でも被っていた多岐川にもらった帽子が、妙にきちんと枕の上に置かれていたのが気になった。

通りかかったナースにアカネを見かけなかったか聞いてみた。

「お昼を食べた後、外に散歩に出かけました。日差しが強そうだから日傘を貸してあげましたけど。この暑さじゃすぐ帰ってくるんじゃないですかね?」

伸一は生返事をして小走りになると、病院を飛び出した。

いつか、こんなことになるような気がしていた。

正面玄関を出た途端、真上から降ってくる光と熱気が重さを持って覆い被さってくるようだ。ざっと見渡したが、アカネの姿は見当たらない。

この夏は異常とも言える暑さだった。たとえ日傘があっても、まだ完治していない足で、できれば辛(つら)い道は避けたいだろう。病院の前の道は緩やかだが坂になっている。下ったのは間違いない。恐らく特に当てもなく、一刻も早く病院から遠くへ行こうとしている。

伸一は早足で、角に来るたび左右を覗(のぞ)き込んでは、大きな道を選んで追いかけた。五分と経たず、片手に折りたたみ式のコンパクト杖を、片手に日傘を持った少女の後ろ姿を遥(はる)か前方に発見した。脇にはちゃんと自分の唯一の所持品だったバッグを抱えている。病院で着ていたTシャツと短パンという姿だが、今の気候なら外に出てもおかしくはない。ちゃんと計画していたのだろう。

歩を緩めたが、徐々に追いつき数メートルに近づいたとき、彼女は立ち止まってちらりと振り向いた。

「あれ。バレちゃった?」

日傘の下でアカネは言う。

「……君はいつかいなくなるんじゃないかと思ってたよ。まるでそんな子はいなかったみたいにね」

「うーん。理想だね、それ」

「どこに行くつもり?　当てなんかないんだろう?　なんだったら――」

「ありがとう。でも、この町はもう出たいな。飽き飽き。――入院費、払わないとダメ?」

「いや。それは大丈夫だろう。何だったら、多岐川先生が払ってくれるんじゃないか。

入院費はもちろん、慰謝料だって請求する権利があると思うよ。それに、警察は君の記憶が戻ったことを知ったら、証言だってしてほしいんじゃないかな」

「うーん。それはちょっとやだな。あたし、実は警察好きじゃないんだ」

記憶喪失のふりをしたことといい、逃げるようにこの町を出ることといい、何か事情があるのだろう。その事情を知りたくてたまらなかったが、聞いても答えてはくれないに違いないと伸一は思った。

「先生はどうするの？　あたしがいなくなったら、別の病院に移る？」

それは毎日考えていたことではあったが、そう聞かれて初めて結論が出た。

「いや。いられる限りあそこにいるよ。潰れる日まで見届ける。まだ何人か、面倒を見てる患者さんがいるしね」

「へえ。まあせいぜい頑張って。じゃあね」

アカネは再び歩き出した。杖をついていて、まだぎこちないけれど、危なっかしくはない。着実に一歩ずつ歩いていた。

「一つだけ教えてくれないか！　君の名字は？　アカネってのはほんとの名前なのか？警察には言わないから、本当の名前を教えてくれてもいいだろ？」

アカネというのはハンカチに書かれていたからそう呼んでいただけだ。警察を嫌がっている彼女は、それさえも嘘をついている可能性があるのではないかと思っていた。

アカネは——少女は立ち止まり、振り向いて伸一を見据えたが、少し微笑んだものの、結局口を開かずにまた歩き出した。

何となく、こうなることも予想していた気がする。

伸一はしばらく遠ざかる日傘を見送ってから、病院への坂道を上り始めた。

幕間

そこは夢で見るような、禍々(まがまが)しい地下牢ではなかった。

古いシェルターのような地下室だ。

しかし一見清潔に保たれているようでも、コンクリートの所々にある汚れや染みは、何か嫌な空気を醸し出していて、下水道のような臭いも染みついているようだった。

どれほど叫んでも外に聞こえないことはもう十分に分かっている。

食料などを備蓄するために設置されているらしい棚に置かれているのは水だけだ。腹を空かせた頃に食料を運んでくるあいつのことを、監禁された少女たちは救世主のように思ったかもしれない。

——どうしてこんなことになってしまったんだろう?

少女は絶望しかかっていた。

ミイラ取りがミイラ。

そんな言葉が頭を過ぎった。

分かっている。全ては自分が招いたことだ。何もかも自分一人でどうにかなると思い込んでいた。

――誰か助けて。

ふと、最後に会った医師の顔を思い浮かべた。そしてもう一人の男の顔も。

少女は首を振る。

虫の良すぎる話だ。自分は彼らから逃げ出したのだから。憎まれこそすれ、心配されるはずもない。

そう。多分。

――でも、もしかしたら……?

アカネ

第三話

The Captive Detective

1

減った医師、スタッフの穴埋めだけでなく事件にまつわる雑事ものしかかり、アカネがいなくなった後の数週間は目の回るような忙しさだった。研修医の身としてはさっさと別の病院に移ってもよかったのだが、これも何かの勉強になるのではと思い、伸一(しんいち)は意地になって働き続けた。

ようやく捜査も報道も落ち着き、川越(かわごえ)病院の閉院も正式に決まった翌日のことだった。外来も朝からほとんど誰も訪れず、受付時間が終わるやいなやゆっくり昼飯を食べようと白衣を脱いで病院の外へ出た。ちゃんとした店で——といっても近所には蕎麦(そば)屋や定食屋みたいなものしかないのだが——カップラーメンやゼリー飲料ではないものを食べたかったのだ。

「すみません。宮本(みやもと)先生……でしょうか」

待合ロビーのソファで座っていたらしい男が慌てて追いかけてきたようだった。肩から大きなカメラバッグを提げている。最近何度もお目にかかった類いの人種――マスコミだと分かってうんざりする。伸一とさほど変わらない年齢と思われ、今頃、それも一人で来ているところを見ると大手のところではなさそうだと分かった。

「そうですけど。――もう何も新しいネタなんかないですよ」

伸一は相手にする気がないことを態度で見せつつ、正面玄関を出て歩き続けた。

「ちょっと待ってください。ぼくは確かにカメラマンの端くれですけど、今日は取材とかそういうんじゃないです。なんていうかその……個人的な……そう、個人的なことで来たんです」

男の口調に何だか思い詰めたような気配を嗅ぎ取って、伸一は立ち止まって振り向いた。

秋晴れの気持ちのよい天気だ。その陽光の下、まじまじともう一度男を観察した。カメラバッグにポケットのたくさんついたベスト。二十代半ばだろう。整った顔立ちと言えなくもないが、苦労知らずのボンボンといった匂いがして、一目で好きになれないタイプだと思った。自分自身もそこそこ金に余裕のある家に生まれ育ったものの、医者になるためにそれなりに苦労したつもりでいるだけに（今も色々苦労している）、好きな道で楽しくやっているように見える同世代の男にはつい反感を持ってしまう。

「個人的な……？　ぼくにですか？」

「はい。宮本先生が一番、アカネという子のことをよく知ってるはずだって看護師さんに聞いたので」

「アカネ……ああ。彼女のことについても、知っていることは大抵話しましたよ。警察にも記者の人にも。週刊誌でも買って読んでください。何度も同じこと話すほど暇じゃないんで」

そう答えて再び歩き出そうとしたとき、後ろから手が伸びてきてがっちりと腕を摑まれた。

「何を――」

暴力を振るわれそうな気がして身構えたが、男の切羽詰まったような目つきに気づいて言葉を失う。

「お願いです。ここに入院していたアカネという子が、ぼくの知ってる子かどうか、確かめたいだけなんです」

「彼女の知り合いなんですか？」

事件が広く報道されたにもかかわらず、アカネの正体や消息についての情報がもたらされることはまったくなかった。警察は何か摑んでいるのかもしれないが、もちろんわざわざこちらへ教えてくれることはない。そもそもアカネは一被害者であって犯罪者ではないし、自分の意志で姿を消した。捜索願が出ているわけでもないから、彼女の写真は公開されていない。彼女は写真を撮られることを極端に避けていて、伸一が知る限り、警察が半ば強引に撮影した以外彼女を写した写真はない。〝アカネ〟という被害者がいて、姿を消してしまったことはいくつかの週刊誌で報道はされたものの、轢き逃げも桐島看護師の転落事件も彼女の力によって解明されたのだということは表沙汰になっていない。伸一は何も言うつもりはなかったし、多岐川も米山師長も同様だったのだろう。ほんのわずか報道されたに過ぎない、〝アカネ〟という名の少女を、この男はなぜ自分の知っている〝アカネ〟と同一人物だと思ったのだろうか。

「……知り合い……ぼくの知ってるアカネと同じ人間なら、ええ、そう、知り合いです。彼女は……恩人、かな？　ぼくがどうにもひどい状況だったときに、そこから救い出してくれたんです。ぼくが巻き込まれた殺人事件の真犯人をみつけてくれたんですよ」

「……殺人事件？」

「ええ。彼女は――ぼくの知ってるアカネっていう子は、何というか、顔に似合わず頭が切れるんですよ。変なことにも妙に詳しくて」

「……ふーん」

伸一は興味を掻き立てられていることをなるべく気取られないようにしたつもりだったが、失敗したようだった。

「もしかして、ここにいたアカネという患者は、ただの被害者ではなく、事件解決にも深く関わっていたんじゃないですか？」

「……なんでそんなふうに思うんですか？」

男の瞳がきらりと光ったので、これも間違った返答だったとすぐに分かった。すぐさま否定すべきだったのだ。

「だって、おかしな話じゃないですか。何度も轢き逃げを繰り返していた医者と、実はまったく別の殺人事件の犯人がたまたま同じ日におとなしく自首して何もかも喋るなんて。そこにアカネとしか名前の分からない少女が入院していて、ひっそり姿を消したというのを知って、ぼくは、彼女こそが二人の罪を暴いたんじゃないかと思ったんです。もしそうなら、それはぼくが捜してるアカネに違いない」

伸一はしばらく沈黙していたが、それもまた答えになってしまっていた。

「やっぱり、そうなんですね」

男はずっと摑んでいた伸一の手を放し、緊張の糸が切れたようによろよろと後ずさった。

「もし、君の推察通り、ここにいたのが君の捜していた少女だったとしても、何の手がかりもないよ。警察だって一応は調べたけど、彼女がどこの誰なのかは分からなかった。アカネという名前だって、ハンカチにそう刺繍してあったからそう呼んでただけだし」

「彼女が確かに存在してる、そのことが分かっただけで、収穫です。半分、ぼくの妄想だったんじゃないかって思い始めてたんですよ。――妄想なんかじゃなかった」

その言葉を聞いて、伸一はようやく男の言葉をすべて信じた。

そうだ、この男は確かにあの少女に会ったのに違いない。そして、ふいと消えてしまったあの子のことを忘れられないでいる。

なぜなら伸一もまた、アカネという少女はもしかしたら最初から存在しなかったのではないか――そんな気がしてきていたからだ。

「……その……話を聞かせてもらえないかな。君の知っているアカネさんのことを」

伸一は自分からそう切り出していた。

2

山根亮太（やまねりょうた）は、再就職した会社に特に不満があったわけではない。心を入れ替えて真面目に働くつもりだったし、ブラックな環境でもなければ、同僚も上司も皆そこそこ優しい人達で、居心地も悪くなかった。

しかし、そのうちひょっこりとまた顔を出してくれるに違いないと思っていたアカネが一向に姿を現わさないことに気づくと、何もかもが少しずつ色を失っていったのだった。

俺は、アカネを捜さないといけないんじゃないか？　彼女はそれを待ってるのでは？　そんなことはない、と冷静にたしなめる自分もいた。自分にとって彼女は恩人だけれど、彼女にとって俺はレイプ未遂犯なのだ。多少悪い印象は拭い去れたとしても、もう一度会いたいとまで思ってもらえる人間のはずがない。

しかし一方で、相変わらず街を彷徨(さまよ)い、変な男に声をかけられるような生活をしているのではないかという心配もあった。あんなふうにホイホイ男の部屋について行ったら、いずれは俺なんかよりもっと危ないやつに引っかかってもおかしくない。いくらあいつが機知に富んでいようとどうしようもない局面だってあるはずだ。もしかしたら、そう、俺の所へ来たくても来られない状態になってるんじゃあるまいか――？

毎週のように行っていた渋谷(しぶや)を離れ、原宿(はらじゅく)や新宿(しんじゅく)、時には池袋(いけぶくろ)などでもアカネの姿を捜すようになった。もしかすると目立つ特徴的なロリータ姿を捨てた可能性もあるかもしれないが、それを考え出すと、切りがない。似た年頃、似た体格の女性を見るたび、そこにアカネの面影がないか確認せずにはいられない。

そんな日々を送っているとき、川越病院で医師と看護師長が別々の殺人事件で同時に逮捕されたことが全国ニュースとなった。

東京からはやや離れた知らない場所ということもあり、最初はもちろん、物騒な病院もあったもんだなと思う程度のことだった。しかし、たまたま理髪店で手に取った週刊誌の記事で、多岐川医師に轢き逃げされた被害者の少女が、「アカネ」とだけ呼ばれていたこと、事件後ひっそりと姿を消してしまって警察は情報を求めている、という一節に思わず声を上げそうになった。

亮太は散髪をキャンセルして慌ててその週刊誌を買いに行き、家ではネットのニュースを漁(あさ)ったが、それ以上のことは何も分からなかったし、そもそも誰もこのことには注目していないようだった。

これはあのアカネに違いない。亮太は確信した。

しばらく週刊誌やネットに注目していたものの、一向にそれ以上の情報が入らないことに苛立(いらだ)ち、ついに亮太は週刊誌の編集部を訪ねた。そこでアカネについての記事を書いた記者に会うことには成功したのだが、彼自身も書いた以上のことは何も知らないことが分かっただけだった。亮太自身の体験を詳しく話せば興味を惹(ひ)いてもっと話を聞くことができたかもしれないが、もちろんそんなことはできない。しかしそこで、何でもやるバイトを探していることを知って、勢いで「何でもやります。カメラも使えます」と言ってしまったのだった。

亮太は、宮本医師と改めて夜に会う約束をし、川越病院近くの蕎麦屋で包み隠さずこれまでの経緯を話した。

「えっ、それで、仕事は辞めちゃったの？」

宮本は、亮太が少し年下で、ちゃんとした記者というわけでもないことを知ってか、タメ口になっていた。アカネに対して似たような思いがあって、親近感を覚えてくれているようにも思え、亮太は少し嬉しかった。

「そうですね。仕事は不定期でギャラも少ないですけど、その分自由も利くし調査のやり方も少し分かってきました」

ほんの短い間だったが、アカネは頭を使うことの重要性を教えてくれた。持って生まれた頭がそうすぐに良くなるわけもないが、これまでいかに自分が考えることを怠り、ボーッと生きてきたかということを痛感し、反省したのだ。せっかく真面目に働くようになっていたのに、再び自堕落な生活に戻ってしまうのではという危惧もないではなかった。しかし、アカネに再び会えるかもしれないという気持ちはどうしようもなかった。どのみちアカネに出会わなければ、いつまでもフリーター生活を続けていたに違いない。

宮本が適当に頼んだ肴と蕎麦をあてに日本酒をちびちび飲みながら、二人は互いの知るアカネについて詳しく語った。お互い写真一枚持っていないのが残念だったが、同一人物であることはもはや疑いようがなかった。

「……不思議な子だったなあ」

会話が途切れたとき、ほろ酔いで目の端を赤くした宮本が呟いたので、亮太は大きく頷（うなず）いた。

「そう！　そうなんすよ。ほんと、不思議なやつでした」

日本酒は飲みつけない上に、おごってくれるという宮本がどんどん勧めるものだからやや程度を過ぎたか、舌が上手（うま）く回っていない。

気づくと、入ったときには半分ほど埋まっていた店内の客はもはや二人だけで、閉店時刻も迫っているようだった。午後十時というのは東京の感覚だとまだ宵の口だが地方都市の蕎麦屋では仕方ないのかもしれない。

「東京まで帰るの？　ホテル？」

「あ、いや、宿は取ってません」

新幹線に乗れば一時間ちょっと。まだ帰れる時間ではある。しかし、二ヶ月近く前とはいえ、一応は最後にアカネを見た人間と出会えたわけで、明日ここから捜索を始めてみるべきなのかもしれないとも考えていた。

「……だったら、うちに泊まるかい？　１ＤＫだけど、客用ベッドはあるよ。空気入れて膨らますやつ。もうちょっと話も聞きたいし」

宮本も酔っているのか、意外な申し出をしてきた。一応編集部で作ってもらった名刺を見せたとはいえ、よくこんな自分を信用してくれたものだと亮太は少し呆（あき）れる。

俺なら、こんないい加減な男信用しないけどな、と自嘲的に思った。

――いや、アカネが俺達二人を繋いでいるのかもしれない。警察を避け、犯罪者に惹かれるかのようにあちこちを流れ歩いているアカネは、監禁されているわけではないとしても、決して自由とは思えない。何かに囚われているか、何かから逃げている。今度は俺が――俺達が協力して、彼女をその苦境から救い出す時なのではないか。

亮太はアルコールの回った頭でそう考えた。

「じゃあ、お言葉に甘えても……いいっすか？」

3

伸一の部屋に落ち着くと、コンビニで買い込んだビールを開け、飲み直し始める。

独身の医者というのでさぞお洒落な暮らしをしているものと思いきや、亮太の部屋以上に散らかっていて、しかも狭い。いかにも忙しくて寝に帰るだけの部屋、という雰囲気だ。ベッド脇に置かれた小さなテーブルと本棚の隙間に腰を下ろすと案外心地よく、余計な遠慮もせずにすみそうだと亮太は気楽になった。伸一は向かいに座り自分のベッドに背をもたせかける。

亮太はふと思いつき、バッグからノートを取り出して開くと、シャーペンでアカネの似顔絵を描いてみた。

今までそんな必要もなかったのでアカネを描いたことはなかったが、記憶を呼び覚ましながら描いてみると予想外に似ているものが描けた。

「どうですか。彼女、こんな感じでした？」

既に確信してはいたものの、一応同一人物である確証を得ようと伸一に見せると、彼は驚いたように目を剝いて言った。

「うまいな。そっくりだよ。間違いない。うちにいたアカネくんだ。——可哀想だけど手術のために髪は剃っちゃったんだよ。いなくなった時もまだそんなに伸びてなかった」

伸一の説明を受けながら、今度は消えた当時の姿を想像しつつ新しく立ち姿を描いてみる。Ｔシャツに短パン、それに杖と日傘を添える。

「うん。これこれ。まさにこういう感じだった。君、うまいな。イラストレーターでも目指してたの？」

「いやそんな、とんでもない」

絵を描くのは嫌いではなかったが、大人になって人前で描いたことはほとんどなかったし、当然褒められたこともない。誰でも描ける程度のものだとしか思ってはいなかった。

「いや、彼女の特徴をよく摑んでるよ。これチラシにしたら、見覚えあるって人、見つかるかもしれないな。警察でも、手配犯を捕まえるのに写真よりも似顔絵の方が役に立つことがあるって言うし。写真は意外と平板になっちゃって、特徴が出にくいからかな」

「そんなもんですかね」

明日何から手をつけようか考えていたわけではないが、とりあえずやることはありそうだ、と思った。

「君はその……あれか。彼女に恋してるのか」

相当目の据わってきた伸一が尋ねてきてどきりとする。

自分でも考えたことがなかったわけではないが、すぐには答えられない質問だった。

「うーん……別にごまかすつもりはないんですけど、なんかそういうのとも違う気がするんですよね。もしあいつの居場所が分かって、これから先時々会えるようになったとしても、恋人とか、なんかそういう関係になれる気もしないし、想像できないんすよ」

「……分かる！」

伸一が突然大きな声を出した。

「分かるなー。確かにあの子は、どこかに繋ぎ止めておくことができないような気がするもんな」

亮太はうんうんと頷く。どこかに繋ぎ止めておくことができない――確かにそうだ。

しかしそこが魅力でもあるからこそ、それを無理にどうにかしようという気にはなれない。

「……居場所を探して正体を知ろうなんて、意味のないことなんですかね」

「……止めたって、やめないんだろ？」

亮太は少し考えて、答えた。

「ええ。とにかく、納得できるまでは」

翌朝、出勤する伸一と一緒に部屋を出て、コンビニのイートインでパンとコーヒーの朝食を取った。多忙な生活ゆえだろうが、いつもこんな調子で、何か食べるより眠りたいと思うことの方が多かったらしい。病院を閉めることになって多少余裕ができたようだが、自炊する習慣はまだないようだ。

「何か分かったら、連絡してくれ。ぼくの方も何か分かったことがないか警察に聞いておくし。あそこで構わないなら、今日も泊まっていいよ」

「ありがとうございます。特に進展がなければ一旦帰ると思いますけど、何にしろ連絡します」

伸一と別れ、亮太はブラブラとわざと寄り道しながらＪＲの駅の方へ向かった。秋晴れのよい天気で、街の中心部で通行量も多いとはいえ、空気は東京より遥（はる）かに澄んでいるような気がする。

仲一のマンションは病院と駅の中間あたりにあったので、もしアカネが仲一と別れた後そのまま駅の方へ向かったなら、このあたりを通ったかもしれない。しかし、たとえ彼女を見かけていたとしても二ヶ月近く前の話だ。何かちょっとした関わりでもない限り、覚えているとは思えない。一旦踵を返して先ほどまでいたコンビニに戻った。

「いらっしゃいませー」

当然新しい客だと思って目を合わせず声をかけてくるカウンターの中の店員に歩み寄って話しかけた。中年の女性だから、アルバイトではなく店長や店長の奥さんかもしれない。

「すみません、買い物はさっき済ませたんですが、ちょっと伺いたいことがありまして……」

「は？　何でしょう」

「七月の終わり頃、このお店とか、近くでこういう女の子を見かけませんでしたか？」

ノートを開いて見せるが、当然のことながら困惑したような表情で首を振る。

そりゃそうだろう。亮太も経験上、特別気になる女性や、何度も見かける客でなければいちいち覚えていない。そして警察でもないのにいきなり下手な似顔絵を見せられても不審に思うだけだ。しかし、若くて可愛い女の子が杖を突いていれば、結構目を惹くのではないだろうか。

「あ、すみません。ぼく――わたしはこういうものでして……」

一応編集部名の入った名刺を持っていたことを思いだして一枚渡すと、途端に態度が変わった。ここの棚にも置かれているような雑誌なので少し信用されたらしい。

「ああ……夏頃っていうと、川越病院の関係？」

「ええ。そうなんです。轢き逃げの被害者の方が入院されてたんですけど、行方が分からないんですよ。警察に聞かれたり、しませんでした？」

「いいえ。店長からも特にそんな話は聞いてませんけど……」

「七月の終わり頃も働いてらっしゃいましたか？　もし彼女がここに寄ったとしたら昼の一時とか二時くらいかと思うんですけど」

「その頃なら、大体あたしも店にはいたと思うけど……ちょっともう一度見せてくださる？」

そう言って手を差し出したので引っ込めかけたノートを再び渡す。

「うーん……結構可愛いの？　だったら誰か覚えてるかもしれないけど。これ、コピーしてもらえたらみんなに見てもらうこともできますけどね？」

そう言って、視線をすいっと奥の方へやる。釣られてそちらを見ると、当然そこにはコピー機があるのだった。

これを勝手にチラシのように配りまくるのはまずいような気はしたが、ある程度範囲を絞って見せる分には許されるのではないだろうか。

亮太は覚悟を決めてコピー機まで行き、十枚コピーして、一枚を店員に渡した。

「もしどなたか彼女を見たことがあるようだったら、名刺のケータイに、ご連絡いただけますか。場合によっては謝礼をお出しできるかもしれません」

もちろん、まずそんなことにはならないだろうと思いつつ亮太は言ったが、店員は真に受けたのかもう一度似顔絵をじっくりと眺める。が、残念ながら新たに記憶が蘇る（よみがえ）ようなことはなかったらしく、鼻を鳴らして肩をすくめた。

「……じゃ、よろしくお願いします」

礼を言ってコンビニを出たときには、方針が固まっていた。コンビニのように、アカネが立ち寄る可能性の高い場所を重点的に、駅の方まで聞き込みをしてみる。一番いいのは駅周辺で、どこそこへ向かった、というような情報が手に入ることだが、そこまで望むのは虫がよすぎるというものだろう。駅に行ったようだ、あるいはバスに乗ったようだといったことが分かるだけでもありがたい。

――しかし、それで一体どこまで追跡できるというのか？

恐らくはそれ以上何も出来ないのではないかと思いつつも、だからといって立ち止まることはできなかった。その先が袋小路かもしれないと思っても、とりあえず突き当たりまで行ってみるしかない。そういうことだ。

4

伸一は出勤して数人の診察を終えると少し時間ができたので、ふと思い立って以前アカネの聴取にやってきた根本刑事に連絡してみることにした。事件の後も何度かやりとりがあったので、携帯番号を登録してあるし、多少気安く話ができるようにもなっていたように自分では思っている。刑事という職業にしてはいたって物腰も柔らかいし、邪険にされることもないので少し甘えてしまっているかもしれない。

『はい』

「あ、根本さん。川越病院の宮本です。今、大丈夫でしょうか？」

『ええ、大丈夫ですよ。何でしょう』

本心はともかく、面倒だという雰囲気を出したことがない。

「あのアカネって子なんですけど、あれから何か情報ないのかなと思いまして」

『ああ……、あの子。わたしも多少気になってはいるんですが、何も聞いてませんね』

「そのう……正直な話、彼女の捜索って、どの程度されてるんでしょうかね？　こういう言い方はあれですけど、犯罪者でもありませんし、優先度は低いわけですよね？」

警察の怠慢を責めているように聞こえないかと気を遣いながら慎重に尋ねる。

『まあぶっちゃけ、今は誰も何もしてないと思いますよ。捜索願でも出されれば別ですが』

やはりそうなのか。多岐川を裁判にかけるのに証拠、証言が不足しているとなればアカネもっと検察に必要とされるのだろうが、彼は進んで何もかも自供しているようだから捨て置かれているのだろう。アカネの方ももしかすると裁判に出てくれなどと言われたくないがために逃げたのかもしれない。

「実は、東京でアカネくんと知り合いだったらしいカメラマンがやってきましてね――」

伸一はちょっと考えて、細かいいきさつや名前は出さずに山根亮太のことを説明してみた。

『……その彼も、彼女の本名とか、家族とかは何も知らないってわけですか。ふーん。まあ、もし見つけてもらえたらわたしどもも検察も話を聞きたいところですからね。しかし、なんでそのアカネさんが自分の知ってる人だと思ったんですかね、彼は?』

それをちゃんと分かってもらうには、川越病院の事件の真相を見抜いたのがアカネであることや、山根亮太が巻き込まれた事件の説明もしなければならないが、伸一は何とかごまかした。

「週刊誌で働いてるらしいから、あんまり表には出てないような情報も手に入れたんじゃないですかね。ネットとかにはあれこれ書かれてるのかもしれませんし。――そうそう、彼が結構うまい似顔絵を描いてくれましてね。そっくりでしたよ、あのアカネくんに。彼女がしばらく前までは東京にいたのは間違いないと思います」

『そうですか。まあしかし、その情報が役に立つのかどうかは、ちょっとはっきりしませんね……』

それは確かに根本の言う通りだった。亮太はあの似顔絵を持って聞き込みの真似事を してみるつもりのようだったが、ものすごく運のいいケースを想定しても、どこそこ行きのバスに乗るところを見たとか、どこそこ行きの切符を買ってた、程度のことだろう。そして彼女の次の行き先が分かったところで、そこでやはり同じことを繰り返すことになる――。警察が組織を挙げてもどの程度足取りを追えるか疑問なのに、一人の民間人が仕事の片手間にできることなど高が知れている。もし彼女の向かった先がここよりもっと田舎ならまだいいが、東京のような都会だったならもはや手詰まりだ。昨夜は酔っ払っていたものだから妙なテンションになり、彼の背中を押すようなことになったが、冷静になって考えるとこんな無駄なことはやめさせるべきだったのかも知れない。

しかし、いずれにしても今日一日――あるいは半日くらいで、これが徒労であることに気づき、仕事に戻ることだろう。

「こちらも何か分かりましたら連絡しますので、できればその……」

『ええ。もちろん、お知らせしますよ。先生の患者ですしね』

根本刑事は請け合い、電話を切った。

やはり警察が唯一の頼りだ。何か分かるとしたら、警察を通じてだろう。それがいつになるかは分からないが。


午後六時過ぎには仕事がなくなり、てっきりもう亮太は東京へ帰ったものとばかり決め込んで一人で夕食を済ませて帰る途中に電話があった。

「はい。今どこ?」

『えーと、お宅の近くです。……あのー、もしよければもう一晩、泊めてもらえますか?』

すると、まだ諦めてはいないようだ。そう簡単には彼女への気持ちは断ち切れなかったということか。

「もちろんいいよ」

マンションに帰り着くと、玄関前に立っている亮太がすまなそうに頭を下げる。

「どう。何か分かった?」

「……中でゆっくり説明します」

気を持たせた言い方だ。少し興奮しているようにも見える。

エレベーターに乗って上がる間は二人とも押し黙っていたが、部屋に入るなり、我慢できなくなった伸一は亮太を問い詰めた。

「何かあったのか？　空振りだったんだろ？　違うか？」

「……ちょっと、ゆっくり説明させてください。一緒に考えて欲しいんで」

そう言いながら、亮太は上着も脱がずにどっかりと昨日と同じ場所に座ったので、伸一はベッドに腰掛けた。

「――空振りか、と聞きましたね。ある意味ではそうです。病院から駅までの間のバス停や、目につく商店、コンビニ、公園、公共施設、タクシー乗り場……そういうところを朝からずーっと回って、似顔絵を見せて聞き込みしてきました。何ヶ所かで、それらしい人を見たような気がする、って人にも会いました。多分間違いないでしょう。でもそれだけです。アカネが確かにこのあたりにいた、ということが確認できただけで、それ以上でも以下でもないわけです。――でも、ほとんどの場所で、彼女のことを覚えてる人はいませんでした。駅員やバスの運転手には、手当たり次第に似顔絵見せたんですけどね。ダメでした」

亮太はそう言って首を振ったものの、挑戦的に伸一を見やる。少しも諦めた様子には見えないし、実際もう一日何かをしようと思っているのは明白だ。

「……まあ、驚くようなことじゃないだろ。大分時間も経ってるし、何人に会ったか知らないが、この短時間で、彼女を見てそのことを覚えてた人間に会えただけでもすごいんじゃないか？」

「そうですかね。むしろぼくは、駅員やバスの運転手、タクシーの運転手といった人達が誰一人彼女を見てないってのは、重要なポイントじゃないかと気づいたんですよ」

「というと？」

「アカネはこの街を出てないんじゃないかと思うんです」

「え？」

「だってそうでしょう。健康な人間だって、何か乗り物に乗らなきゃそう遠くには行けません。まして彼女の足はまだ治りきってなかった。電車かバスかタクシー。どこを目指すにしたってまずそのどれかを使おうとするでしょう」

「いや、そうだけど……駅員なんか毎日たくさんの人を見かけるわけでさ、二ヶ月近く前に一瞬通った女の子を覚えてなくてもおかしくないだろ」

「彼女の最後の姿を見たのは先生でしょう？　どう思います、Tシャツに短パンで、杖を突いたアカネが電車に乗ろうとしてたら。目に留まりませんか？」

「……人がたくさんいて、紛れてたのかも」

「駅に行ってしばらく見てましたけど、朝夕のラッシュ時は知りませんが、ずっと閑散としたもんでしたよ。逆に、ラッシュ時に人混みの中で杖突いてもたもた歩いてたらかえって危なっかしくて目立つかも」

亮太の言い分は一応スジは通っているものの、かなりバイアスがかかっているような気がしてならなかった。

「いや、まあ、電車は使わなかったかもしれないよ。でもバスは分からんだろう。運転手全員に話聞いたのかい？」

「まだ全員じゃありません。でも似顔絵のコピーを置いてきたんで、もし彼女を見かけたって人がいたら、連絡をくれることになってます。もちろんタクシー会社も全部回りました。三社だけでしたんで」

なかなかに用意周到だ。雑誌記者というのはそれくらいするものなのだろうか。

「電車じゃない、バスじゃない、タクシーじゃないとしても、ヒッチハイク——誰かの車に乗せてもらった可能性があるだろ。あの子なら、やりそうじゃないか？」

亮太は悔しそうに顔をしかめた。

「それはもちろん、その通りです。しかし、たまたまこの街を通過中だった、ここは縁もゆかりもない人間の車に便乗したって可能性は低いと思うんです。もしそうなら、やっぱり駅近くの幹線道路まで行ったはずですけど、あっちの方では誰一人彼女のことを見た人間はいないんですよ。彼女を見た人間がいるのは、病院寄りのこっちの方だけなんです。だから、もし彼女が誰かの車に乗ったんだとしても、それはこのあたりに住んでいるか通っている誰かの車じゃないかと思うんです。そしてそれって、このあたりのどこかの家にいて、外に出られない、そういう状況を想定するのとほとんど同じことですよね」

伸一は眉をひそめた。

「何言ってるんだ？」

「アカネは、この近く――半径二キロくらいのエリアのどこかに監禁されていて外に出られない状態にある、もしくは……もっと悪い状況かも知れない、そう考えています」

亮太は暗い炎のような興奮をその瞳にたたえながら言った。

「監禁……？　いやそりゃ、いくら何でも飛躍しすぎだろ」

「どうしてですか。――あいつには監禁された前科があるわけです。監禁したのは俺ですけど。……前科ってのはおかしいですかね？　まあいいや。彼女が悪いなんて言うつもりはないですよ。でも彼女には、ただ可愛いとか美人だとかいうのとは違う、何か俺達のような男を惹きつけるものがあるんですよ。言い訳するわけじゃないけど、彼女は最初は望んでついてきたんです。あんなに頭がよくて、こんな男についていったらどうなるか絶対分かってたはずなのに。無防備――というか、半分以上誘ってるところはありましたよ。俺をからかって、楽しんでたのかも知れない。自分は頭が切れるから、多少の危険は切り抜けられると思ってたのかも知れない。そんな人間がまた監禁されてるかも、と考えるのはそんなに飛躍してるでしょうか」

「いや、彼女が危なっかしい子だってことは認めるよ。しかし、駅で目撃者がいないかって——」

「このあたりではあっけないほどあっさり、覚えてる人を見つけられたんです。狭いエリアですよ。でもその外側では全然です。中心部ではここよりもっとたくさんの人に似顔絵を見せましたけど、ダメでした。彼女の足取りはふっつりと消えてるんです」

「……だとしても、車に乗せられて、どこかに連れて行かれたって可能性もあるわけだろう？」

「昼間のことですからね。車にしろ家の中にしろ、決定的瞬間を見た人がいるかもしれません。まずは最後に見た人間を探します。車に乗せられたんだとしても、それはさっきも言ったように流しの車じゃないと思うんです。それなら見つけられる可能性は、なくはない。そう思います」

「……ちょっと待ってくれ。君はもう一つの可能性を忘れてるよ。彼女がこのあたりのどこかにいるとしても、それはもしかしたら彼女自身の意志かも知れないってことを。大体彼女は轢き逃げされる直前、どこにいたのかも分かってないんだぜ」

「そうなんですか？」

初耳だったらしく、亮太は驚いたようだった。

「そうだよ。彼女はずっと記憶喪失のふりをしてたから、警察はそれなりに身元を探りはしたんだ。でもどこにも宿泊記録はないし、捜索願も出てない。野宿していたわけでもない。ほとんどたいした荷物を持ってなかったから、どこかに拠点はあったんじゃないか、そう考えたようだったんだけどね。でも結局彼女がどこから来たのか、何日かはこのあたりに泊まっていたのか、何も分からなかった。彼女は病院から出て、自分だけが知っている隠れ家に戻っただけなのかも知れない」

「隠れ家……一体何で隠れなきゃならないんです？」

「さあ。証言台に立つのが面倒だったか、あるいは警察やマスコミから逃げたかったか」

仲一が適当に思いついたことを言うと、亮太は深刻そうな表情で黙り込んだ。

「いや、ほんとのところは分からないよ？　ぼくが言ってるのは、『監禁されてる』って決めつけることはないだろうってことで……」

「分かります。分かりますよ。――でも、何だか嫌な予感がするんです。すごく嫌な予感が」

仲一は笑い飛ばそうとしたが、亮太の表情を見てとてもそんな気にはなれなかった。既に死んでいる男のような顔色だったからだ。

5

亮太は翌朝、なくなった似顔絵コピーのために昨日最初に訪れたコンビニに立ち寄った。伸一は先に出勤しており、亮太は好きなときに出入りしてくれていいと合鍵を渡されている。必要なくなったらポストに入れておいてくれればいいということだった。信用とか厚意という問題ではなく、もしかしたら亮太がアカネを見つけることを少しは期待してくれているのかもしれない。とにかく覚悟を決めて、打つ手がなくなるまでもう何日か頑張ってみるつもりだった。編集部の方にはこの件が記事にできる可能性もあると伝えて休みをもらっているのだが、実際にはその可能性は低い――というかたとえどういう結果になろうと多分記事にはしないだろうと思っていた。つまりはその間収入は断たれるわけだが、仕方がない。

コピーを済ませ、おにぎり三個とお茶を持ってレジへ行くと、昨日と同じ店長夫人らしき女性が応対する。

「あら、記者さん」

いや、記者じゃないんですけど、という言葉は飲み込み、会釈する。

「捜してる子、見つかった？」

　バーコードを読み取りながら、常連客にでもするような口調で訊ねてくる。

「見かけたような気がするって人は何人もいるんですけどね。なにせ時間が経ってるんで、すぐ見つかるかどうかは……」

「多岐川先生、もしかして無実なの？」

「え、あ、いや。そういうことじゃないんですけど……」

「すっごくダンディな先生だったのよー。腕もよかったらしいし、この辺じゃ名士だったんだから。あの先生がわざと人を撥ねてただなんて、どうも信じられなくて。もしかしてその撥ねられた子の方が悪かったんじゃないの？　逃げちゃったんでしょ？」

　なるほど、そっちサイドからの興味なのかとある意味腑に落ちる。

「いやまあ、多岐川医師は全部自白しちゃってますんでね。その辺はもう間違いないんでしょうけど。むしろ我々は彼女の身の安全を心配してるわけでして。頭も足も、まだ治りきってなかったようですし」

　何の関係もないとはいえ、アカネのことを悪く誤解されるのはなんだか耐えがたい。

「そうなんだ、ふーん」

　彼女はやや不服げな相槌を打った。よほど多岐川の事件が信じられなかったのだろうか。

「あの、似顔絵に見覚えあるってスタッフの方は……？」

「あ、ごめんごめん。みんな知らないって。まだ見てない子もいるけどね」

その時、亮太はある思いつきを得た。

「こういうとこって、顔見知りの常連さん、いますよね」

亮太が働いていたような都会のコンビニでも毎日見かける常連はいたが、こういう地方都市の郊外ではもっと顔ぶれは固定されているはずだ。

「そりゃもちろん、いるけど？」

「この似顔絵、貼り出すのはちょっとまずいかもしれないんで、よく来る人にだけちらっと見てもらうことって、できますかね？　もし有力な情報があったら謝礼を――」

「分かってるよ。別に、謝礼なんか目当てじゃないからね。若い子が困ってるかもしれないってんなら、そりゃ協力くらいするよ。任しといて」

「ありがとうございます」

支払いを終えた亮太は既に今日の方針を決めていた。

こんな地方都市でも、ちょっと広い通り沿いを歩けばコンビニだらけだ。場合によっては向かい合わせにあったりもする。

昨日、アカネに似た人物をこの一、二ヶ月の間に見かけたような気がする、という情報を得られた範囲は、ここから駅方向へ向かう二キロほどの間だけだ。今日はその範囲をもう少し横方向に広げ、線を円にしていこうと考えている。彼女をどこで見かけたかをマップに書いていけば、アカネの現在地——ではないにしても、それを推測する何かが見えてくるのではないかと思ったのだ。しかし、当然のことながらその範囲の中にはいくつものコンビニなどの商店、飲食店がある。それらを重点的に聞き込み、そこを訪れる客からも間接的に情報を得ることができたなら、さらに多くの目撃情報が集まるのではないか。

そしてもし、アカネが本当にこの周辺で消息を絶っているとしたら。

自分がもし、このあたりで一人暮らしをしていて、怪我の治っていない若い女を助けるふりをして、部屋に連れ込んだとしたら。——もちろん、今の亮太にはそんなことをする気はないし、アカネを連れ込んだときだって無理矢理ではなかったわけだが、もう一度その立場になって考えてみたのだった。

亮太もそうだったが、連れ込んだ女性を殺すつもりがないのであれば、最低限の食べ物が必要だし、下着や、生活必需品——歯ブラシ、生理用品などなど——も必要になってくるだろう。よほどの片田舎でない限り、日本の普通の街で人間一人監禁するというのはそう簡単なことではないのは、たった数日の経験で亮太が思い知ったことだった。もちろん、最初から殺すつもりだったり、はずみで殺してしまう、ということもあるだろうが、その場合だって恐らく色々と物入りになるだろう。車でどこかに捨てに行くとしても、近所に見つからないよう何かにくるんだり、あるいは浴室でバラバラに——？

どんな場合にしろ、その犯人は、普段とは違った買い物をすることになるはずだ。ノコギリだの大きな刃物だのは、大きなホームセンターなんかに行くだろうが、ちょっとしたもの、ガムテープや歯ブラシなどが必要になればきっとコンビニに買いに来るだろう。そして、普段見知った客がいつもと違う買い物をするようになったら、店員はあれっと思うのではないだろうか。

具体的にどういう品目の買い物かということよりも、店員の違和感を重要視した方がいいかもしれない。問題は、もし店員が何かを感じていたとしても、アカネのことをどう説明すれば、警察官でもない自分にそういう情報を教えてくれるかということだった。

「あのー、ちょっと漠然としてて説明が難しいんですけどね。一人暮らしのはずなのに最近よく二人分の食べ物買っていくなあとか、女性しか使わないようなものを買っていったりとかする男性って、いたりします？」

「ええ？　また変なこと聞くね。よく顔を見る人でも、その人が一人暮らしかどうかとか、そこまで知らないよ。この辺、そこまで田舎じゃないよ？　お客さんのこと、そうそう詮索したりもしないし」

「そうですよね。まあでも、毎日見てたら、結構色々気づいちゃうものじゃないですか？　なんかいつもよりおめかししてるな、デートかな、とか。女の人って、そういうの鋭いじゃないですか」

多少気安くなったこの人さえ説得できないようなら、よそではもっと難しいだろう、そう思いながら亮太は食い下がった。

「まあ、そりゃね。何となく分かっちゃうことも、なくはないよね」

少し自慢げにそう言ったので、脈があるように思った。

「そうでしょ！　だからきっと、お姉さんとかなら、これまで恋人なんかいなそうだったやつに女性の気配がしたら、分かっちゃうと思うんですよ。買い物の中身だけじゃなくて。この夏以降、なんかそういう人、いませんでした？」

おばさん、と言いかけたのをぐっとこらえて「お姉さん」と言った自分を褒めてやりたかった。

「この夏以降？　……うーん、ちょっと記憶にないけどね」

質問には答えてもらえたが、案の定空振りだ。

「そうですよね……。ま、もしよかったら他のスタッフの方にも聞いといていただけます？　何か分かったらもちろん相応の謝礼を――」

「はいはい、それは分かったって」

亮太はもう一度頭を下げるとコンビニを出て、スマホの地図を頼りに次の目的地を探した。

＊＊＊

水しか飲めなくなってどれくらい経つだろう。あいつが置いていったミネラルウォーターのボトルもあとわずかだ。

そして、ある程度覚悟していたことではあるが、臭い(にお)が最悪だった。

便意が我慢できなくなるとバケツにして、なるべく離れたところへ捨てるということを繰り返していたのだが、足に繋がれた鎖の長さが限られているため、その距離はしれているし、もちろん換気扇も動いていないこの密室では、ほとんど意味などない。鼻というよりも、肺の中から、全身の毛穴からその臭いは染みこみ、身体中を侵されていくようだった。

飢(う)え死にするのが早いか、それより早く気が狂うか。

少女は、外へ繋がるハシゴ段を見て言った。

「あいつの思う通りには絶対させないから」

6

「先生、何だか最近ご機嫌ですね？　いいことありました？」

外来の終わりを告げにやってきた中原師長がそう言った。米山師長が逮捕され、多くのスタッフが辞めた後も最後までいると言ってくれた数少ないナースの一人だ。まだ三十前で普通なら師長という立場ではないが、とにかく人材が払底しているので仕方がない。連日の書類仕事も彼女がいなければ途方に暮れていたことだろう。

「ええ？　ご機嫌？　そんなことないと思うけど」

殺人的な忙しさはなくなったものの、恐ろしい事件が続き、病院もいずれなくなるという状況の中、明るい気分であったことなどこのところほとんどない。それが、亮太がやってきてアカネを捜すと言い出したことで、なんだか妙に楽しくなっているのは事実だ。アカネについての秘密をすべて話し合える人間ができたことも、嬉しい。

「ご機嫌のところ申し訳ないんですけど、刑事さんが先生に会いたいそうです」

「え？　ほんと？　じゃあここに通してくれる？」

「……なんで嬉しそうなんですか？　変なの」

そんなに嬉しそうな顔をしたのだろうか。アカネについて何か分かったのに違いない、と考えたのは確かだったが。慌てて真面目な顔をとりつくろう。

「いいからご案内して」

師長がドアを開けて呼びかけると、すぐ外の通路で待機していたらしい根本がゆらりと入ってきた。

「どうも。わざわざお越しいただいたというのは一体……？」

事件のことで一時期は病院でも警察でも顔を合わせる機会は多かったが、最近は記憶にない。昨日電話した件で、何か電話では済まない用事ができたということに違いないと思うと、はやる気持ちを抑えられなかった。

伸一が促すと根本は患者用のスツールにどしんと腰を下ろし、ジャケットの内ポケットを探る。

「先生に見ていただきたいものが見つかりましてね。これなんですけど」

根本は色々と混じっているのか、しばらく違うものを取りだしては戻し、ようやく一枚のプリント写真を差し出した。

小さな女の子——八歳か九歳といったところか——を、部屋の中で撮った写真のようだ。

まず目に飛び込んだのは、ピンクのロリータ服だ。アカネが着れば目立つような格好だが、八歳の少女ならピアノの発表会か何かだろうかと思う。初めて着た服を披露しているところなのか、ちょっと恥ずかしそうにうつむき、照れた様子で立っている。髪を頭の両側でまとめ、長く垂らしている。伸一は直接見てはいないが、どうもアカネもこういう髪型をしていたらしい。

「どう思います？」

「……似てますね。この子が大きくなったら、アカネくんになりそうな気がします。――誰ですか、この子は？」

「……アカネ、っていう名前にはずっと引っかかってたんですよ。なんか記憶をくすぐるものがありましてね。それでふと思い出したのが、この事件です」

彼はまたジャケットの内ポケットだの脇ポケットだのをひっくり返し、ようやく四つ折りにたたんだA４サイズの紙数枚を開いて伸一に渡す。

ニュース記事を印刷したもののようだ。一枚目にはこうある。

『茜(あかね)ちゃん、三年二ヶ月ぶりに発見』

日付を確認するともう七年前で、このあたりの地方紙であるらしい。

「全国ニュースにもなったんで、もしかしたらご存じかも知れませんが、この辺じゃえらい騒ぎでしてね。小学三年生の女の子が行方不明になってずっと何の手がかりもないまま、三年二ヶ月経って、ひょっこり姿を現わしたんです。消えた当時のままの服装で、栄養不良のせいで体格はほとんど変わっていなかった。どうやらどこかで監禁されていたようなんですが……何せ一言も口が利けなくなってまして、どこにいたのか、誰に何をされたのか、まるで分からないということでした」

伸一が大学生の時だろうか。微(かす)かにそんなニュースの記憶があるような気もするが、「ひでーことするやつがいるもんだな」と思いつつ、すぐ自分とは何の関係もないことだと忘れてしまっていたようだ。しかし、大人になり、医者になった今改めてこのニュースを目にすると、何とも胸が締め付けられる。小学三年生から六年生までどこかに連れ去られ、監禁されていたようだというのもおぞましいが、彼女の生死も分からないまま待ち続けたであろう両親の思い、そして思いがけない生還を喜びつつ、心に大きなダメージを負ってしまっていると分かったときのショック。

伸一はもう一度記事に目を落とし、その名を確認した。千倉(ちくら)茜、と書かれている。これがアカネの本名なのだろうか。

「それで、その茜ちゃんはどうなったんですか」

「長く入院することになりました。いつかは回復するだろうとご両親も信じていらしたと思いますよ。しかし残念ながら――」

根本刑事は首を振る。

「二年前に、亡くなったようです。まだ十七歳でした。恐らくは自殺でしょうが、公表はされていません」

「え、どういうことですか。二年前？　それではここにいたアカネくんは――？」

「茜ちゃんには双子のきょうだいがいたんですよ。彼女が亡くなるときまで、毎日のように会いに行き、言葉も返ってこないのに話しかけていたそうです。その双子の名前は千倉葵(あおい)。わたしも、直接担当していたわけではないのでね、噂(うわさ)程度にしか聞いてなくて、なかなか思い出せませんでした。アカネくんのロリータ……っていうんですか？　あの服を着てるところも見てませんしね。もし見てたら、すぐに茜ちゃんのこともその双子のきょうだいのことも思い出したんじゃないかと思うんですが」

　アカネは双子の生き残り――。

　子供が誘拐されるのもショックだろうが、きょうだい、それも双子のもう一人が誘拐、監禁され、心を壊されて帰ってきたというのは一体どれほど辛(つら)いことだったろう。そういう経験ゆえに犯罪、犯罪者には並々ならぬ関心を持ったのかもしれないし、ちょっと変わった子になったのかもしれない。

　しかし、死んだきょうだいの失踪当時とそっくりの格好をして街をさまよい歩くというのは、尋常ではない。茜だけでなく葵自身もまた、心を病んでしまったのだろうか。不思議な子だと思いこそすれ、時折見せる明るい笑顔からは、病的なものを感じ取ることはまったくなかったのだが……。

「ご両親は？　まさか――」

死んでしまっているのでは、そんなことを思ってぞっとした。そうであればアカネは天涯孤独になったということだ。

「もちろん、現在の行方を追跡してはみました。茜ちゃんの入っていた療養所の近くにしばらくは住んでたようなんですが、彼女が亡くなった後三人で引っ越してしまって今ちょっとその先は分かりません。茜ちゃんのことを思い出すような街からは離れたかったでしょうし、マスコミなんかに追いかけられるのもうんざりしてたんでしょうな。わたしがちょっと調べた限りでは、千倉家の現住所は分かりませんでした。もしご両親と連絡が取れて、娘が家出した、とでも分かれば、アカネくんが千倉葵さんであることはほぼ確実になると思ったんですがね」

伸一はもう一度、茜ちゃんの写真を見つめた。

やはり、似ている。もはやアカネが千倉葵であることについては疑っていなかった。問題は、今彼女はどこにいるのか、何をしているのかということだ。

「――茜ちゃんが入っていたという療養所を、教えていただけませんか？」

伸一は言った。

7

亮太はグルグルと渦巻きを描くように少しずつ半径を大きくしながら住宅街を回ってみた。暇そうに庭先に出ている人やのんびり散歩している人には似顔絵を見せて質問するが、そう大した数にはならない。目撃者がすごく多い地区があれば、そのあたりは一軒一軒訪ねて回ることも考えた方がいいだろうが、まだ今日の所は二十人近く声をかけて一人しかアカネを見たと覚しき人はおらず、それもいつどこで見たのかいたってあやふやな状態だった。

昼飯時になったのでまた目についたコンビニに入った。東京では見かけないような、全国チェーンではない、もしかすると一店舗だけの個人商店なのかもしれない店だ。ドアの表示を見ると夜九時には閉まるようなので、こういう店を「コンビニ」と呼んでよいのかどうかも疑問だなと亮太は思った。棚の陳列もやや雑然としていて、品揃え(しなぞろ)もなんだか独特だ。

近くの家で剪定(せんてい)でもしているのだろう、植木職人の親方と弟子(というのだろうか?)のような格好をした二人組の男性が弁当を買いに来ている。昼飯時といえど、そう客足は伸びそうもない店だ。

呼ばれて来ている植木職人となるとここの住人とは限らないが、色んな家に出入りしていてある程度の事情に詳しいかもしれない。一応訊くだけ訊いてみてもいいだろうと亮太は思った。

いかにも店主手作りといった感じの弁当とお茶を買って出て行った二人は、すぐ外の数台分しかない駐車場の車止めのコンクリートブロックに腰掛けて弁当を食べ始めたので、亮太は追いかけていって声をかけた。

「すみません。ちょっとお時間いただけますか」

にこやかに声をかけるのも随分と慣れてきた。

「ああ？　見ての通り飯食ってんだけど」

やや不機嫌そうに若い男に言われても、もう怯まない。

「すみません。食べながらでいいんで、ちょっとこれ見てもらえないですかね」

そう言って残っているチラシを一枚、少し離れて座っている二人両方に見えるよう真ん中あたりに差し出した。親方らしき年かさの男はちらと見ただけで何も言わず弁当に戻ったが、若い方がおっ、というような表情を見せて顔を近づけた。もしかするとまだ十代かもしれない、ポツポツと赤いにきびの目立つ青年だ。

「このあたりで、こんな感じの若い女性を見かけたことはありませんか？」

「ああ、この子、よーく覚えてるよ。見た見た」

アカネを覚えているという人間でも、ここまで素早く断言したのは珍しく、重要な何かにぶつかったようだと亮太は一気にテンションが上がった。

「そ……そんなにはっきり覚えてらっしゃるんですか？　この子に間違いないですか？」

「この子には二回会ったからな。話もしたし」

「話をしたんですか！」

興奮のあまり少し声が大きくなった。

「いつだったっけ、この子見たの？」

男は五十代くらいの親方の方へ話しかける。部下にしては馴れ馴れしい口調だ。

「え？　なんで俺が知ってるんだよ」

「いやいやいや、オヤジも一緒だったって」

ようやく親子と気づいた。

「ええ？」

親方がもう一度チラシを見ようとしたので今度はそちらへ向ける。さっきはいい加減に見たのだろう、じっと目を細めて似顔絵を見直すと、「ああ、ああ」と大きく頷く。

「怪我してた子ね。思い出した。お前が、トラックに乗せてやろうとしたんだっけ。まだ暑かったかな」

「そうそう。荷台でよかったら乗せてやるって言ったのに、大丈夫、ありがとうって言って歩いていったんだよ」

「ど、どの辺で見かけたか、覚えてますか？」

亮太は慌ててスマホを出し、既にいくつかマークのつけてある地図アプリを彼に見せながら訊ねる。

「んー、どこだったっけな。ここら辺だったのは間違いないけど……そこの県道に出たとこくらいじゃないかな？」

亮太はそれを聞いてマークをつける。

「どこに行くつもりだとか、何か聞いてませんか。歩いて行った方向とか」

「いやー、すぐ車出したから、見てねーなあ」

もっと何か、何か聞くべきことはないだろうか。何かもっと重要な情報がそこにあるような気がするのに、適切な質問をしなかったせいで無駄にしてしまうのではないか。そんな焦りからか、冷や汗のような脂汗のようなものがじわりと額に滲む。

と、ついさっき聞いたばかりの男の言葉の中で引っかかったことを思い出した。

「アカネに――この子に二回会った、って言いました？　それからまた彼女に会ったんですね？」

同じ目撃情報でも、なるべく後の方がありがたい。少しでも彼女の現在地を推測する手がかりになる。

しかし、男の答えはあまりにも意外なものだった。

「え？　いや、違うよ。怪我してたのが二回目だよ。見たことのある子だったから、声かけたんだよ。怪我してるからって、誰彼構わず乗せてやろうなんて思わないだろ」

亮太はしばらく言葉を失っていた。

つまり、どういうことだ？　状況が理解できなかった。

「彼女を知ってたってことですか？　夏より前に？」

「そうだよ。髪の毛切ってて全然雰囲気変わってたから、すぐには分からなかったけど」

「髪の毛って……ツインテールの？」

「そうそう、ツインテール。よく知ってんね、おじさん」

いくらなんでもおじさん呼ばわりされるほど年は離れていないと言い返したかったが、相手は思った以上に子供なのかもしれないとこらえることにした。

冷静になって整理してみる。

この植木職人見習いは、ツインテールのアカネを見かけたことがある。それは、彼女が轢き逃げに遭う前のことだったのだろう。そしてそれはなんら不思議なことではないのだ。どんな理由かはともかく、アカネはこの街に自らの意志でやってきて、しばらくは滞在していたはずだ。警察は彼女の宿泊先を突き止めることはできなかったようだが、どこまで真剣に捜査したのかは怪しい。いずれ彼女が記憶を取り戻せばすべて解決する話だと高をくくっていた可能性は高い。

「初めて彼女を見たのはいつ頃、どの辺で？　やはりこの近くですか」

「まあ、近くっちゃ近くかな。駅前でさ、男にしつこくされて嫌がってるみたいだったから、声かけたんだよ。——ホントだぜ？　ナンパしようとしたんじゃない。困ってたから助けようと思ったんだ」

怪しいなと思ったのが表情に出てしまっていたのか、彼はそう口を尖らせる。

「それで？」

「ありがとう、助かった、って言ってたよ。まあでもいかにもナンパ待ちみたいな感じだったし結構可愛かったから、俺も一応、『お茶する？』って聞いたんさ。そしたら『ごめんなさい、待ち合わせだから』って言われちゃって」

待ち合わせ——。それが本当のことだったのか、それとも単に新たに出現したナンパ師を追い払うための口実だったのか。もしかすると彼女はこの街に何か用があり、そのために誰かと待ち合わせをしていたのかもしれない。

「何だお前、知ってる子だから乗せてやろうとか言って、ナンパ失敗した子かよ。だっせえ」

父親が鼻で笑う。

「うっせえ。待ち合わせだったたっつってんだろ。失敗にカウントすんな」

どういう親子なんだと思いながら急いで口を挟む。

「それで、いつの話ですか。六月頃？」

アカネが事故に遭ったのが確かその頃だ。

「六月……ああ、それくらいかな。正確な日付は分かんないけど。梅雨時だったよ。仕事も少なくてさ」

駅にいたということはまだ彼女はこの街に着いたばかりだったのだろうか。そしてその夜に事故に遭ったのだとしたら、宿泊先が見つからなかった理由にはなる。しかし
――

「彼女、手ぶらでした？　バッグとか……キャリーバッグか何か、持ってませんでした？」

「そういや、キャリーみたいなの、持ってたかも。うん。だからまあ、誰か迎えに来るのかな、って納得したんだ。そうそう。そうだよ。なんかロリータ服に合わせたような可愛いキャリーだった」

亮太はアカネのキャリーバッグを思い出していた。ロリータ服の着替えが入っていそうなバッグの中には実際には手錠や縄、鞭にハンティングナイフ――一体何に使うつも

りか分からない物騒なものばかり入っていた。アカネはあれを手にこの街に降り立ち、そして事故に遭ったときには荷物は消えていたということになる。一体その荷物はどこにいったのか？

どこかにある——あったはずだ。ホテルなどは警察が当たったというから、やはり民家ではないか。しかしその住人はアカネが荷物を残して突然いなくなったにもかかわらず捜索願を出さなかった——あるいは出せなかった。なぜだ？

分からない。夜にまた伸一と考えた方がよさそうだ。今これ以上何を聞くべきか分からなかったので、名刺を渡し、連絡先——ケータイの番号を教えてもらうことができた。

「週刊誌？　ジャーナリストってやつ？」

「え？　ええ、まあ……もし有力な情報があれば、謝礼が出ることもありますので……」

「ふーん。何、この子殺されたの？」

「いえいえ、行方が分からないので捜してるだけです。事件かどうかも分かりません」

亮太は希望を込めて、強調した。

結局その日の最大の収穫はこの情報だったが、伸一のマンションに帰宅すると、さらに驚くべき情報が待っていた。アカネの身元が判明したという。

「千倉葵。恐らくこれがアカネくんの本名だろう」

伸一は言って、千倉家の双子の物語を話してくれた。

アカネは——本名は葵だろうと教えてもらってもまだピンとは来ない——何か普通ではない過去を抱えているのではないかと思ってはいたものの、予想以上に陰惨で、気分が滅入（めい）る。

「明日、休みが取れたんで、千倉茜が入ってた療養所に行ってみようと思うんだけど、一緒に行くかい？」

「そうなんですか？　行きます。もちろん」

療養所の場所さえ教えてくれれば一人でも行くつもりだったが、まさか伸一の方から行くと言い出すとは思っていなかった。悲惨な境遇を知って、アカネを心配する亮太の気持ちが分かったのかもしれない。

「それで、君の方の収穫は？」

促されてようやく、植木職人の話を思い出した。アカネの正体に繋がりそうな情報が出てきた今となっては大したことではないような気もしたが、話しているうちに逆に思っていたより重要な手がかりではないかと思えてきた。

伸一も同様に感じたらしく、眉をひそめて考え込む。

「そうか。彼女は、大きい荷物を持ってたんだな。それがこの街のどこかにあったはずだ。つまりアカネくんは、そのどこかから、荷物を置いて外へ出ていた短い間に、多岐川先生——多岐川に撥ねられた。そして、なぜか彼女はその荷物の置き場所を警察に明かさなかった。なんでだろうね？」

　伸一は何だか思い当たる節があるような口調で亮太に問うた。

「え？　いやあ、なんででしょう」

「アカネくんが記憶喪失のふりをしたのは、意識が戻ったとき目の前に自分を撥ねた多岐川がいたから、と言い訳してたけど、その後もずっと警察に身元も宿泊場所も言わなかったのは、やはり警察には何も知られたくなかった、そう考えるしかないと思うんだ」

「過去の事件で、警察やマスコミには不信感しかなかったんじゃないですかね」

「それもあるかもしれない。それもあるかもしれないが、彼女がこの街へやってきた理由こそが重要なんじゃないかと思う」

　それは確かに亮太も疑問に思ってはいた。

「何か思い当たるんですか」

「彼女のきょうだいを殺した——直接ではないにしても——人間がこの街にいるかもしれないんだぜ？　ここに戻ってくる理由は一つしかないだろう。復讐（ふくしゅう）だよ」

「復讐……でも、千倉茜を拉致監禁した犯人は、警察にも分からなかったわけでしょう？　その犯人を、アカネ——葵がどうやって突き止めたと？」

「分からない。突き止めたのか、突き止めようとしただけなのか。いずれにしろ、復讐をしようとしたと考えるのが自然だと思う」

アカネは復讐のため、この街へやってきた——。

そう言われると色んなことが腑に落ちる。

そもそも彼女はなぜ、亮太のような男の誘いに乗ってのこのこマンションまでついてきたのか。身体を差し出してでも宿が欲しかったというならまだ分かるが、そうではない。援助交際を望んでいたわけでもない。彼女ほどの頭があれば、他にいくらでも金を稼ぐ方法はあるだろう。

あいつはずっと罠を張っていたのだ。女を拉致し、監禁するような男を見抜き、わざと無邪気なふりをしてついていっていたのではないか。そしてもし一旦男がその牙を剝いたら——その時は、逆にあのキャリーバッグの中の武器が使われたのではないか。千倉茜を拉致した犯人やその同類達すべてへの復讐として。

いや、実際にはそんなことは起きなかったのかもしれない。アカネを襲いかけた亮太も、結局は途中でやめたし、逆に殺されるようなこともなく別れた。殺人事件が起きるという誰にとっても予定外のことがなければ、一体二人がどうなっていたかは、亮太にも分からないが。

「もし、アカネが何か犯人の手がかりを摑んだんだとしたら、俺達にも分かるかもしれないですよね」

「もしかしたら、ね」

「そして恐らくアカネの目的地はその犯人の家」

「それは間違いないと思う。彼女の復讐がもう終わったのか、終わってないのか、あるいは——いずれにせよ、アカネくんに辿(たど)り着く一番の方法だと思う」

8

陽光台(ようこうだい)メンタルケアセンターは、伸一のマンションからは駅を挟んで反対側、その名の通り日当たりの良い高台——というか山道を、駅からさらに車で三十分ほど登ったところにあった。紅葉すればさぞかしいい風景だろうと思われるまだ青々とした木々が覆い被(かぶ)さる九十九(つづら)折(お)りの坂道を抜けた先に、外からは一見病院施設とは思えない現代的な意匠の建物が佇(たたず)んでいる。

二人はレンタカーを降り、明るいロビーへと入っていった。ロビーはそのまま広々とした面会用のスペースらしきものに繋(つな)がっていて、全面のガラスからは公園のような趣の中庭が見えている。ロビーでは比較的調子がいいらしい患者数人と、患者か面会客か分からない男女がポツポツと離れてソファや車椅子に座り、話をしたりテレビを見たりしている。

病院のような「受付」は見当たらないようで、伸一と亮太があたりを見回して突っ立っていると、壁に溶け込むように立っていた、薄緑の制服の介護士らしき女性が近寄ってきてにこやかに訊ねた。

「入所者さんにご面会でしょうか？」

「ああ、いえ、その……」

伸一が言葉に詰まっていると、亮太がすいと名刺を差し出した。

「すみません。こういう者なんですが。こちらは川越病院の宮本先生です。ちょっとある入院患者さんのことで、伺いたいことができまして……できればこちらに長くいらっしゃる先生にお会いしたいんですけれど」

「先生に……ですか。少々お待ちください」

名刺を受け取ったものの、あまりないことなのだろう、少し表情を曇らせつつ、立ち去った。

戻ってきた女性に案内され、小部屋に入れられた。丸みのある樹脂でできたテーブルと椅子だけがあったが、それらも壁も全体にパステル調で、なんだか幼稚園や保育園を思わせる。多分多くの患者が落ち着く色調が選ばれているのだろうが、伸一はかえって居心地の悪いものを覚えた。そこで五分ほど待っていると、六十がらみの太った眼鏡の男性がやってきてなぜかほっとする。私服なのか、スラックスに無地のトレーナー姿。

「センター長の友井です。何かの取材だとか？」

向かい合って腰掛けるとすぐさま訊ねてきた。にこやかな笑みを浮かべてはいたものの、目は笑っていない。

「取材……というのとはちょっと違うんです。ある女性の行方を追っているんですが、彼女がここにゆかりのある方だったものですから」

亮太はなかなかに慎重な言い回しをしている。任せておいても大丈夫そうだと伸一は判断した。

「ほう……？　ゆかり、と言いますと」

「千倉、茜という患者さんを覚えておいででしょうか」

センター長の友井の顔から笑みが消え去り、露骨に顔をしかめた。よほど思い出したくない嫌な名前であるようだ。

「……覚えてますよ。彼女にゆかりのある女性……？」

吐き捨てるようにそう呟いてから、目を大きく見開く。

「まさか……千倉葵……さん？」

伸一と亮太が同時に頷くと、友井はぎゅっと唇を引き結び、しばし沈黙した。話すべきかどうか迷っているようだ。

「その……えーと……どの程度ご存じなんでしょうか?」

仲一も口を挟むことにした。

「警察から、千倉茜さんがここに入所されていて、二年前に既に亡くなったということは聞いています。わたしは六月に交通事故に遭って記憶を失った女性をしばらく診ていた外科医なんですが、ほぼ治癒しかけた頃、病院から姿を消してしまったんです。何の手がかりもなかったんですが、先頃警察から千倉茜さんの写真を見せられましてね。その患者の面影がありました。それで彼女は茜さんの双子のきょうだい、葵さんではないかと考えているわけでして」

仲一が言葉を切ると、友井は難しそうな顔で何度も何度も頷く。

「……なるほど……なるほど……そうですか。葵さんが」

そうして今度は天井を見上げ、はあっと溜息をつく。

「そういうことでしたら、知っていることはお話ししなきゃならんでしょうね。ただもちろん、何か記事になさると言うのなら、たとえ亡くなっているにしても入所者のプライバシーには十分配慮をお願いしますよ。分かっていらっしゃると思いますが」

「ええ、もちろんです。最初から、記事というよりアカネ——いや、葵さんを見つけることがまず目的ですので」

話が聞けそうだと亮太がやや前のめりになって保証する。

「分かりました。何から話せばいいのか分かりませんが……」

千倉茜は誘拐犯の手から自由になった後、いくつかの病院を経て十三歳の時にこの療養所にやってきたが、症状はとうとう改善することはなく、最後は凄惨な自殺だったという。センター長は言葉を濁したが、どうやら、どういう方法か分からないがいつの間にか手に入れていた果物ナイフで、自らの喉を突いたということだった。

「それは……本当に自殺だったんでしょうか？」

伸一がふと胸騒ぎを感じて訊ねると、センター長は眉をひそめながらも頷いた。

「……もちろんですよ。警察もちゃんと調べてますからね。自分の部屋で、一人でいるときに喉を突いて死んだんですからね。他に考えようがありません」

「葵さんは、頻繁に面会に来てたんですよね？」

「そうです。ご両親共々この近くに引っ越されて、毎日のように。残念ながらご両親の方は色々ご苦労がおありだったようで、ほぼ葵さん一人で顔を見に来ては話しかけておられました。よく本を読み聞かせられてましたね。最初は絵本のようなものでしたが、学校の教科書なんかも。ご自分の勉強も兼ねていたのかもしれませんが」

「……ある程度の反応はあったんですか？」

「こちらの言葉をある程度理解している様子なのは確かでしたけどね。簡単な質問に頷いたりすることもありました。でも我々は最後まで彼女自身の言葉を聞くことはなかったですね。葵さんはいつも『今日は少し気分がいいみたい』とか『今日は塞いでた』とか言ってたので気分に多少の上下はあったのかもしれませんが我々には——少なくとも、わたしには分かりませんでした。お恥ずかしい話ですが」

いくら精神医学を学んでいたとしても、ずっと長い時間一緒にいる家族——それも双子の姉妹——と同じくらい、まったく口を利かない患者の状態を理解するのは、かなり難しいことだろうと想像がついた。

「自殺未遂……自殺願望のようなものは見受けられましたか？」

「ええ。ですから当然、自死の道具になりやすいものは極力遠ざけてましたよ。それでも残念ながら、本人が強く願えば完全に自死を防ぐのは難しいものです。拘束はここでは極力行なわない方針ですし」

「……もしかしてその、葵さんが自殺の手助けをした……わざとナイフを渡したなんてことは……」

亮太が訊ねると、センター長は渋面のまま首を振った。

「分かりません。でも茜さんの遺体を発見したときの葵さんの様子は、とても演技なんかではなかったと思います」

「ちょっと待ってください。葵さんが、第一発見者なんですか？」

仲一は慌てて訊ねる。

「ええ。そうです。――まさか、葵さんが殺したのかもしれない、などと考えていらっしゃるんですか？　それは警察が完全に否定しています。葵さんが茜さんの遺体を発見したときには、茜さんが亡くなって数時間は経っていた、ということでした。もちろん、所内のスタッフには入所者を殺害する理由などありませんし、とにかくあれが自死であることには疑問の余地はないんです」

事件だと都合が悪いから何としてでも否定したい、というような様子もなく、当時のことを思い出すだけで疲れるとでもいったふうにセンター長は淡々と話した。その点に関して葵を疑う必要はなさそうだと仲一は結論した。

「――葵さんは、相当に傷ついていたでしょうね？　一所懸命看病していたきょうだいが結局死を選んでしまったわけですから。それもそんな最悪の形で」

「……ええ。それはもちろん」

「カウンセリング的なものを受けたりはしたんでしょうか？」

「ここで、という意味ならそれはありません。茜さんの死後、すぐに両親と共にこの街を離れたとは聞きました」

「どこに行ったかは……？」

センター長はただ黙って首を振る。

やはりそうか。わずかな可能性にかけてやってきたが、ここでも千倉家の直近の住まいは分かりそうもない。

「葵さんは……何かその……茜さんをこのような状態にした犯人を恨んでいるようでしたか？」

亮太が言葉を選びながら言った。

「恨む？　そりゃあ恨んでいたでしょう。何とか犯人が分かって逮捕されることを望んでいたと思いますよ。正義という意味でもそうですが、あんなことをする人間が野放しになっていると考えると……さらに犠牲者が出ないとも限らないわけですから」

葵が復讐のために犯人を捜していたのではないかということ、そして彼女こそがその最新の犠牲者になることを心配しているのだとは、伸一も亮太も口には出さなかった。

色々と聞いたが葵の居場所も、彼女が追っているであろう犯人の手がかりもまったくない。

伸一はふと思い出して根本刑事にもらった写真を鞄から取りだしてセンター長に向けて置いた。

「これは先ほど申し上げた、茜さんの誘拐される前の写真です。わたしの患者だった女性は、この時の茜さんの服をそのまま大きくしたような服を着ていました。茜さん、もしくは葵さんがそのような服を着ているのをご覧になったこと、ありますか？」

「ああ、ロリータファッションですか……いや、ここでそういう格好は見たことがないですね。どちらも。……しかし、面影はありますね、やはり」

感慨にふけるように写真を手に持ち、センター長は頷いている。

「あ、あの……」

亮太が口を挟む。

「何でしょう」

「その……茜さんは長らく監禁されていたわけですよね？　精神的にはもちろん、栄養状態も悪かった。二人は双子とはいえ、相当見た目も変わってしまっていたんでしょうね？」

「いえ。ここに入所した頃は既に、体格などはほとんど同じまでに回復しておりましたしね、やはりよく似ておりましたよ。表情をほぼ失ってしまっていましたので、違いは歴然としていましたけど。葵さんだって決してそんな気分ではなかったと思うのですが、いつも茜さんに会うときは笑顔を見せてました。髪もそう、こんなふうにいつも葵さんが結んであげていました。二本に。スタッフがいじろうとすると暴れるんですよ。葵さんが髪を整えるときが一番落ち着いていたように思いますね。それが一番幸せな記憶だったのかも知れません」

「……葵さんの方は？　葵さんもツインテールでしたか？」

「ツインテール？　こういう髪型をそう言うんですか？　――いや。葵さんがそうしてるのは見たことがないですね。彼女は普通のロングヘアでした」

亮太が何か考えているらしいことは分かったが、伸一は黙っていた。

「茜さんの一番新しい写真とか、見せていただくことは難しいですか」

「……いや。見せるだけなら構わないでしょう。既に亡くなっているわけですし。ちょっと待っててください」

センター長は立ち上がり、面会室を出て行く。

外の足音が遠ざかってから、伸一は亮太に訊ねた。

「おい、何を考えてる？」

「いやその……もしかしたらって……」

「もしかしたら、何だよ」

「アカネは本当に葵って子なんですかね？」

やはりだ。余計なことを考えていたようだ。

「葵じゃなかったら誰だよ。葵が茜の身代わりになって自殺して、茜を外に出したとでも言うのか？　ぼく達が知ってるあのアカネが、記憶もなくし、心も病んで口も利けなかった少女だと思うかい？」

「いや……そりゃ確かに変なんですけど……」

センター長が再び戻ってきて椅子に座り、タブレットパソコンを両手で持ったままこちらに向けて見せる。既に一枚の写真が全画面で表示されていた。

「うちで毎日撮っているスナップです。これは比較的最後の方に撮った、姉妹二人の写真です」

アカネそっくりのツインテールの少女とロングヘアの少女が二人、日の降り注ぐ中庭のベンチに並んで座っている。ロングヘアの少女は膝に本を広げて読んでいる。口が開いていて何か言葉を発しているのは見て取れた。

似ている。確かにこれだけ似ていれば、もし入れ替わりが起きていたとしても見た目では気づかれないかもしれない。ただしそれは、これまでずっと言葉を発することのできなかったはずの茜が、実は普通に話すこともできて、葵のふりができた場合の話だ。とてもじゃないがそんなことが可能だったとは思えないし、もし可能だったのなら、そもそもここに入所して療養している意味がない。家に帰って家族四人で暮らせばいい話だ。

「お時間をいただいてありがとうございました。参考になりました」

伸一はそう言って立ち上がり、亮太と共にセンターを辞去した。

結局アカネの今の居場所を知る手がかりは何もなく、ただ彼女の辛い過去をほじくり出しただけとなったが、亮太は後悔していなかった。

彼女の生い立ちを、自分は知っておくべきだ。いや、特に自分である必要はないけれど、誰かが知って、一緒に悲しみ、怒ってやるべきだ。

そしてほとんど根拠もなく突き進んできたのが、決して的外れな行動ではなかったということも分かった。今もしアカネがもっと具体的な助けを必要としているのなら――あるいは命の危険にさらされているのなら――何としてでも助けてやらねばならない。直接何か危機にさらされているのでなくても、手を差し伸べてあげることはできるのではないか。

9

「もう一度整理してみよう」

曲がりくねった山道をゆっくり運転している伸一は言った。

「アカネくんは東京からこの街に戻ってきて、何かをしていた。それは間違いない。それは千倉茜の拉致事件に関係する何かだ。だよな?」

「ですね」

　アカネの本名が恐らく千倉葵だと判明した今も二人の間ではアカネ、拉致され亡くなった子は千倉茜と呼び分けていた。

「彼女は何か手がかりを摑んだか、あるいは直接犯人の名前や家を突き止めたんだろう。彼女はそこへ行ったのかな？」

「そりゃ行ったでしょう。ホテルなどに宿泊した記録がないのに、彼女が持ってた大きな荷物は見つからなかった。どこかの民家にあって、そしてそれを届け出もしない人物がいるんだとしたら、それは何か後ろめたいことがあるとしか思えない。千倉茜を拉致した犯人の可能性は高いでしょう」

　それは前にも考えたことだ。伸一は道路から注意を外さず頷く。

「そうだな。だとするとだ、アカネくんは、轢き逃げに遭ったとき、どういう状態だったのかってことだ」

「轢き逃げに遭ったとき……？」

　これまで考えていなかったことだ。荷物をどこかに置いて、深夜一人で雨の中を歩いていたということになる。そこを狂った医者に、狙われた。

「……彼女は、犯人を突き止めたものの、反撃されて逃げ出したところだった……？」

「そう。その可能性は、あるんじゃないかな。ところが非常に運が悪いことに轢き逃げに遭い、長期入院することになった。彼女が記憶喪失のふりをしたのは目の前に轢き逃げ犯がいたからだと言ったけれど、もしかすると病院を当面の避難場所として利用したのかも知れない」

「……でも、もう記憶喪失のふりをしなくてもよくなったときに、どうして千倉茜誘拐犯のことを警察に教えなかったんですかね？」

「それは分からない。そもそも彼女が自分一人で何ができると思っていたのかもよく分からない」

「……そして彼女は、退院してからもう一度、自分一人でやり残したことを片づけに行ったんじゃないか……と？」

「恐らく」

復讐――。

亮太にはそれ以外考えられなかった。病院での事件を通じ、ある程度親しくもなったはずの伸一にも警察にも何も言わずもう一度犯人の下へ向かったのだとしたら、それは合法的なこととは思えない。

「でもそうだとしても、やろうとしていたことを終えたのなら、彼女はもうこの街には用はないはずですよね。出て行く彼女を見かけた人は今のところ見つかってはいませんが、変装でもしていたってことでしょうか。あるいはたまたま俺が目撃者を見つけられていないだけで、普通に街を出たのかも」

「そう……だといいけどね」

いいのか？　もしそうだとすると彼女には差し迫った危険はないけれど、どこかで誰かが殺されているということではないのか？

いや、もちろん構わない。法律的にどうだろうと、幼い少女の心を壊し、死に追いやったような人間は殺されたって仕方ない。しかし、血を分けたきょうだいの復讐を果たした少女は、その後どうするのだろう。すがすがしい気分で街を出る？　いやいや。あんな過去は、クズ一匹殺したところで救われるというものでもないだろう。失った人は帰ってくることはなく、そして自分自身は人殺しとして生きていかなければならないのだ。そんな短絡的な真似をあのアカネがするだろうか。

「アカネくんが千倉葵だということはこれではっきりしたし、根本刑事に協力を求められるんじゃないかと思うんだが、どうだろう」

「どうだろう……というと？」

「君が作ったアカネくんの足取りマップを提出するんだよ。警察がそれを調べれば、何かヒントになるかもしれない」

警察がきちんと調べてくれるなら、不審者、前科者の住んでいる家も分かるだろうが、果たしてこんなあやふやな状況で何か捜査をしてくれるとも、こちらにそういう情報をくれるとも思えない。しかし、根本というその刑事が、恐らく個人的にだろうがこうやってアカネに繋がる情報をくれたのも確かだ。やってみない手はない。

「そうですね。お願いします」


仲一は路肩に車を駐めて根本刑事に電話をかけると、一瞬で応答があった。今日メンタルケアセンターに行くことは伝えてあったので、もしかすると連絡を待っていたのかも知れない。

「宮本です。アカネくんはやはり千倉葵でした。センターで比較的新しい写真を見ましたが、間違いありません」

写真だけでは千倉茜との区別がつかないことについてはあえて言わなかった。言っても話がややこしくなるだけだ。

『ああ、そうでしたか。やはり……』

推測が正しかったのだから喜んでもいいはずだが、刑事の口調は重かった。刑事もまた仲一たちと似たような結論に達しているからだろう。

仲一は、友人の〝記者〟が独自にアカネの足取りを追い、近辺での目撃情報を集めていることを伝えた。

『記者……ですか』

亮太はカメラマンだし、身分もほぼ一般人のようなものだが、記者と言っておいた方が角が立たないだろうと思ってのことだ。

「どうでしょう。マップをお渡ししますので、彼女の目撃情報が途絶えている近辺に何かないか、調べていただくわけにはいきませんか。そもそも彼女がこの街へ来たのもきっと、犯人に繋がる何かを知ったからだと思うんです。当時、少女に対する性犯罪の前科者とか、取り調べの記録はあるんじゃないですか？　あるいは、住民から何か苦情が出ているとか、変な人間が出入りしている家とか。それらとマップを突き合わせていただく、ということは不可能でしょうか」

『……捜査をすると確約はできませんが、情報をいただけるのであればもちろんそれはありがたく受け取ります』

それ以上を望むのは無理だろう。それで納得して、メールアドレスを聞いた。口頭でそれを繰り返すと亮太が素早く察してスマホでメモを取った。

「では後ほど送りますので」

そう言って電話を切る頃には亮太はもうマップの画像データを送り終えていた。送付するデータは話している間に予め用意していて、アドレスさえ入力すればよい状態だったらしい。何とも手際のいいことだと感心した。

「君、そんなにできる男だったたっけ？」

伸一がやや冗談めかして言うと、亮太は首を傾げる。

「——自分でもよく分かんないんですけど、確かに色々やるべきことが見えやすくなってきたっていうか……なんかそんな感じはします。俺がしっかりしなきゃ、アカネを——他人を救うなんてとても無理だろうし」

自分がやらねばという義務感、責任感のようなものがあれば人は成長できるということなのかもしれない。

数分そのまま車を駐めていたが、そんなすぐに連絡があるわけもないと気づき、仲一は再び車を発車させた。

町中へ戻り、レンタカー屋に車を返そうと中に乗り入れたところで根本刑事から連絡があった。駆け寄ってきた店員を手で押しとどめて「すいません。ちょっと待ってもらえますか」と謝り、電話に出る。

「はい、宮本です」

『根本です。あの、マップなんですがね、一軒非常に気になる家があるんです』

いつになくやや慌てた口調で刑事は言った。

「気になる、と言いますと？」

仲一が聞き返すと、今度は一転して口ごもる。

『……この数ヶ月人の出入りがないようで、最近その……ひどい腐敗臭がする、と』

「腐敗臭……？」

助手席で神妙に座っていた亮太が伸一の言葉にぎょっとした様子でこちらを向く。

『所有して住んでいるのは四十歳の独身男性――のはずだが、誰もこのところ見ておらず、在宅している様子もない。臭いがひどくなってきたので郵便受けに苦情の手紙を入れたりしているらしいんだが、読まれた様子もないそうです』

人間の死体がそこにあるのだとして、それはその男のものなのか、それとも……？

「それはしかし、立ち入り調査すべきじゃないんですか？」

『行政代執行ってことになれば、役所が動くでしょうね。今のところ警察が動く案件ではありません』

腐敗臭がしているからといって人の死体とは限らないし、誰かに差し迫った危険が認められているわけでもない。アカネの目撃情報がその家の近辺で途切れているなんてことでは根本刑事も身動きできないのだろう。

『その……いいですか。わたしとしては、一般市民のあなた方にはこう言うしかありません。くれぐれも軽はずみなことはしないでください、と。この住所も、わたしは教えるつもりはありません』

教えるつもりはない、と言いながら根本は町名と番地を口にした。慌てて伸一はそれを繰り返し、亮太はスマホにそれを打ち込んだ。マップにマーカーが出るのを二人して覗き込む。

『家は築四十年ほどの庭付きの鉄筋コンクリート二階建て。あの辺じゃ立派な家です。表札の名前は「金沢（かなざわ）」です。金沢義信（よしのぶ）、四十歳、無職。その男が一人で住んでいるはずなんですが。何にしろ、今のところ警察は動けないのですよ』

「……分かりました。今の話は聞かなかったということで」

『そうですね。それが助かります』

根本は申し訳なさそうに言い、電話を切った。

「どういうことですか？　腐敗臭って？」

勢い込んで亮太が訊ねてくる。

伸一は首を振った。

「分からないよ。腐敗臭がひどくて、文句が出てるけど誰も出てこない家がある、というんだ。そこに」

そう言って亮太の持つスマホを指差した。

「腐敗臭……」

亮太はマップのマーカーをおぞましいものであるかのように見つめてその言葉をもう一度繰り返し、顔をしかめる。最悪の想像をしたのかもしれない。伸一と同じように。

「一体どうすればいいんです？　俺達」

「……警察は何もできないそうだ。そりゃそうだろうな。何一つはっきりしたことは分からないんだから」

「でももしその腐敗臭ってのが……誰かの死体だったら？　事件じゃないですか！　いや、事件じゃなくても、もしかしたらその家の住民が孤独死っていうか、自然死だったとしても、開けて入らなきゃ分からないじゃないですか！」

「そうだけどね。普通はその人間と関係のある誰かが、死んでるかもしれないから開けてくれってことになるんじゃないかな。アパートとか借家なら大家とか。でも持ち家で、しかも無職となると……」

根本刑事は「行政代執行」という言葉を口にしていた。ゴミ屋敷のゴミなどを撤去する際によく聞く手続きではあるが、こういう場合でも可能なのだろうか？　可能だとしてどれくらいの時間がいるものなのだろう。伸一には分からなかったが、今日要請してすぐ明日、などというものでないだろうことは想像がついた。

「とにかく様子を見に行きましょうよ。現場を見ないとどうしようもない」

既にじれ始めたらしい亮太が言ったので決心がついた。半日のつもりで借りたレンタカーの時間はまだ十分残っている。伸一はそのまままた車を発進させ、レンタカー屋を後にした。

10

根本に教えられた住所までは、歩けば二十分ほどかかりそうだったが、車なら五分足らずで到着できた。車も人通りも少ない住宅街なのでよほど細い路地以外はどこでも車が駐められそうだ。

「この辺です……その交差点を越えたところ……かな？」

亮太のナビに従って伸一はゆっくり車を進め、電柱に寄せて長いコンクリート塀沿いに駐めた。

亮太はいち早く降りて周囲を見回し、まさにそのコンクリート塀の家が目的地であると知った。

「ちょうどこの家ですよ」

塀の上から、白く四角い家の二階部分が見えている。かつては現代的でお洒落でもあったろうスタイルの家だが、バルコニーの手すりは白いペンキがめくれ上がって赤錆(あかさび)があちこちに浮いているし、庭の立派な桜の木もちゃんと手入れがされていないのか塀を越えて枝が伸び、電線に当たりそうなところだけばっさりと切られていた。

そして次の瞬間、風の具合なのか、つんと鼻を突く臭いが届いた。

「これか……」

　伸一が呟いたので、彼も同じ臭いを感じているのだと分かった。

　亮太はあの夏の日に初めて死体というものに接したのだったが、あの時かすかに「死臭」らしいものを嗅いだ。あれをさらに強烈にしたものだ。これだけの距離があり、しかも家の中から臭ってきているのだとすると、あの程度の腐敗では済まないだろうし、ネズミやタヌキといった小動物の死骸一匹ではなさそうだ。

「絶対何かありますよ！　ただ事じゃない」

「分かってる。こういう臭いはよく知ってる」

　そうだ。伸一は医者だった。死体解剖なども経験済みのはずだ。

「人間の……死体？」

「人間かどうかは分からない。動物なら腐ればみな同じように臭う。牛肉でもね。……でもこれはやはり、尋常じゃないな」

　二人は歩いて戻り、門の前に立った。表札には確かに「金沢」とある。

「鳴らしてみましょうか？」

　雨風に打たれてか、すっかりプラスチックの劣化したようなインタフォンを見つけ亮太は訊ねたが、伸一は首を振った。

「いや。どうせ誰も出ないいんだろう。もし誰かいるとしたらわざわざ誰か来たことを教えてやらなくてもいいんじゃないか？　いないのならいないないで鳴らしてもしょうがない」

彼の言う通りだ。これから恐らく俺達は若干違法なことに手を染めるだろう。なるべくなら静かにやりたいものだ。

門扉はよくある閂（かんぬき）をカチャンとかけるタイプのものだ。伸一はひょいと向こう側へ手を伸ばして閂を外すと門扉を開き、中へ入った。

「ちょ、ちょっと……」

「やめとくか？」

「い、いや、まだ明るいし……てっきり夜にでもまた来るのかと」

「こういうことは堂々とやった方がいいんだよ。それに、急がないのなら役所にでもなんでも行けばいい。明日でもいいようなことなら一ヶ月後だっていいってことだ」

それは確かにその通りだが、法律を破ろうってのにこんな積極的になる人だったろうか？

建物に近づくにつれ、腐臭は増した。庭は荒れ果ててはいるがゴミや何かが落ちているわけではないし、まだ落ち葉の季節でもない。臭いの元はやはり建物の方だ。

亮太はなるべく鼻で息をすまいと思ったが、口で直接吸い込むのと一体どっちがマシなのか悩んだ。

仲一はズボンのポケットからハンカチを取りだし、口と鼻を覆っている。亮太もそれを見て真似をしたかったが、あいにくハンカチの持ち合わせがなかった。

仲一は迷うことなく玄関に向かい、ハンカチを使ってドアノブを回した。さすがにカギがかかっているらしく首を振る。

既に鼻が曲がりそうになっている。近所の住人もよく我慢しているものだ。ここにいると服に臭いが染み付きそうだ。

大きなギンバエが一匹、ぶーんと音を立てて飛んできた。何となく、左手の方角から来たような気がしてそちらを向くと何とも嫌な気配がする。臭いの元がそちらだということなのだろうか？　こんな大きなハエ自体久しぶりに見たので何だか怖い。

「こっちじゃないかな……」

恐る恐る言うと、仲一はこともなげな様子で建物沿いに回り込んでいく。玄関ポーチのすぐ横には広い部屋があるらしく大きな掃き出し窓があるがカーテンがぴっちりと閉じられていて中の様子はまったく分からない。仲一は一応すべての窓にそっと手をかけて開くかどうか試すが、やはりカギはかかっているようだ。そのあたりにいくらでもブロックが転がっているのでぶつければすぐ割れそうだが、今はまだ様子見といったところか。どこからか家の住人が飛んできて怒られるのではないかとヒヤヒヤしたがまだなんの気配もない。

建物を回り込むとそちらは西側で塀との間が狭いからか、窓は胸ほどの高さにあり、たとえ開いても脚立でもなければ入れそうにない。

臭いがさらに強くなった気がした。

仲一が指差す先で、何かモヤモヤしたものがブーンと唸り声を上げていた。

「おい。あれを見ろ」

「ハエだ」

言われて気がついた。ギンバエがびっしりと何かに集り、その羽音が一体となって響いているのだった。

仲一は手近に立てかけてあった腐りかけたような竹箒を手にし、ハエに近づいてぶんぶんと振り回した。

わーっと一斉に飛び上がったので、ハエが集っていたものの正体が分かった。地面に対し斜めに設置された鉄の扉だ。ダストシュートのようにも見えるが、アメリカ映画などでよく見るような地下室への入り口らしい。その赤錆びた扉の掛け金には南京錠が引っかけられていたが、掛け金自体は開いたままだ。そこから中へ入ることは可能ということだろう。しかし、今まさにそこにあれだけのハエが集っていたことを考えるとそう簡単に開けていいものか躊躇する。

しかし仲一は迷わなかったようだった。まだ何匹か止まっている扉の錆びた取っ手を両手で摑み、ぐいと引き開ける。黒い雲のようにさらにさっきより多いハエの大群が中から飛び出し、あたりを舞い、顔にぶつかってくる。目に、耳に、入りこみそうで亮太は堪らず目と口を閉じ両手を振り回した。

口を閉じたので鼻だけで息をすることになり強烈な腐臭をまた嗅ぐことになった。息を止めてみたが十秒と続かない。

「……はあっ！　はあ……」

「何やってんだ。入るぞ」

見ると、伸一は依然舞っているハエを軽く手で追い払いながら暗い扉の奥を覗き込んでいる。

やはり生きた人間の身体にメスを入れられるような人間は、自分などとは神経が違うのだろうか。

しかしその時、微かな声が聞こえた。

「…………たす…………けて…………」

「誰かいるぞ！」

伸一は叫ぶと、躊躇することなく扉の中に足を入れ、脚立のように斜めになったハシゴ段を素早く降りていった。亮太も急いで後を追おうとしたとき、「うわあっ！」と悲鳴があがる。

「宮本さん！　どうしました！」

足を突っ込む前に暗がりへ目を凝らそうとするが、再びハエがまとわりついてくる。

「大丈夫……大丈……うぶっ」

言葉は途切れ、うげええぇっ、と盛大に戻す音だけが聞こえる。

一体何があったんだ。闇の中で、這いつくばっている伸一の背中が見分けられるようになったものの、亮太は入るのを躊躇わずにはいられなかった。

「……亮太……？」

誰かが彼の名前を呼んだ。身体に電撃が走ったようだった。アカネの声だ。弱々しい、ずいぶん久しぶりの気がするけれど、記憶の中で何度も反芻した彼女の声に間違いなかった。

「アカネ！　アカネなのか？　そこにいるのか！」

それではこの腐敗臭の元は、アカネではないのだ。アカネは死んでなどいなかった。

「……よかった……」

フェードアウトするような声に我慢できず、亮太は中へ足を入れ、それでも慎重にハシゴ段を降りていった。

「……足下……足下に気をつけろ……」

伸一が苦しげに言ったので最後の段を降りる前に目を凝らした。

と、ハシゴ段のちょうど真下に、人のような真っ黒な影が見えたのでそれをよけて飛び降りる。

下水道かゴミ溜めの中にいるようだった。動物の腐敗臭だけでなく、糞尿（ふんにょう）の臭い、今伸一が吐いたものの酸っぱい臭い、すべてが混じって窒息しそうだ。狭い空間に充満するそれらの臭いと飛び回るハエに気が狂いそうになるのをこらえて必死で意識を集中し、目と耳を働かせた。深さは二メートルほど、広さは八畳くらいだろうか。壁際にはスチール製の棚があり、タンクやら缶詰のようなものが置かれている。当初は核シェルターのようなものとして作られたのだろうか。

そして、ハシゴ段から一番奥になる側の壁に、繋がれている人影を見つけた。目が慣れてきてもそこは一段と暗く、姿もよく見えなかったが、アカネであることを確信し、走り寄った。

「……亮太……」

そばに膝を突くと、かろうじて聞こえるレベルの声で、アカネが言った。

アカネは、いつか彼の部屋でそうだったように、ブラジャーとパンツだけを身につけている。そして、壁に埋め込まれた鎖の端が、彼女の足に巻かれた分厚い革のベルトに繋がれていたのだった。

「助けてやる。今度は俺が助けてやるからな！」

亮太は必死で革のベルトを引きちぎろうとし始めた。ダメだ。そんなやわな代物ではなさそうだった。留め金の所には小さな南京錠がついていて、こちらはしっかりとかかっている。南京錠自体も手で壊せそうにはない。

「この鍵はどこにあるんだ？」

「……あいつ……あいつが持ってる……」

弱々しく向けた視線の先には、さきほど避けた腐った死体。

亮太はむかつきをこらえながらハシゴ段まで戻り、息を止め、死体が着ている服を指で摘まんで引っ張った。ズブズブに濡れたTシャツと、下はジャージのようだ。これまたそれ自体が腐ったかのように濡れてウジが湧き、ハエを集らせている。亮太は覚悟してそのポケット——見た目では分からなかったがうつ伏せに倒れているらしくポケットは床側にあった——に手を突っ込んだ。怖気立つ感触を我慢し、ポケットの内側を外向きに引っ張り出すも、そこには何も入っていなかった。

「くそっ」

反対側でもう一度同じ事をしなければならない。べっとりと粘液のようなものにまみれた亮太の右手は、すでに腐り始めているような気さえした。

反対側のポケットを裏返すと、鍵束がじゃらりと出てきた。

「宮本さん！　宮本さんは警察に！　警察に連絡を！」

「……分かってる」

亮太はアカネの下へ戻り、南京錠の小さな鍵を見つけて革のベルトを外した。

「アカネ？　アカネ？　外したぞ。歩けるか？　おい、アカネ？」

薄闇の中、アカネの大きな瞳が一度だけしっかりと亮太を見つめる。微笑んだ――ような気がした次の瞬間、瞼は落ち、アカネの身体から力が抜けた。

「アカネ！」

亮太はもう一度彼女の名を――これまでそう呼んできた名を呼んだ。

エピローグ

アカネは、衰弱してはいたものの命は取り留め、二十四時間経たずに意識を取り戻した。

彼女が意識を取り戻した翌日警察に語ったのは、以下の内容である。

川越病院を「自主退院」した後、見知らぬ男にたまたま声をかけられて家までついてきたら監禁されてひどい目に遭った。ヨシノブという名前は教えてもらったが、それ以上のことは何も知らない。自分が不用意だったことは認めるが、優しそうに見えたのでつい油断した。

暑い夏のある日——監禁されて何日目だったかもよく分からないが、いつものようにハシゴ段を降りてきた男は不注意から転落し、運悪く頭を打って死んでしまったようだ。男が革ベルトの鍵を持っているのは分かっていたが、鎖の長さが短いためそこまで行くことができず、大声で助けを呼び続けたものの誰も来てくれなかった。

非常用の水だけは手の届くところにあったため、いつか誰か助けに来てくれることを信じ、少しずつ大事に飲んでいた。もうそろそろその水もつきかけていて、山根亮太と宮本伸一の二人が助けに来てくれて本当によかった――と。

警察の誰も、その証言を疑わなかったし、疑う理由もなかった。

金沢義信という男は、被疑者死亡のまま誘拐・監禁の罪で書類送検され、アカネはまたしても「身元不明の被害者」として取り扱われることとなった。

一週間後、県立病院に併設されたカフェで、伸一と亮太は向かい合ってコーヒーを飲んでいた。少しの治療とたくさんの検査をようやく終えたアカネが退院できる日だった。症状としてはそこまでする必要はなかったはずなのだが、身分証も保険証もそして定住所もなく、あくまでアカネという名前しか明かさない（記憶喪失が続いているとの主張を続けた）彼女に対し、警察としてはなるべく病院に引き留めておいた方が取り調べがしやすかったのだろう。

アカネが入院していた一週間を境に、ぐっと気温が下がったようだった。涼しいというより肌寒い。

「警察は、彼女の言い分を信じたんですかね」

亮太は長い沈黙を破って言った。

伸一は投げやりに答える。

「信じるしかないだろ。すべて辻褄は合ってるんだから。金沢義信の死亡時期も、大体彼女の証言と合ってたようだ。八月の終わり頃には間違いなく死んでただろう、と。まだ暑い時期だったのもあってすぐに腐り始めてあんなふうになっちまった。一緒に閉じ込められていたあの子にとってはさぞかし地獄のような日々だったろう」

「……まあ、警察はそうかもしれないですね。あいつらはアカネがどんな子か、分かってないんだから」

「どういう意味だ？」

伸一は眉を吊り上げる。

「宮本さんは、知ってるじゃないですか。アカネがどんな子か。きょうだいを死に追いやった犯人のところへわざわざ監禁されに行って、そのまま死にかけるような羽目に陥るほどの馬鹿だなんて、思わないでしょう？」

「それは確かにそうだけど……」

伸一は困惑したように返す。

「しかし、だからといってそれが嘘だってことにはならないだろう。一体他にどういう解釈ができるってんだ？　アカネくんがあいつを殺したとでも？　だったらどうしてその後自分を監禁しなきゃならないんだ？　彼女は鎖に繋がれていて、鍵は死体の所にあった。一本だけな」

本気で言っているのかどうか、亮太には分からなかった。

周囲を見回し、誰にも聞こえないことを確認して、話し出す。

「これは俺の妄想です。証拠もないし、警察に言う気もない。でも宮本さんだけには言っておきたい。――彼女の荷物は、あの家から発見されたじゃないですか」

「ああ。そうだな」

今あのキャリーバッグはアカネの病室に戻されている。中身はなんとも不穏なものばかりだが、違法ではないということでお咎めはなかった。

「あの荷物が気になるんですよ。彼女は轢き逃げに遭ったとき、手ぶらだった。そうでしょう？　つまりは荷物をあの家に残してきてたんですよ」

「……そういうことになる……かな？」

「つまり、もし彼女の言う通り、金沢という男に誘われて家についていったのがたまたまだったとしても、それは川越病院を退院した後じゃなくて、轢き逃げされる前じゃなきゃおかしいんです」

伸一はさすがにぎょっとしたようだった。

「だとすると、どういうことになる？」

「最初から、アカネは復讐のためにこの街に来たに違いないって言ってたじゃないですか！　アカネはあいつに復讐したんですよ。そして一人で自由に――いいですか、自由に、外を歩いているときに、車に撥ねられたんだ」

「ふーむ」

仲一は興味を覚えた様子で考え込む。

「しかし、それじゃ死亡時期が全然合わない。彼女が轢き逃げに遭ったのは六月だぞ？ あいつが死んだのは八月の終わりだ」

「アカネなら、いくらでもトリックを考えるでしょう。死亡時期をずらすくらいのことは朝飯前じゃないですかね。——でも俺は、彼女はあいつを殺してないんじゃないかと思うんです。少なくとも轢き逃げの前には」

「はあ？　何言ってんだ。今復讐したって言ったばかりじゃないか」

「復讐イコール殺人じゃありませんよ。俺の推理——妄想はこうです。アカネはあいつを監禁したんですよ。あいつの家で。どうやったのかは分かりませんが、うまいこと言って騙したか、あるいはスタンガンとか色々手段はあるでしょう。自分のきょうだいと同じ苦しみを味わわせようとしたに違いありません。殺そうとしたというより、しっくり来ませんか？」

仲一は今や真剣に頷きながら聞いている。

「ところが不測の事態が起きた。もちろん、轢き逃げ、入院という事態です。アカネは犯人——金沢義信の手の届くところに水や食料を置いてたでしょうかね？　そんなことするとは思えない。彼女は意識が戻ったとき、何を思ったでしょうね？　当分身動きは取れない。恐らく金沢は餓死するか、そうでなければ何とかして逃げ出すだろう、と。でもできることは何もない。それもまた、金沢の、そしてアカネの運命だとでも思ったんじゃないでしょうか」

「……そして退院してから、もう一度あの家に行った……？」

「そうです。そして恐らく、餓死した金沢を発見した」

「しかしそれじゃやっぱり死亡時期は六月とか七月になってしまう。腐敗の進行を考えても……」

「あんまり詳しくはないんですけど、冷やしといたらどうなんですか？　あそこならでっかい冷蔵庫、ありそうですけど。多分ですけど彼女が戻ったときにはまだ死んでそんなに経ってなかった。少し腐ってたかもしれないけど、それほどひどくなかった。で、彼女は自分が退院してから監禁され、それから彼が死んだ、というシナリオに合うよう死体を冷蔵庫に入れて、しばらくあの家でひっそりと暮らした。まだあいつが生きてるみたいに。なるべく人に見られないよう夜中にこっそり買い物に行ったりすることはあったかもしれない。多分元々近所づきあいのない金沢だったから、腐臭が発生するまでは誰も騒ぐこともなかった」

「そうか……そして、頃合いを見て転落死したかのような状況を作った……しかし、なぜその場にとどまる必要がある？　さっさと逃げればいいじゃないか。誰も見てないんだし」

「それはそうですね。なんでだろう。……んー……もしかすると、あの男があいうやつだってこと、死んでも当然の人間だってことを白日の下に晒さずにはいられなかったのかも。あいつをただの不幸な事故で死んだ人や不可解な餓死者では済ませたくなかったのかも」

自分で言っているうちにそうとしか考えられなくなった。いかにもアカネらしい。

「南京錠の鍵は？　鍵は死体のポケットの中だぞ？」

亮太はにやりと笑った。

「やだなあ。南京錠は、開けるときには鍵がいりますけど、閉めるときにはいらないじゃないですか、鍵」

そうなのだ。しかし亮太もそのことに思い当たったのはつい昨日のことだった。

「しかし、一旦あれを閉めてしまったら、助けが来ない限り彼女も飢え死にだぞ。実際あそこで叫んでみても外にはほとんど音が漏れてなかったそうだ」

「だからこその腐臭ですよ。まだ暑い間に、あそこに死体を放置しておけば腐ってウジが湧き、臭いもひどくなる。そうすればいずれ誰かが異常に気づくでしょう。死亡時期も死因もアバウトになる。そのタイミングを計りながら、自分は絶食し、少しずつ衰弱しておく。で、誰かがあそこを開けたのを見計らって初めて南京錠をかければいいんですよ。南京錠をつけてなかったからと言っても、不自由は不自由だったでしょう。生きている人間がいる気配は漏らしちゃいけないんですから。上でエアコンを使うわけにはいかないし、電気もつけられない。息を潜めながら暮らし、助けが来るのを待っていたんですよ」

　伸一はしばらく考え込んでいた。

「どう思います？　俺の妄想」

　伸一は賛同するだろうか。それともこの推理には何か大きな穴があってその間違いを指摘してくれないだろうか。もしこの仮説を彼が受け入れたとしても根本刑事などに通報するようなことだけはないと信じていた。

　しかし伸一の反応は拍子抜けするようなものだった。

「……そうだね。当たってるのかもしれないし、見当外れなのかもしれない。ぼくには何とも言いようがないな。――正直言うと、割とどっちでもいいと思ってる」

「どっちでもいい？　そうですかね。うーん、そうなのかな……」

　伸一は身を乗り出して顔を近づけると意外なことを言った。

「実はぼくもやっぱり妄想してることがあってね。どうにも頭を離れないんだ。お返しにそれを聞いてくれるかな？」

「え？　いいですよ。もちろん」

亮太の考えとはまた違う別の解釈があるというのだろうか。

「アカネくんは……本当に千倉葵なんだろうかってことなんだけど」

「……千倉茜の方かもしれないって話ですか？　それはだって、結論出したじゃないですか。心を病んでいた千倉茜には葵のふりはできないだろうって」

「それはそうだけどね。でもきっと千倉茜は、葵と二人きりの時には話をするくらいには回復していたんじゃないかと思うんだ。だって、金沢義信のところに真っ直ぐやってきたのはどうしてだ？　それは千倉茜が何かを思い出したからじゃないか？　家の場所か、名前か分からないが、彼に繋がる何かを思い出し、それを葵に話したんだ」

「……それは確かにそうかもしれません。それならそれで、辻褄は合ってるじゃないですか。最後に千倉茜は忘れてしまいたいほど嫌な記憶を取り戻してしまい、自殺した。話を聞いた葵は、復讐にやってきた」

「うん。そうだ。それでもいいんだよ。それでもいいんだけど……そうするとどうして彼女は――千倉葵は、真っ直ぐ復讐に来ずに、あちこち放浪して時間を潰してたのかってことが気になる」

「……準備期間とか決心をつけるのに時間がかかった……とか？」

「そういう考え方もあるかな。でもぼくは、もう一つの可能性が捨てられない。一番重要な記憶が戻ったのは、つい最近だったからって可能性だ」

「つまりアカネは葵ではなく茜――被害に遭った千倉茜本人じゃないかと？」

「そうだ。どうしてもそう考えてしまう」

「でも……でもそれじゃあ、千倉葵が茜のふりをして自殺したってことになりませんか？　なんでそんなことをする必要がありますか？」

「茜を、葵として生かしてやるため？　あるいはずっと看病を続けるうち、葵はもうほとんど茜として辛い体験を共有し、共に絶望したのかもしれない。茜に死ぬ理由があるのと同じくらい、葵にも死ぬ理由はあったはずだ。――いや、そんなことはどっちでもいいんだ。ぼくが本当に心配してるのはアカネくんが茜なのか葵なのかってことじゃなくて、そのどちらでもあるんじゃないかってことなんだな」

「どちらでもって、どういう意味です？」

「千倉茜が、監禁され、心を病んでいたのは事実だ。でも当然葵の方も、それに近いトラウマを負ったはずだ。別人のようになって帰ってきたきょうだいを看病し、励まし、できることはなんでもして家族を取り戻そうとしたに違いない。ところがそれはどちらか一人が死ぬことで無理になった。残ったのが誰であれ、さらにひどく傷ついたに違いない。何とかして蘇らせたい、そう思うだろう。アカネくんは葵だけれど、自分のことを茜だと信じ込んでいる可能性がある。そうでなければなぜ頑(かたく)なにアカネと名乗り続ける？」

「……犯人を誘き出すために、そう名乗っていたんだと思ってました」

「そうかもしれない。それならもう、復讐は果たされたんだから、本当の名前を教えてくれてもいいはずだよな」

「まあ……そうですね。いつまでも偽名を名乗る必要はないですよね。家族の下にも帰りたいでしょうし。でも今本名が警察にバレれば、誰かが茜ちゃん誘拐事件のことを思い出して面倒なことになるかもしれないし……」

根本刑事は自分が金沢の自宅を教えたことも、アカネの正体のことも仲間には漏らしていないようで、その点は問題になっていなかった。

「さっき君は、アカネくんはのこのこ監禁犯のところへ行って殺されかけるような馬鹿じゃないって、言ったよな」

「……ええ」

「ぼくも確かに、あの子が馬鹿じゃないことは分かってる。でも一方で、自分が危険な目に遭うこと、死ぬかもしれないことを、さほど恐れてないんじゃないかって気がするんだよ。破滅願望――とまではいかないかもしれないが、生に執着があるとは思えない」

「それは確かにそうですけど……」

「彼女が何か策を弄して彼を殺したのかどうかは分からない。でも、これだけははっきりしてる。あの子は逆に自分が返り討ちにあったとしたって構わない、そういう気でいたんじゃないかな」

自暴自棄、ということだろうか。どうも亮太にはしっくり来ないイメージだったが、いずれにしろアカネが極めて危なっかしい状態だったことは確かだろう。復讐を果たした――あるいは単に危機から脱出した――今、彼女の精神状態は一体どうなっているのか？　身体に受けたダメージよりもそちらの方が心配だった。

「――そろそろですかね？」

亮太がカフェの時計を見て言い、二人は立ち上がってトレーを片づけ、エレベーターに乗るとアカネの病室に向かった。ドアが開きっぱなしなのを見て二人ははっとし、慌てて中を覗いたが、アカネは準備万端整えてベッドの上に腰を下ろし、足をブラブラさせていたので二人揃って安堵の溜息を漏らす。

髪はまだ最盛期ほどの長さはないが、一応ツインテールにしていて、上から下までかつてと同じブランドのロリータ服。これは二人でネットを探し、見つけ出して買ったものだ。

「何？　二人揃って変な顔して」

「――いや、また消えちゃったんじゃないかと思って」

仲一が少し照れたように言う。

「服のお礼くらい、言わないとね。——命も助けてもらったし」

本当か？　ほんとはすべて、お前の手の上で動いてただけじゃないのか？

亮太はそんな言葉は飲み込んだ。言っても仕方ない。

しかし、これだけは聞かないわけにはいかなかった。

「お前の名前は……本当はお前は、千倉葵っていう名前なんだよな？　そうだろ？」

すっと目が細くなった。亮太と仲一の顔を見比べ、どこまで知っているんだろうと探るような視線。

やがてにやりと、そして満面の笑みを浮かべて言った。

「——何言ってんの？　あたしはアカネ。ただのアカネ。今までも、これからもね」

another night
The Captive Detective

アカネ

九十九折り（つづらお）の山道を下っている途中、ヘッドライトの中に急にピンク色の影が入ってきたのを見つけ、プリウスのブレーキを踏む。幸いスピードは落としていたので慌てることなく人影の手前で止まることができた。ピンク色の服を着た女が小走りにやってくる。

かなり若い、少女と言っていい年齢だ。そしてそう、何とも小悪魔的な可愛（かわい）さを持っている。飛んで火に入る夏の虫というやつか？　心臓が高鳴るのを抑えきれなかった。

助手席のウィンドウを少しだけ下げる。

「どうかしましたか？　大丈夫ですか？」

間近でよく見ると、その少女の服はあちこち破れ、頬には何か血の跡のようなものも見受けられる。

少女はこちらを見て少し驚いたような表情を見せたが、すぐにその表情を引っ込めて慌てたような口調で言う。

「酷（ひど）い目に遭っちゃった。とにかくお願い。街まで乗せて」

「何かあった？　何だったら、警察に連絡もできるけど……」

「警察はいいの。面倒は嫌いだから」

本人がそう言う以上仕方がない。恐らくこちらにとっても都合がいい。

ドアロックを外すと少女は助かったという表情で助手席に乗り込んできた。

「どこでもいいの？　警察署は……嫌なんだよね」

「嫌」

「じゃあとりあえずＪＲの駅に行こうか。少し歩けば病院もあるし」

「……病院？」

「だってほら、怪我（けが）してるみたいだし」

そう言いながら左手を伸ばし、スカートが破れて露（あら）わになった太股（ふともも）を指差した。転んだのか、擦り傷から血が滲（にじ）んでいる。

最初は気にしていないようだったが、じっと見つめる視線に少し恥ずかしくなったのか、彼女は破れた布を少し弛（たる）ませるようにして破れ目が見えないようにした。

「かすり傷だから大丈夫。――もうほんと、危うくレイプされるところだったの。優しそうな人だと思って車に乗ったんだけど。気がついたら山道に連れ込まれちゃってて……」

「それで逃げてきたの？　それはやっぱり警察を呼んだ方が……」

「いいんだって。それより早く出して。追いかけてきてるかもしれないし」

心配げに後ろを確認する彼女の姿を見て、慌てて車を出した。

「優しそうな人って……一人？」

「うん。一人だったから、何とか隙を見て逃げてきたの」

「よかったね、ほんと。でも、こんなところで知らない人の車に乗るもんじゃないよ？優しそうに見えたって、どんなやつだか分かったもんじゃないんだから」

まったくその通りだ。少女の全身をちらちらとチェックしながら、慎重にプリウスを走らせる。相変わらず対向車も、追いかけてくる車のヘッドライトもない。

「ふーん。……あなたは、大丈夫だよね？」

「さあ、どうかな。人を見かけだけですぐ信用しちゃ駄目だよ」

山道は終わり、チラホラと民家の明かりも散らばる県道へと入っていた。このまま走ればすぐにガソリンスタンドやファミリーレストランが並ぶこの街の中心部に着く。

「そのう……お願いなんだけど」

「何？」

「あたし、さっき襲ってきたやつの車に、バッグも落としてきちゃったし、お金がないんだ。どこか一晩、泊めてくれるようなところ、ないかな？　明日になったら、友達にでも連絡して何とかしてもらえると思うんだけど、今この時間じゃ、……ねえ？　何なら、あそこのホテルとかでもいいんだけど。一泊四五〇〇円って書いてあるね」

彼女の視線の先を見ると、洋風の城を模したラブホテルが近づいてくるところだった。

なるほど、それはどちらにとっても都合がよさそうだった。

「じゃあ、一緒に泊まっちゃう？　こっちもどうせどこかに泊まるつもりだったし」

「ほんと？」

少し拍子抜けしたような様子の少女。まさかそう簡単にわがままが通るとは思っていなかったのだろう。

ラブホテルの脇にある目隠しのような暖簾（のれん）をくぐり抜けてプリウスを駐車場へと入れて駐（と）めると、少女を先に下ろした。

少女がブラブラと建物入り口の方へ向かうのを確認しながらグローブボックスを開けると、隠しておいたスタンガンを取りだして袖口に隠し持つ。


少女は部屋に入ると、特に珍しがる様子もなく、一つしかないベッドの上に仰向（あおむ）けに寝転がった。ピンクのスカートがふわっとめくれ上がり、膝上までのハイソックスと白い太股が嫌でも眼に入る。

悔しいが、なかなかに魅力的な少女だ。それは認めざるを得なかった。

バッグをわざとこれ見よがしに彼女の傍（そば）に放り出すと、トイレに向かいつつ、声をかけた。

「何か欲しかったら適当に頼んでてもいいよ。分かるよね？」

「うん。大丈夫」

設置されたタブレットで食べ物でも飲み物でも注文できるようになっているはずだった。

パンツも下ろさずにトイレの便座に腰を下ろし、しばらく待つ。三分ほどで、飲み物が到着したらしく、ドアがノックされ、開く音がした。ドアの閉まる音が聞こえてからさらに一分待ち、便器の水を流し、スタンガンを一旦棚に置いて念入りに手を洗い、再びスタンガンを隠し持ってトイレの外へ出た。

先ほどと何ら変わった様子は見当たらない。ただ少女が頼んだらしい飲み物が小さなワゴンテーブルの上に載っているだけだ。クリームソーダと、アイスコーヒー。

「あなたの分も頼んどいた。アイスコーヒーでよかった？」

「ありがとう。後で飲むよ」

「えー。一緒に飲も？」

ベッドに腰掛けた少女は愛くるしい笑みを浮かべ、クリームソーダにストローを挿すと、ちゅうっと鮮やかな緑のソーダ水を吸い、舌で唇を舐(な)める。そして、隣に座れと言うようにポンポンとベッドを叩(たた)いた。

苦笑しながらその傍らに座り、アイスコーヒーのグラスを手に持った。そのまま口元に持っていき、一口口をつけるふりをして、ばしゃっと少女の服にかけた。

「ちょっと！　何すんのよ！」

慌てて飛び退き、コーヒーの染みが拡がったロリータ服を見下ろしながら、怒るというより呆然としている。

「……薬が入ってるんだろ？　分かってんだよ」

少女の驚いた表情を見て、ここまで手の込んだ芝居をした甲斐があったと思った。

「このところこの街で、若い女がヒッチハイクのふりして高級車に乗った男をホテルに連れ込んだりして昏酔強盗やるって事件がいくつも起きてるんだってね。それも、ピンクのロリータだって。おかげでこっちはサツに引っ張られたんだよ。そう。あたしも、普段はピンクのロリータ着てるもんだからさ。今はこんな、男に見えなくもないようなスーツ着てるけど。あんたも、車止めたときは、男だと思ったんだろ？　髪も後ろで留めてるけど、ツインテールなんだよね」

「なに……なに言ってんの……あんた……」

「こっちは、あんたが食いついてきそうな車にわざわざ乗って、あんたを待ち構えてたってわけ。自分の潔白を晴らしたいってのもあるけど、ちょっと可愛い刑事さんのためってのもあるかな。まあ何にしろ、うまいこと引っかかったよね、見事に。今日引っかからなかったらもう諦めてたとこだった。もう四日目だったんだよ」

少女の視線が泳いだのをあたしは見逃さなかった。

しかし一瞬逃げ遅れ、後ろから回された腕に首を締め上げられる。思い切り足を踏ん張って跳び上がるようにすると、顎を頭突きしたらしく、呻(うめ)き声が聞こえて腕が緩んだ。その瞬間、袖口に隠しておいたスタンガンを振り向きざま相手の――男の首筋に押しつけてスイッチを押す。

痛みの余り情けない悲鳴を上げたのは、ホテルの従業員の制服を着た若い男だった。ベッドの向こう側に転がり落ち、首を押さえて怯(おび)えた表情をしている。

「やっぱり、仲間がいるよね。それくらい予想してるっつーの。……ま、こっちももうすぐ騎兵隊が来てくれるはずだけどさ」

とあたしが言った途端、ドンドンドンッと激しくドアがノックされる。

「おい！　アカネ！　大丈夫か！　開けろ！」

あたしはすいとドアに近寄り、オートロックを外してドアを開ける。

あたしを誤認逮捕した青木(あおき)という名の若い刑事だった。あたしが提案したこのやや脱法気味の捜査を段々疑問視し始めていて、やっぱりあたしが真犯人なのではなどと思い始めていたところだった――多分。でもこれで、初めての大手柄になるはずだ。

「――ね？　あたしの言ったとおりになったでしょ」

解説

大山誠一郎（作家）

親にマンションを買い与えられた一人暮らしの青年、山根亮太（やまねりょうた）は、向かいのマンションに住む若い女性、里見玲奈（さとみれいな）に心を奪われる。亮太はベランダに出る彼女を盗撮するだけでなく、間近で接したいため、彼女の行きつけのコンビニエンスストアで店員のアルバイトをすることに。ある日、アルバイトを終えた亮太は、玲奈の下着を盗むため部屋に侵入し、彼女の他殺死体を発見してしまう。自室に逃げ帰った彼を、もう一つの頭の痛い問題が待っていた——亮太は三日前、渋谷の街でアカネと名乗るロリータファッションの少女を拾ったが、彼女とトラブルになり、アカネがなぜか持っていた手錠で彼女を監禁する羽目になっていたのだ……。

安楽椅子探偵（アームチェア・ディテクティヴ）という言葉があります。事件現場には足を運ばず、捜査員や事件関係者などから話を聞いて推理し、事件を解決するタイプの探偵のことです。

ミステリにはこれまで多くの安楽椅子探偵が登場してきました。史上初の安楽椅子探偵と言われるプリンス・ザレスキー（不幸な恋のため故国を追われ、英国で隠遁（いんとん）生活を送るロシア貴族）。隅の老人（いつも喫茶店の隅の席に座り、女性新聞記者に向かって事件の謎解きをしてみせる謎の老人）。ブロンクスのママ（ニューヨーク市警殺人課に勤める息子の話を聞くとたちどころに事件を解決する女性）。ミラノ・レストランの給仕ヘンリー（レストランで例会を開く〈黒後家蜘蛛の会〉の会員たちが難問に首をひねったあと、控えめに真相を語る初老の給仕）。バー・三番館のバーテン（私立探偵が持ち込む難事件を即座に解決するバーテン）。退職刑事（現職刑事の息子の話を聞いて事件を解決する老人）。宝生家の執事・影山（刑事であるお嬢様から話を聞くと、お嬢様をディスる言葉とともに事件を解決するスーパー執事）。安楽椅子探偵アーチー（喋る安楽椅子が探偵）。犯人当てドラマ「安楽椅子探偵」シリーズの「安楽椅子探偵」（特別な笛を吹くと現れ、「純粋推理空間」で事件を解決する銀仮面）。——ざっと思いつくだけでも、個性あふれるさまざまな安楽椅子探偵がいます。

その系譜に新たに加わったのが、本作『監禁探偵』のアカネです。十八歳ぐらいの美少女で、第一話で登場したときの恰好は、栗色のツインテールにピンクロリータファッションという鮮烈なもの。ただし彼女は、決して安楽な状況で推理するわけではありません。なにしろ第一話では、服を取り上げられ、手錠で拘束されるという監禁状態で推理するのですから。

そして第二話でも、アカネは車にはねられて入院し、車椅子生活を送るという、ある意味監禁に近い状態で推理することになります（このように探偵が入院してほとんど身動きできないまま推理するというのは安楽椅子探偵のバリエーションの一つで、「ベッド・ディテクティヴ」と呼ばれています。ジョセフィン・テイの『時の娘』や高木彬光の『成吉思汗（ジンギスカン）の秘密』、『邪馬台国の秘密』、『古代天皇の秘密』などが有名です）。そして第三話では……未読の方のために伏せておきますが、どの話でも通常の安楽椅子探偵のように安楽・安全な状況にいるわけではないのです。

アカネが安楽・安全な状況にいるわけではないというのは、身体的なレベルに留（とど）まりません。「探偵」という立場も安全ではないのです。たとえば、第一話では、事件の姿が二転、三転する中で、亮太に犯人だと疑われたりもします。安楽椅子探偵が犯人だと疑われるなど、前代未聞ではないでしょうか？

このようにアカネは安楽椅子探偵としては異色なのですが、他の安楽椅子探偵と同様、とても頭が切れ、弁が立ちます。華奢（きゃしゃ）な美少女の外見とは裏腹に、自分を監禁した男と駆け引きし、からかい、圧倒するだけの知力と胆力の持ち主。一方で、「人の死、狂気、心の病――普通の人が目を背けたくてたまらなくなるようなものに、どうしようもなくアカネは惹かれる」とあるように、心の中に暗黒面を持ち、なぜかキャリーバッグの中に手錠、鞭（むち）、縄、ハンティングナイフといった物騒なものを入れている。そして、先の先まで読んでいるかと思うと、妙に無防備で、自ら危険に飛び込もうとする傾向もある。

そうしたアンバランスさが魅力的です。

ファンならばご存知の通り、我孫子作品にはそれぞれ白我孫子と黒我孫子とでも呼ぶべき二系列があります。白我孫子作品の特徴は、ユーモア（スラプスティックなものからハートウォーミングなものまで）、基本的には善良な登場人物、ハッピーエンド。シリーズとしては、『8の殺人』などの速水三兄妹シリーズ、『人形はこたつで推理する』などの人形シリーズ、ぼくの推理研究シリーズ、『ディプロトドンティア・マクロプス』などの京都探偵シリーズ、警視庁特捜班ドットジェイピーシリーズ、凛の弦音シリーズ、そしてノンシリーズ作品としては『探偵映画』、『眠り姫とバンパイア』、『さよならのためだけに』、『怪盗不思議紳士』などがあります。

一方、黒我孫子作品の特徴は、ダークな雰囲気と展開、好感を持てないことが多い登場人物、しばしば迎えるバッドエンド（ただし、あっと驚くミステリの仕掛けと連動していることが多いので、ある意味爽快感があります）。こちらは、シリーズは腐蝕の街シリーズのみで、ノンシリーズ作品が多く、『殺戮にいたる病』、『弥勒の掌』、『狼と兎のゲーム』、『裁く眼』、『修羅の家』など。同じ作家とは思えないほどの二面性です。

では、本作『監禁探偵』はどちらの系列に入るのでしょうか。第一話の出だしは黒我孫子全開のように見えます。視点人物の山根亮太は、向かいのマンションの若い女性に執着しストーカーと化した男で、短絡的で自分勝手でお坊ちゃん気質。気弱でどこか優しさが残っているのが唯一の救いでしょうか。そんな男がストーキング相手の他殺死体に出くわし、自室には少女を監禁しているというのですから、どう見てもバッドエンドしか待ち受けていないように思えます。しかし、亮太はアカネと過ごし、言葉を交わし、事件を解決しようと奮闘することで、いつの間にかよい方向へと成長します。黒我孫子と見せて白我孫子と言えるでしょう。

続く第二話は、青年医師・宮本伸一（みやもとしんいち）とアカネ、二人の視点で描かれます。伸一は亮太とは違い、まっすぐでしっかりとした人物。アカネも、死に深く惹きつけられていることを除けば、その内面はまっとうな印象を受けます（彼女の言葉はしばしば正論で、はっとさせられるものです）。そうした点から、白我孫子に属すると見なせます。

しかし、第一話と第二話、第二話と第三話のあいだにはそれぞれ、「幕間」と題された短いパートがあり、監禁された少女の姿が描かれています。これは黒我孫子の雰囲気全開では？　そして第三話に入ると……本作は黒我孫子と白我孫子のあいだで揺れ動いており、果たしてどちらで終わるのか予断を許しません。それも、本作の魅力の一つとなっています。

余談ですが、我孫子さんは一九九七年刊行の『小説たけまる増刊号』（集英社。ひとり雑誌の体裁の短編集）で、作風の二面性を自らネタにしています。我孫子作品は一卵性双生児の我孫子武男（負のオーラを発する青年。好きな作家はトマス・ハリス）と我孫子丸男（よく笑う快活そうな青年。好きな作家はポール・ギャリコ）がそれぞれ書いていた！　という設定のもと、二人の抱腹絶倒の架空対談を行っていて、我孫子さんが武男と丸男にそれぞれ扮した写真も載せるという凝りようです（『小説たけまる増刊号』を文庫化した『たけまる文庫　怪の巻』、『同　謎の巻』（集英社文庫）には、残念ながらこの架空対談は収録されていません。ぜひなんらかのかたちで再録していただきたいものです）。

さて、本作『監禁探偵』には漫画版（作画・西崎泰正）と映画版（監督・及川拓郎、出演・三浦貴大、夏菜ほか）もあります。漫画版や映画版がある場合、まず原作の小説があって、それを漫画化・映画化したという流れが多いと思いますが、本作の場合はそうではありません。最初に我孫子さんの原作、西崎泰正さんの作画で漫画版が『漫画サンデー』（実業之日本社）に連載され、二〇一一年に漫画単行本として刊行。それに基づき第一話の山根亮太編が二〇一三年に映画化。その後、小説版が二〇一七年四月から二〇一九年四月まで実業之日本社の小説サイト、Webジェイ・ノベルに連載され、二〇一九年十月に小説単行本が、漫画新装版二冊と同時に刊行されたという経緯なのです。つまり、漫画版→映画版→小説版という、通常とは逆の順序で作品化されたわけで、漫画原作も多く手掛けている我孫子さんならではと言えるでしょう。

映画版は未見なのですが、漫画版は、西崎泰正さんの描くアカネがとても魅力的で、ときにキュート、ときに妖艶、無邪気かと思うと大人びていて、無鉄砲かと思うと思慮深い、矛盾に満ちた彼女の姿を鮮やかに描き出しています。

最後に、本作末尾の「アカネ――another night――」というショートショートにも触れておきましょう。これは、小説版・漫画新装版同時刊行時に、小説版・漫画新装版同時購入キャンペーンのプレゼントとして用意されたもので、本編を踏まえた仕掛けがなされています。文庫化にあたり末尾に収録されたことで、その仕掛けが最大限の効果を発揮することになりました。単行本で本作をすでに読んだ方も、ぜひ文庫版でこのショートショートまで通して読んではいかがでしょうか。

単行本　二〇一九年十一月　実業之日本社刊

※文庫化に際し、単行本刊行時に実施した「小説版&コミック新装版 同時購入キャンペーン」のプレゼントとして書き下ろされたショートショート「アカネ――another night――」を収録しました。

実業之日本社文庫　最新刊

我孫子武丸
監禁探偵
多彩な作風を誇る著者が挑む、キャラミスと本格推理のハイブリッド！「前代未聞の安楽椅子探偵」をめぐる謎を描いた異色ミステリ！（解説・大山誠一郎）
あ27 1

井川香四郎
歌麿の娘　浮世絵おたふく三姉妹
人気絵師・二代目喜多川歌麿の娘で、水茶屋「おたふく」の看板三姉妹は、江戸の悪を華麗に裁く美しき仕置人だった!! 痛快時代小説、新シリーズ開幕！
い10 9

岡崎琢磨
下北沢インディーズ　ライブハウスの名探偵
コラムを書くためライブハウスのマスターの紹介で駆け出しのバンドマンたちを取材した新人編集者は思いがけない事件に遭遇し…。音楽×青春ミステリー！
お12 1

小野寺史宜
タクジョ！
運転が好き、ひとも好き。仕事に恋に（!?）全力投球の新人タクシードライバー夏子の奮闘と成長を温かく爽快に描く、青春お仕事小説の傑作！（解説・内田剛）
お7 2

沢里裕二
極道刑事　地獄のロシアンルーレット
津軽海峡の真ん中で不審な動きをする黒い影。日本に特殊核爆破資材を持ち込もうとするロシア工作員と、それを阻止する関東舞闘会。人気沸騰の超警察小説！
さ3 17

西村京太郎
十津川警部　怒りと悲しみのしなの鉄道
軽井沢、上田、小諸、別所温泉……警視総監が狙われた列車爆破事件の再捜査を要求された十津川警部は、わずか一週間で真実に迫れるのか!?（解説・山前 譲）
に1 27

実業之日本社文庫　最新刊

貫井徳郎
罪と祈り

元警察官の辰司が隅田川で死んだ。当初は事故と思われたが…。貫井徳郎史上、最も切なく悲しい誘拐事件。慟哭のどんでん返しミステリ！（解説・西上心太）

ぬ14

早見 俊
徳川家康 枕合戦記 自立編

生涯で二人の正室と二十人余りの側室を持った徳川家康。戦略家と称される天下人が苦戦した、女性たちとの枕合戦。今、その真相が明らかになる！

は73

南 英男
毒蜜　人狩り　決定版

六本木で起きた白人男女大量拉致事件の蛮行は、外国人犯罪組織同士の抗争か、ヤクザの所業なのか。多門は夜の東京を捜索するが、新宿で無差別テロが──！

み726

睦月影郎
美人教師の秘蜜

二十歳で童貞の一樹は、憧れの美人教師の部屋に忍び込む。それを先輩に見つかってしまい、通報されても仕方ないと覚悟するが、逆に淫らな提案が……。

む217

貴嶋 啓
後宮の屍姫（しかばねひめ）

謀反の疑いで父が殺され、自らも処刑された不運の姫君。怒れる魂は、幼い少女の遺体に乗り移って蘇り、悪の黒幕を捜すが…。謎解き中華後宮ファンタジー！

き71

実業之日本社文庫　好評既刊

有栖川有栖
幻想運河
水の都、大阪とアムステルダム。遠き運河の彼方から静かな謎が流れ来る――。バラバラ死体と狂気の幻想が織りなす傑作長編ミステリー。（解説・関根亨）
あ15 1

有栖川有栖
ジュリエットの悲鳴
密室、アリバイ、どんでん返し……。有栖川有栖から読者諸君へ、12の挑戦状をおくる！　驚愕と哂い溢れる傑作＆異色ミステリ短編集。（解説・井上雅彦）
あ15 2

青柳碧人
彩菊あやかし算法帖
算法大好き少女が一癖ある妖怪たちと対決！「浜村渚の計算ノート」シリーズ著者が贈る、数学の知識がなくても夢中になれる「時代×数学」ミステリー！
あ16 1

青柳碧人
彩菊あやかし算法帖　からくり寺の怪
キュートな彩菊が、妖怪が起こす事件を得意の算法で解決！『むかしむかしあるところに、死体がありました。』著者が贈る、新感覚時代×数学ミステリー！
あ16 2

天祢　涼
探偵ファミリーズ
このシェアハウスに集う「家族」は全員探偵⁉　元・美少女子役のリオは格安家賃の見返りに大家の「レンタル家族」業を手伝うことに。衝撃本格ミステリ！
あ17 1

秋吉理香子
婚活中毒
この人となら――と思った瞬間、あなたは既に騙されている！　人生はどんでん返しの連続。幸福を願うすべての人へ贈る婚活ミステリー。（解説・大矢博子）
あ23 1

実業之日本社文庫　好評既刊

石持浅海
攪乱者
レモン3個で政権を転覆せよ――昼は市民、夜はテロ組織となるメンバーに指令を下す組織の正体とは？　本格推理とテロリズムの融合。（解説・宇田川拓也）
い71

石持浅海
煽動者
日曜夕刻までに犯人を指摘せよ。平日は一般人、週末限定テロリストたちのアジトで殺人が。探偵役は不在？　閉鎖状況本格推理！（解説・笹川吉晴）
い72

伊園 旬
怪盗はショールームでお待ちかね
その美中年、輸入家具店オーナーにして怪盗。セレブの絵画や秘匿データも、優雅にいただき寄付します。サスペンス＆コン・ゲーム。（解説・藤田香織）
い81

伊兼源太郎
密告はうたう　警視庁監察ファイル
警察職員の不正を取り締まる警視庁人事一課監察係の佐良は元同僚・皆口菜子の監察を命じられた。彼女とはかつて未解決事件での因縁が…。（解説・池上冬樹）
い131

伊兼源太郎
ブラックリスト　警視庁監察ファイル
容疑者は全員警察官――逃亡中の詐欺犯たちが次々と変死。警察内部からの情報漏洩はあったのか。ブラックリストが示す組織の闇とは!?（解説・香山二三郎）
い132

大山誠一郎
アリバイ崩し承ります
美谷時計店には「アリバイ崩し承ります」という貼り紙がある。店主の美谷時乃は、7つの事件や謎を解決できるのか!?（解説・乾くるみ）
お81

実業之日本社文庫 あ 27 1

かんきんたんてい
監禁探偵

2022年10月15日　初版第1刷発行

著　者　我孫子武丸（あびこたけまる）

発行者　岩野裕一
発行所　株式会社実業之日本社
〒107-0062　東京都港区南青山5-4-30
emergence aoyama complex 3F
電話［編集］03(6809)0473［販売］03(6809)0495
ホームページ　https://www.j-n.co.jp/
DTP　ラッシュ
印刷所　大日本印刷株式会社
製本所　大日本印刷株式会社

フォーマットデザイン　鈴木正道（Suzuki Design）

ISBN978-4-408-55756-4（第二文芸）